KU-796-070

İSTENMEYEN KONUK

Orijinal adı: An Unwanted Guest

Yazan: Shari Lapena
İngilizceden çeviren: Gamze Bulut
Yayına hazırlayan: Burcu Oğuz

1. baskı / Nisan 2022 / ISBN 978-625-8380-11-8
Sertifika no: 44919

Kapak tasarımı: Serçin Çabuk
Baskı: Ana Basın Yayın Gıda İnşaat San. ve Tic. A.Ş.
Mahmutbey Mah. Devekaldırımı Cad. 2622 Sk.
Güven İş Merkezi, No: 6/13 Bağcılar - İSTANBUL
Tel. (212) 446 05 99
Sertifika No: 52729

Doğan Yayınları Yayıncılık ve Yapımcılık Tic. A.Ş.
19 Mayıs Cad. Golden Plaza No. 3, Kat 10, 34360 Şişli - İSTANBUL
Tel. (212) 373 77 00 / Faks (212) 355 83 16
www.dogankitap.com.tr / editor@dogankitap.com.tr / satis@dogankitap.com.tr

İstenmeyen Konuk

Shari Lapena

Çeviren: Gamze Bulut

Anneme...

1

Cuma, 16.45

Catskill Dağları'na çıkan yol, ilerledikçe ani ve keskin virajlar alıyor. Sanki medeniyetten uzaklaştıkça yol da giderek belirsizleşiyor. Etraf kararmaya, hava bozmaya başlıyor. Hudson Nehri bir belirip bir gözden kayboluyor. Yolun iki yanında yükselen ormanın sinsi bir havası var, sanki insanı bir lokmada yutuverecekmiş gibi. Peri masallarından çıkma bir orman bu. Öte yandan ağır ağır yağan kar, manzaraya bir kartpostal cazibesi katıyor.

Gwen Delaney direksiyonu sıkıca kavramış, gözlerini kısarak ön camdan karşıya bakıyor. Kartpostal resimlerinden çok kasvetli peri masallarını seven biri Gwen. Güneş batıyor, birazdan karanlık çökecek. Kar yağarken araba kullanmak daha zor, daha yorucu. Kar taneleri cama öyle yoğun yağıyor ki Gwen kendini bir video oyununa hapsolmuş gibi hissediyor. Yol da kesinlikle giderek daha kayganlaşıyor. Küçük Fiat'ının sağlam lastiklerine şükrediyor. Etraf beyaz bir karaltıya dönüşmeye başladı; nerede yolun bitip nerede uçurumun başladığını kestirmek zor. Otele vardıklarında çok mutlu olacak. Biraz daha az tenha bir otel seçmediklerine pişman olmaya başlıyor şimdi; bu otel her yerden kilometrelerce uzakta.

Yolcu koltuğunda Riley Shuter, gerginlikten iki büklüm olmuş, sessizce oturuyor; huzursuzluğunu hissetmemek mümkün değil. Sırf küçük bir arabada onunla yan yana olmaktan bile tedirgin olan Gwen, onu buraya getirmekle hata etmediğini umuyor.

Bu küçük gezinin tek amacı, diye düşünüyor Gwen, Riley'nin biraz rahatlamasını, aklını dağıtmasını sağlamak. Dudağını ısırıp önündeki yolu görmek için dikkat kesiliyor. Doğma büyüme şehir kızı olan Gwen kırsalda araba kullanmaya alışkın değil. Buralarda hava çok karanlık. Artık tedirginliğe kapılmaya başlıyor; yolculuk planlandığından uzun sürdü. Yol üstündeki o küçük şirin antikacıda kahve molası vermemeliydiler.

Bu hafta sonu gezisini önerirken, Riley'ye hayatının altüst olduğunu hatırlatacak hiçbir şey olmadan huzur içinde birlikte vakit geçirme fırsatından ve biraz hava değişikliğinden başka bir beklentisi yoktu. Naif bir düşünceydi belki de.

Gwen'in de kendi dertleri var; onun da sırtında uzun zaman öncesinden kalma, gittiği her yere taşıdığı bir yükü var. Ama en azından bu hafta sonu için yükünü ardında bırakmaya kararlı. Kırsalın derinliklerinde küçük bir lüks otel, güzel yemekler, internetsizlik, el değmemiş doğa; ikisinin de tam ihtiyaç duyduğu şey bu.

Riley arabanın camından tedirgin bir şekilde dışarıyı izliyor. Karanlık ormana bakarken, her an birilerinin arabalarının önüne atlayıp elini kolunu sallayarak onları durdurduğunu düşünmemeye çalışıyor. Şişme montunun ceplerinde ellerini sımsıkı yumuyor. Kendine artık Afganistan'da olmadığını hatırlatıyor. Artık evinde, New York'ta. Burada başına kötü bir şey gelmez.

Kariyeri Riley'yi değiştirdi. Gördüklerinden sonra artık o kadar başka biri ki o bile kendini tanımakta zorlanıyor. Gwen'e kaçamak bir bakış atıyor. Bir zamanlar yakınlardı. Şimdi ise onunla kırsaldaki bu ıssız otele gelmeyi neden kabul ettiğini bile kestiremiyor. Dağa çıkan kaygan ve virajlı yoldan gözünü ayırmayan Gwen'i izliyor. Birden "İyi misin sen?" diye soruyor.

"Ben mi?" diyor Gwen. "Evet, iyiyim. Birazdan varırız, herhalde."

İkisi de NYU'da, gazetecilik bölümündeyken Gwen istikrarlı ve pragmatik olandı. Riley ise hırslıydı; olayların göbeğinde olmak istiyordu. Gwen'inse hiçbir zaman maceraya atılmak gibi bir isteği olmamıştı. Her zaman kitapları ve sessizliği tercih ederdi. Mezun olduktan sonra gazetelerde iyi bir iş bulamayınca hiç vakit kaybetmeden becerilerini kurumsal iletişim alanında değerlendirdi, görünüşe bakılırsa da bir gün bile pişman olmadı. Riley ise soluğu savaş bölgelerinde aldı. Uzun bir süre boyunca da aklını başında tutmayı başardı.

Neden böyle yapıyor? Neden olanları düşünüp duruyor? Dağılmaya başladığını hissediyor. Öğrendiği gibi daha yavaş nefes almaya çalışıyor. Görüntülerin zihnine yeniden hücum edip onu ele geçirmelerini engellemeye çabalıyor.

David Paley arabasını otelin sağ tarafındaki, kardan temizlenmiş park yerine çekiyor. Arabadan inip bacaklarını esnetiyor. New York'tan buraya, hava koşulları yüzünden tahmininden uzun süren yolculuk sırasında kaskatı kesilen kasları artık o kadar da genç olmadığını hatırlatıyor ona. Şiddetli yağan karın altında bir an için durup Mitchell's Inn adlı butik otele bakıyor, ardından Mercedes'inin arka koltuğundan küçük valizini alıyor.

Etrafı ormanla çevrili, kırmızı tuğladan üç katlı bina, kıvrımlı saçak süslemeleriyle çok zarif görünüyor. Küçük otelin ön tarafı, bütün görkemi biriken karın altında kalmış bahçe manzarasına bakıyor. Binanın yakınlarındaki her mevsim yeşil kalan ağaçlar ile yapraklarını döküp beyazlar donanmış yaşlı ağaçlar sanki ağır ağır otelin üstüne kapanıyor. Ön tarafta, bahçenin ortasındaki kocaman ağacın kalın dalları dört bir yana uzanıyor. Her yer saf, boğucu beyaz bir karla kaplı. Huzurlu, sessiz sakin bir yere benziyor burası. David omuzlarının gevşemeye başladığını hissediyor.

Binanın üç katı da nizami aralıklı kocaman diktörtgen pencerelerle çevrili. Geniş basamaklar otelin ahşap verandasına çıkıyor, çift kanatlı ön kapıyı da yeşil yapraklı çelenkler süslüyor. Hava henüz tamamen kararmadığı halde kapının iki yanındaki lambalar yanıyor. Zemin kattaki pencerelerden dışarıya sızan yumuşak sarı ışık binaya sıcak ve samimi bir hava katıyor. Kar taneleri usul usul saçlarına konup dudaklarını gıdıklarken David öylece durup günün –ve haftaların ve yılların– stresinden arınmaya çalışıyor. İçeri girerken sanki daha önceki, daha nazik ve daha masum bir zamana adım atıyormuş gibi hissediyor.

Önündeki kırk sekiz saat boyunca işi düşünmemeye çalışacak. Ne kadar meşgul olursa olsun herkesin, alanının önde gelen savunma avukatlarının bile –belki de özellikle onların– ara sıra stres atması gerek. Bütün bir hafta sonu şöyle dursun, nadiren dinlenecek beş dakika bulabiliyor David. Keyfini çıkarmaya kararlı.

Cuma, 17.00

Lauren Day gözucuyla yanındaki adama, Ian Beeton'a bakıyor. Ian oldukça çetin koşullar altında arabasını öyle ustalıkla sürüyor ki dışarıdan sanki çocuk oyuncağıymış gibi görünüyor. İnsanın içini eriten bir gülümsemesi var Ian'ın ve şimdi gülümseyen yüzünü ona çeviriyor. Lauren da gülümsüyor. Aynı zamanda yakışıklı, uzun ince bir adam Ian ama Lauren'a çekici gelen en başta o gülümsemesi, ona cazibe katan o kayıtsız havasıydı. Lauren çantasını karıştırıp rujunu arıyor. Bulup yüzünü aydınlatan hoş kırmızı tonu çıkarıyor ve önündeki güneşliğin aynasına bakarak dikkatle dudaklarına sürüyor. Araba hafifçe yalpalayınca duruyor ama Ian arabayı hünerle yeniden dümdüz sürmeyi başarıyor. Şimdi daha dik virajlar alan yolda çekiş gücü zayıfladıkça araba daha fazla yalpalıyor.

"Yol kayganlaşmaya başladı" diyor Lauren.

"Sorun yok. Üstesinden gelemeyeceğim şey değil" diyen Ian dönüp ona sırıtıyor. Lauren da gülümsüyor; Ian'ın bu özgüvenini de seviyor.

"Hop... o da neydi?" diyor Lauren birdenbire. Önlerinde, sağ tarafta büyükçe bir karaltı var. Günün kasvetli karanlığına şiddetli kar yağışı eklenince etrafı görmek çok zor ama sanki yoldan çıkıp çukura saplanmış bir araba var orada.

Aracın yanından geçerlerken Lauren pencereden dikkatle bakıyor. Bu sırada Ian duracak bir yer arıyor. "Sanırım arabada biri var" diyor Lauren.

"Neden dörtlü flaşörlerini yakmamışlar?" diye mırıldanıyor Ian. O araba gibi yoldan çıkmamaya dikkat ederek yavaş yavaş kenara çekiyor. Lauren arabanın sıcaklığından çıkıp bembeyaz karın içine dalıyor, anında botlarının içine dolan kar yüzünden bilekleri zonkluyor. Ian'ın da arabadan çıkıp kapıyı çarptığını duyuyor.

"Hey!" diye sesleniyor Lauren, aşağıdaki arabaya doğru. Şoför kapısı yavaşça açılıyor.

Dikkatle, kaya kaya yokuştan inerken engebeli zeminde dengesini bulmakta zorlanıyor. Arabaya uzanıp sol eliyle kapıya tutunarak ön koltuğa bakıyor. "İyi misiniz?" diye soruyor.

Arabayı kullanan onun yaşlarında, otuzlarında bir kadın. Biraz sarsılmış bir hali var ama arabanın ön camı çatlamamış, kadının emniyet kemeri de bağlı. Lauren, kadının yanına, yolcu koltuğunda oturan kadına bakıyor. Yüzü solgun ve terleyen kadın, Lauren'ın farkında bile değilmiş gibi doğruca karşıya bakıyor. Korkunç bir şok geçirmiş gibi görünüyor.

Arabayı kullanan kadın çabucak arkadaşına göz attıktan sonra minnetle Lauren'a dönüyor. "Evet, iyiyiz. Bir iki dakika önce yoldan çıktık. Ne yapacağımızı düşünüyorduk. Şansımız varmış ki siz geldiniz."

Lauren, Ian'ın da gelip arkasında durduğunu hissediyor. Ian, Lauren'ın omzunun üzerinden arabadaki iki kadına bakıyor. "Görünüşe bakılırsa size bir çekici gerekecek" diyor, yüzünde o büyüleyici gülümsemesiyle.

"Harika" diyor arabayı kullanan kadın.

Lauren, "Nereye gidiyordunuz?" diye soruyor.

"Mitchell's Inn" diye yanıtlıyor kadın.

"Ah, şansa bakın" diyor Ian, "biz de oraya gidiyoruz. Gerçi buralarda başka pek bir şey olduğunu da sanmıyorum. İsterseniz bizimle gelin, otele varınca arabanızı almaları için çekici çağırırsınız?"

Kadın rahatlayıp gülümseyerek başını sallıyor. Kurtarıldıklarına ne kadar sevindiği yüzünden okunuyor. Lauren kadına hak veriyor; insan buralarda bir başına donarak ölebilir. Ama yolcu koltuğundaki kadın sanki kendi dünyasına dalıp gitmiş, hiç tepki vermiyor.

"Bavulunuz var mı?" diye soruyor Lauren.

"Evet, bagajda." Arabayı kullanan kadın inip karın içinde güçbela aracın arkasına doğru ilerliyor. Yolcu koltuğundaki kadın da şimdi kendine gelmiş; o da arabadan inip o sırada bagajı açmakta olan kadının yanına gidiyor. İkisi de bagajdan küçük birer valiz alıyor.

Ian üç kadına da yukarı çıkmaları için elini uzatıyor. Yola çıkmak yardım alarak bile zor.

"Çok teşekkürler" diyor arabayı kullanan kadın. "Adım Gwen, bu da Riley."

"Ben Lauren, o da Ian" diyor Lauren. "Hadi arabaya binelim. Hava buz gibi." Tek kelime etmeyen Riley adlı kadına kaçamak bir bakış atıyor. Neyi olduğunu merak ediyor. Bu kadında kesinlikle bir tuhaflık var gibi gözüküyor.

2

Cuma, 17.00

Beverly Sullivan, küçük valizini ayağının dibine bırakıp odaya göz gezdiriyor. Oda mükemmel, tıpkı broşürdeki gibi. Pek alışık olmadığı türden, eski moda bir lüksü olan odada gezinip eşyalara dokunuyor. Antika, büyük çift kişilik yatağın üzeri tepe tepe yastık dolu. Oyma ahşap gardırop göz alıcı güzellikte, kalın Şark halısıysa bir servete mal olmuş olmalı. Beverly otelin ön tarafına bakan pencerelere doğru gidiyor. Kar yağışıyla her şey tarifsiz bir güzelliğe bürünmüş. Yeni yağan kar her zamanki gibi Beverly'ye umut veriyor.

Pencerelerden uzaklaşıp odanın pırıl pırıl bembeyaz mermer kaplı geniş banyosuna, yumuşacık beyaz havlularına göz atıyor. Makyaj masasının süslemeli aynasında şöyle bir kendine bakıyor. Ardından oturduğu yatağın üstünde rahatına bakarken kocasının neden hâlâ odaya çıkamadığını merak etmeye başlıyor. Henry kros kayağı ve kim bilir başka ne hakkında bilgi almak için resepsiyonda kalmış, Beverly odaya tek başına çıkmıştı. Kocası onu beklememesi için ısrar etmişti ama Beverly'ye kalsa, o kayak ekipmanları hakkında konuşurken lobideki şömine etrafına yerleştirilmiş koyu mavi kadifeden koltuklara ya da kanepelere oturup seve seve beklerdi. Ama bunu sorun etmek istememişti. Beverly hayal kırıklığına kapılmamaya çalışıyor; kocasının rahatlamaya başlaması biraz zaman alacak. Ne var ki Beverly'nin tek istediği baş başa kalıp biraz sakinlemekken, belli ki kocası hafta sonlarını aktivitelerle doldurmaya kararlı. Neredeyse onunla baş başa kalmaktan kaçınıyor; sanki orada olmak bile istemiyor.

Beverly evliliğinin... sıkıntıda olduğunun farkında. Tam olarak tehlikede olduğunu düşünmüyor ama çaba gerektiriyor. Birbirlerinden uzaklaştılar, birbirlerinin kıymetini bilmez oldular. Kendisi de sorumlu bundan. Modern bir evlilik, üzerine çöken bunca ağırlığın altından nasıl sağ çıkabilir ki? Çok fazla aşinalığın, fatura ödemek ve çocuk yetiştirmekle geçen ev yaşantısının boğuculuğunun ağırlığı bu. Tam zamanlı işlerde çalışmanın ve her zaman yapılacak bir sürü şey olmasının ağırlığı. Beverly kırsalda, ıssız bir yerdeki güzel bir otelde bir hafta sonunun pek bir şey değiştireceğinden emin değil ama bu yönde bir adım olabilir hiç değilse. Evde kalsalar kesinlikle atamayacakları bir adım. Yeniden bağ kurmak, birbirlerinin hoşlarına giden yanlarını hatırlamak için bir fırsata çok ihtiyaçları vardı. Ergenlik çağında, asık suratlı, kavgacı, sürekli ilgi bekleyen, bütün enerjilerini emen çocuklardan uzakta. Beverly içini çekip iki büklüm oluyor. Keşke çocuklar konusunda bu kadar kavga etmeseler. Burada dikkatleri dağılmadan, o kesintisiz, yorucu ve gizli tedirginlik olmadan konuşabileceklerini umuyor.

Hafif bir huzursuzluğa kapılarak hafta sonunun nasıl geçeceğini, eve dönerlerken bir şeylerin değişmiş olup olmayacağını merak ediyor.

Henry Sullivan lobide, ana merdivenin sol tarafındaki resepsiyonun yakınlarında oyalanıyor. Şöminede yanan odunların kokusu ona küçüklüğündeki Noel'leri hatırlatıyor. Civardaki restoran ve turistik yerleri tanıtan parlak broşürlere bakıyor. Öte yandan "civar" burası için biraz iddalı bir ifade; burada her şeye çok uzaktalar. Ne yazık ki yoğun kar yağışı pek bir yere gitmeye de müsaade etmeyecek gibi görünüyor ama resepsiyondaki adam yarın kar makinelerinin çalışacağını ve yolların açılacağını söylüyor. Henry pantolon cebinden cep telefonunu çıkarıyor. Burada telefon çekmiyor; bunu hiç beklemiyordu. Beverly bundan bahsetmemişti. Bu durum biraz canını sıkıyor.

Belki de duyduğu suçluluk duygusu dışında, bu hafta sonu gezisine gelmeyi neden kabul ettiğini bilemiyor. Şimdiden geldiğine pişman; tek istediği eve gitmek. Bir an için arabasına dönüp karısını burada bırakıp gittiği, zararsız bir fanteziye kaptırıyor kendini. Karısı gittiğini anlayana kadar ne kadar zaman geçerdi? Anlayınca ne yapardı? Henry çabucak zihninden silip atıyor bu fanteziyi.

Karısı son zamanlarda giderek daha mutsuz görünüyor ama içinden tek sebebinin kendisi olmadığını söylüyor Henry. Çocuklar da sebep. İşi de. Yaklaşan orta yaşı. Kalınlaşan beli. Her şey. Ama bir insan bir başkasının mutluluğundan sorumlu olamaz. Kendi mutluluğundan Beverly sorumlu. Onu Henry mutlu edemez.

Yine de o kadar basit olmadığını biliyor; aptal değil. Bir zamanlar karısını seviyordu. Çocuklarının annesi o. Artık sevmiyor, hepsi bu. Bu konuda ne yapacağını ise bilemiyor.

Dana Hart, kapının ağzında Stuart Weitzman marka botlarındaki karı silkeliyor ve beğeniyle lobiyi inceliyor. Gözüne ilk çarpan, ortadaki ana merdiven. Koyu renk cilalı ahşap tırabzan babası ve tırabzanlar zarif oyma süslemelerle bezeli. Geniş basamakları koyu renk, çiçek desenli kalın bir halı kaplıyor. Halıyı sabitleyen pirinç tutucular ışıldıyor. Oldukça etkileyici bir manzara ki bugünlerde Dana öyle kolay kolay bir şeyden etkilenmiyor. Merdiven ona *Rüzgâr Gibi Geçti*'deki Scarlett O'Hara'yı ya da *Sunset Bulvarı*'ndaki Norma Desmond'ı anımsatıyor. En güzel gece elbiseni giyip caka satacağın bir merdiven, diye düşünüyor. *Yakın çekim için hazırım*. Ne yazık ki yanında hiç gece elbisesi getirmedi. Böyle olağanüstü güzellikte bir merdivenin boşa gitmesi ne yazık, diye geçiriyor içinden. Sonra lobinin sol tarafındaki şömine dikkatini çekiyor. Şöminenin etrafına da bazıları koyu mavi kadife bazıları koyu kahverengi deri kaplı, rahat görünümlü koltuk ve kanepeler ile üzerlerinde abajurlarıyla küçük birkaç sehpa yerleştirilmiş. Duvarlar zeminden yarısına kadar koyu renk ahşap lambri kaplı. Koyu parke döşeli zemini kısmen kaplayan olağanüstü güzellikteki İran halısı bütün odaya hem sıcak hem lüks bir hava katıyor; tam Dana'nın zevkine göre. Tepede bir avize asılı. Yanan odunun kokusu, Matthewların kır evinde geçen mutlu günleri hatırlatıyor. Derin bir nefes alıp gülümsüyor. Çok mutlu bir kadın o. Kısa süre önce nişanlanmış ve şimdi de evleneceği adamla bir hafta sonu tatiline çıkmış. Matthew'nun bulduğu bu güzel otel dahil her şey olağanüstü.

Matthew onu otelin kapısında bırakıp arabayı park etmeye gitti. Birazdan valizleriyle çıkıp gelecek. Dana lobiye girip şöminenin yanından geçerek merdivenin solundaki eski moda resepsiyona doğru ilerliyor. Buradaki her şey yılların ve kaliteli mobilya cilasının verdiği güzellikle ışıldıyor. Resepsiyonda genç bir adam, önünde de, resepsiyona yaslanmış, broşürleri karıştıran yaşı daha geçkin biri –belli ki bir otel misafiri– duruyor. Adam Dana'yı fark edince başını kaldırıp bakıyor. Bir an gözlerinin içine bakıyor, ardından yüzünde mahcup bir gülümsemeyle bakışlarını çeviriyor. Dana buna alışkın. Erkekler üzerinde böyle bir etkisi oluyor genellikle. Onu gördüklerinde bir an için gözlerine inanamıyorlar sanki; Dana'nın elinde değil.

Resepsiyondaki genç adam belli etmemeye çalışarak dönüp bir daha bakıyor ama belli oluyor. Buna da alışkın Dana.

"Ben Dana Hart. Nişanlımın adına bir rezervasyonumuz vardı, Matthew Hutchinson?"

"Evet, tabii" diyor genç adam hiç renk vermeden, kayıtlarına bakarak. Misafir kayıtları için bilgisayar yerine eski otel kayıt defterlerinden kullandıkları –ne ilginç– Dana'nın dikkatini çekiyor. Resepsiyonun arkasındaki duvarda oda anahtarlarının konduğu küçük ahşap çekmeceler var. "201 No'lu oda sizin. İkinci katta, sağ tarafta" diyor genç adam.

Arkasında kalan kapı açılıp içeri soğuk hava hücum edince Dana dönüp bakıyor; Matthew iki elinde birer çanta, paltosu ve koyu renk saçlarındaki kar taneleriyle içeri giriyor. Yanına geldiğinde Dana omuzlarındaki karı silkeliyor; bu küçük sahiplenici jestleri yapmak hoşuna gidiyor.

Resepsiyondaki genç adam gülümseyip, ağır pirinç anahtarı uzatarak, "Mitchell's Inn'e hoş geldiniz" diyor. Dana, genç adamın ne kadar çekici olduğunu şimdi fark ediyor. "Akşam yemeği saat yedi ile dokuz arasında, yemek salonunda veriliyor. Öncesinde de lobide içki servisimiz var. Keyifli konaklamalar dilerim."

"Teşekkürler, eminim keyifli olur" diyor nişanlısı, Dana'ya imalı bir bakış atarak. Dana ise kusursuz kaşlarını kaldırarak başkalarının yanında uslu durmasını söylüyor.

Matthew tekrar valizleri alıp Dana'nın peşinden geniş basamakları çıkıyor. Otelde asansör olmadığını fark ediyor. Küçük bir otel burası. Matthew burayı özellikle seçti. Düğün çılgınlığı başlamadan önce sessiz sakin bir yerde Dana'yla baş başa vakit geçirmek istiyordu. Ona kalsa bütün bu düğün işine hiç kalkışmazlardı. Keşke gidip Karayipler'de, şöyle olağanüstü bir manzaraya karşı evlenebilselerdi. Ama New England'da büyük bir servetin vârisi olunca düğünden kaçamıyordu insan. Öyle bir şey annesini ve teyzelerini kahrederdi, Matthew'nun da buna hiç niyeti yoktu. Ayrıca biliyordu ki, her ne kadar bazen düğün planları, randevular, böyle bir düğünün milyonlarca küçük detayı yüzünden boğulduğu olsa da Dana aslında bu işe bayılıyordu. Ne var ki son zamanlarda duygusal patlamalara daha kolay teslim olmaya başlamıştı. Bu küçük mola, bahar düğünlerinin son hazırlıklarından önce ikisine de iyi gelecekti.

Kalın halı ayak seslerini yutuyor, ikinci kata çıkıp koridorda birkaç adım ötedeki 201 No'lu odaya giderlerken neredeyse çıt çıkmıyor. Kapının üzerinde oval biçimli, oda numarasının işlendiği pirinç bir plaket, bir de eski moda anahtar deliği var.

Matthew kilidi çevirip kapıyı açıyor. "Önden buyurun."

Dana içeri giriyor ve beğeniyle gülümsüyor. "Çok güzelmiş" diyor. Matthew içeri girip kapıyı arkalarından kapatırken Dana yüzünü ona dönüyor.

Matthew kollarını etrafına dolayıp, "*Sensin* çok güzel olan" diyor ve onu öpüyor. Dana bir süre sonra onu cilveli cilveli ittiriyor.

Paltosunu çıkarıyor. Matthew da kendi paltosunu çıkarıp ikisini gardıroba asıyor. Birlikte odayı inceliyorlar. Yatak, elbette, büyük, çift kişilik, ayrıca nevresim ve çarşafın da birinci kalite olduğu Matthew'nun dikkatini çekiyor. Yastıkların üzerinde alüminyum folyoya sarılı çikolatalar var. Küvet belli ki iki kişi için tasarlanmış; kapının yanındaki küçük masada üzerindeki buz kovasında bir şişe şampanya ile hoş geldiniz notu duruyor. Pencereler, dalları kar yüklenmiş ağaçların bulunduğu geniş ön bahçeye ve anayola doğru kıvrılan, şimdi karın hızla örttüğü garaj yoluna bakıyor. Bahçenin yan tarafındaki park yerinde beş altı araba duruyor. Âşıklar yan yana durup pencereden dışarı bakıyor.

"Burası balayı suiti" diyor Matthew, "henüz anlamadıysan."

"Uğursuzluk getirmez mi bu?" diye soruyor Dana. "Aslında balayımız değilken balayı suitini tutmak?"

"Hiç sanmam." Bir arabanın cesurca garaj yolundan yukarı çıkıp ağır ağır park yerine girişini izliyorlar. Arabadan dört kişi iniyor. Üç kadın ile bir adam. Matthew, Dana'nın boynuna sokulup, "Akşam yemeğinden önce biraz kestirmeye ne dersin?" diyor.

Ian Beeton lobide şöminenin yanındaki koltuklardan birine otururken, Lauren resepsiyonda kayıt yaptırıp oda anahtarlarını alıyor. Ian barın yerini merak ediyor; bir içki hiç fena olmazdı. Lobinin sağ tarafındaki yemek salonunun açık duran cam kapılarından yemek için hazırlanmış beyaz örtülü masaları görebiliyor. Oldukça hoş bir yer burası. Görünüşe bakılırsa bir sürü küçük oda, koridor ve cumbadan oluşmuş, tamamen verimlilik ve misafirleri müdavim etme amaçlarına hizmet edecek şekilde inşa edilmiş tipik bir modern otel gibi değil.

Ian dikkatini yeniden kurtardığı iki kadına veriyor. Arabayı kullanan Gwen o sırada odalarının anahtarını alıyor. Belli ki iki kadın aynı odada kalıyor. Kadınlar birlikte merdivenden çıkarken arkalarından bakan Ian düşüncelere dalıyor.

Lauren yanına gelip elini uzatıyor. "Yukarı çıkmaya hazır mısın?"

"Olur."

"Akşam yemeği saat yedi ile dokuz arasında, yemek salonundaymış ama burada kokteyl içebiliyoruz" diyor Lauren.

"Güzel. Ne duruyoruz öyleyse?"

"Odamız üçüncü katta."

Ian kalkıp valizleri alıyor, Lauren'ın peşinden merdiveni çıkıyor. Otel çok ıssız görünüyor. Belki kar yağışı ya da kalın halı veya yumuşak aydınlatmanın etkisidir ama bütün sesler kısılmış, boğulmuş gibi geliyor.

"Riley adlı kadında bir tuhaflık sezdin mi?" diye fısıldıyor Lauren, süslemeli merdivenden çıkarlarken.

"Epey sarsılmış bir hali vardı" diye katılıyor Ian.

"Karşılaştığımızdan beri tek kelime etmedi. Yani, alt tarafı arabaları yoldan çıkıp çukura saplanmış. Ciddi bir hasar yok ortada."

"Belki daha önce trafik kazası geçirmiştir."

"Olabilir." Üçüncü kata çıktıklarında Lauren ona dönüyor. "Çok gergin görünüyordu. Tuhaf bir elektrik aldım ben o kadından."

"Düşünme şimdi onu" diyor Ian, aniden onu öperek. "Beni düşün."

3

Cuma, 17.30

Gwen üçüncü katta, istedikleri gibi iki çift kişilik yatağı bulunan odalarında, kapıya uzak olan yatağın üstüne oturup tedirginlik içinde Riley'yi izliyor. Riley'nin halinin Lauren adlı kadının da dikkatini çektiğinin farkında.

Gwen şimdi ilk kez Riley'nin ihtiyaç duyduğu şeyin kendisi olmayabileceğini fark ediyor. Onun sakin ve pragmatik mizacı Riley'yi rahatlatacakken, Riley'nin sessiz paniği onu etkilemeye başladı bile. Arkadaşının karakteri onunkine kıyasla hep daha baskın olmuştu; asıl Riley'nin onu etkileyeceğini bilmesi gerekirdi. Gwen şimdiden kendini karanlık köşelere bakarken buluyor; beklenmedik seslere irkiliyor, başlarına gelebilecek kötü şeyleri zihninde canlandırıyor. Belki de sadece yabancı bir yerde olmaktan, bu otelin eski moda havasındandır diye düşünüyor.

"Üstümüze başımıza çekidüzen verip yemekten önce birer içki içmeye ne dersin?" diye öneriyor Gwen.

"Olur" diyor Riley, isteksizce.

Uzun sarı saçları solgun yüzünün etrafına gelişigüzel dökülmüş; o eski canlılığından eser yok. Bir zamanlar güzel bir kadındı, şimdiyse ona güzel demek zor. Ne korkunç bir düşünce, diye geçiriyor içinden Gwen. Güzelliğin Riley'nin yüzüne bir gün geri döneceğini umuyor. Bakışları yalvarırcasına ona bakıyor. "Zor bir dönemde olduğunu biliyorum. Ama çabalamak zorundasın."

Riley ona bir bakış atıyor; belki rahatsızlık, belki dargınlık var bakışlarında. Öfke var. Gwen de hafif bir öfkeye kapılıyor ve her lafını tartması gerekecekse hafta sonu bitmek bilmeyecek diye düşünüyor. Yine de derhal kendine Riley'nin en yakın arkadaşlarından biri olduğunu hatırlatıyor. İyilik borcu var ona. Kendini toparlamasına yardımcı olmak istiyor; o nefes kesici, hayat dolu arkadaşını geri istiyor. Yine onu kıskanmak istediğini fark ediyor, eskiden olduğu gibi.

"Gel saçlarını tarayayım" diyor Gwen. Yatağından kalkıp Riley'nin valizinde saç fırçasını arıyor. Sonra yatakta arkasına oturup, yatıştırıcı bir şekilde, uzun uzun saçlarını tarıyor. Bu sırada Riley'nin omuzlarının biraz gevşemeye başladığını fark ediyor ve nihayet duruyor. "İşte oldu. Dudaklarına ruj sür. Ben de süreceğim. Aşağı inip bir şeyler yeriz, sonra da odaya dönüp sakin bir akşam geçirir, sohbet ederiz. Eskisi gibi. Ya da kitap okuruz, istersen." Kendisi de yanına birkaç kitap aldı. Bir kitabın içinde kaybolmaya hiç itirazı yok. Kendi hayatı da hiç mükemmel sayılmaz.

Resepsiyonun arkasından geçip otelin batı kanadı boyunca uzanan bir koridor, binanın batısındaki ön ve arka odaları birbirinden ayırıyor. Koridorun ilerisinde bir bar var ama David Paley başını uzatıp bakınca içerisini bomboş buluyor. Kapının sağ tarafında, çeşit çeşit içkiden oluşan etkileyici seçkisiyle bar tezgâhı var ama ardında ona içki verecek kimse yok. Burada da duvarlar lobideki gibi gösterişli koyu renk ahşap lambri kaplı. Barın karşısında, odanın öbür tarafında şömine ve şık rafı var. Yukarısında da bir yağlı boya tablo asılı; bir horozu ayaklarından tutmuş bir adamın karanlık, kasvetli portresi. Pencereler ön bahçeye bakıyor. Şöminenin etrafına küçük masalar ile eskimiş, rahat deri sandalyeler dizilmiş. Erkeklere göre bir mekân burası. David acaba bir barmen çıkagelir diye kalıp beklese mi yoksa lobiye gidip içkisini orada mı sipariş etse diye düşünüyor. Yalnız seyahat etmek tuhaf şey. Henüz ateş yakılmamış olduğu halde şömine yakınlarındaki deri koltuklardan birine oturuyor, birkaç dakika bekliyor, kimsenin gelmeyeceğini düşünerek yeniden lobiye dönüyor. Orada da kimse yok; daha önce resepsiyonda duran genç adam ortadan kaybolmuş. David resepsiyon masasındaki eski moda zili çalıyor. Zilin tiz sesi beklediğinden yüksek çıkınca hafifçe irkiliyor. Biraz önceki genç adam, merdivenin yanında, resepsiyonun arkasına doğru uzanan koridordan çıkıp koşar adım resepsiyona geliyor.

"Sizi beklettiğimiz için kusura bakmayın" diyor. "Hava koşulları yüzünden personelimiz yetersiz." Mahcup bir ifadeyle gülümsüyor.

"Bir içki alabilir miyim acaba?"

"Elbette. Burada içki servisimiz olacak. Birkaç dakika içinde servis arabasını getireceğim."

"Peki öyleyse" diyor David dostane bir tonla. Tek istediği bir içki, rahat bir koltuk ve şömine ateşinin sıcaklığı. Sonra da iyi bir akşam yemeğinin ardından derin, kesintisiz bir uyku.

Oturup acaba ona eşlik edecek kim çıkar diye düşünüyor. Kısa süre sonra tekerleklerin takırtısını ve kadehlerin şangırtısını duyunca başını kaldırıp bakıyor; genç adam eksiksiz bir servis arabasıyla lobiye giriyor. Arabanın üzerinde her barda bulunan içkilerin yanı sıra bir kokteyl kabı, bir kova buz, birkaç çeşit meşrubat ile garnitür, kaliteli likörler ve çeşitli kadehler var. Alt rafındaysa şarap şişeleriyle birlikte, buz kovası içinde boynu alüminyum folyolu bir şişe şampanya duruyor.

"Ne istersiniz?" diye soruyor genç adam.

Daha çocuk bu, diye düşünüyor David. Çok küçük, olsa olsa yirmi birinde gösteriyor. "Adın nedir?" diye soruyor.

"Bradley" diyor genç adam.

"New York eyaleti sınırlamalarına göre içki servis edecek kadar büyük müsün, Bradley?" diye espri yapıyor David.

"Yaşımdan küçük gösteriyorum" diyor Bradley sırıtarak. "Yirmi iki yaşındayım."

"Öyleyse bir cin tonik alayım, lütfen" diyor David de ona gülümseyerek.

Bradley içkiyi ustalıkla hazırlıyor. David onu izlerken lobide bir hareketlilik dikkatini çekince başını kaldırıp bakıyor. Merdivenden herhalde otuzlarında, genç bir çift iniyor.

"Ah, baksana" diyor adam, servis arabasına bakarak. Gülümseyip ellerini birbirine sürterek coşkusunu vurguluyor.

Adamın yüzündeki gülümseme ister istemez David'in dikkatini çekiyor. Bu gülümseme insanda hemen cana yakın biri olduğu izlenimi yaratıyor. Uzun boylu, ince yapılı, kirli sakallı, kahverengi saçları dağınık adam kot pantolon ve ekose gömleğiyle rahat giyinmiş olsa da David onun bu alelade kılığıyla bile her yere uyum sağlayabileceğini düşünüyor. Onu gördüğüne seviniyor; havadan sudan, aklını başka şeylerden alacak bir sohbete ihtiyacı var. Yanındaki çekici bir kadın ama biraz önce merdivenlerde yanından geçen kadın kadar nefes kesici değil. David bir an için acaba oteldeki bütün misafirler çiftlerden mi oluşuyor diye geçiriyor aklından.

"Size katılmamızın mahsuru var mı?" diyor adam.

"Hiç mahsuru yok" diyor David.

Adam, "Ben Ian" deyip elini uzatıyor.

Yanındaki kadın da elini uzatıp, "Ben Lauren" diyor.

"Memnun oldum" diyor, "David."

"Etraf biraz boş görünüyor" diyor Lauren sanki yüksek sesle düşünür gibi etrafa göz atarak.

Bradley başını sallayıp söze giriyor. "Otel dolu değil. On iki odamız var ama bu hafta sonu yalnızca altısı dolu. Kar yağışı yüzünden birkaç rezervasyonumuz iptal edildi. Ayrıca başta barmenimiz ve oda hizmetlimiz olmak üzere personelimizin birkaçı da gelemedi. Ama ben varım, o yüzden sıkıntı yok." Ellerini kavuşturuyor. "İçki hazırlamayı az biraz biliyorum" diye ekliyor birdenbire. "Barmen bir süredir bana öğretiyor."

"Şahane!" diyor Ian. "Bana bir viski soda hazırlar mıydın?"

"Elbette."

"Ben de bir Manhattan alayım" diyor Lauren.

"Şefiniz gelebildi mi peki?" diye soruyor Ian. "Açlıktan ölüyorum da."

Bradley bir kaşını kaldırıyor. "Merak etmeyin. Şef babam oluyor; burası bir aile işletmesi. Burada, barın arkasındaki koridorun sonunda bir dairede kalıyoruz." Başıyla koridoru işaret ediyor. "Yollar açılana kadar babamla ikimiz idare edebiliriz. Ancak bu akşam yemek daha ziyade açık büfe olacak."

Sert bir rüzgâr şiddetle pencereleri dövüyor. Sesi duyan misafirler içgüdüsel olarak dönüp bakıyor.

"Şiddetli fırtınalarımız eksik olmuyor buralarda" diyor Bradley.

Bu kez lobide yaşça daha büyük bir adam David'in dikkatini çekiyor. Üzerindeki önlüğe bakılırsa, yemek salonunun arka tarafındaki mutfaktan gelmiş olmalı. Bradley'nin babası.

"Hoş geldiniz" diyor adam. "Ben James Harwood, otelin sahibiyim. Aynı zamanda da şefi." Ardından, "Endişeniz olmasın, hava nasıl olursa olsun size çok iyi bakacağız" diye vaatte bulunuyor.

David adamı baştan aşağı süzüyor. Kendinden emin bir havası var; sözünü yerine getirecek birine benziyor. Otelinde çok başarılı olduğu aşikâr; bu işletmeden gurur duyduğu da otelin her yerinden belli oluyor. Onlarla biraz sohbet ettikten sonra adam mutfağına dönüyor.

David koltuğunda arkasına yaslanıyor; bir kez daha hafta sonunu iple çekiyor.

Lauren, şöminenin yanında oturan adamı etkisi altına alan Ian'ı izliyor. Ian herkesle anlaşabilen biri. Daha şimdiden David'in New York'lu bir savunma avukatı olduğunu öğrendi bile. Şimdi de üstlendiği bazı davalar hakkında ağzından laf almaya çalışıyor.

"Üstlendiğiniz en ilginç dava neydi?" diye soruyor Ian merakla.

"Hepsi ilginç" diyor avukat, yüzünde hafif kaçamak bir gülümsemeyle.

"Gazetede okumuş olabileceğimiz bir dava var mı aralarında?" diye soruyor Lauren.

"Vardır muhtemelen."

O sırada merdivenden birilerinin indiğini fark eden Lauren omzunun üzerinden bakıyor. Gelenlerin Gwen ile Riley olduğunu görüyor. Avukatın da onlara baktığını fark ediyor. İki kadın onlara doğru ilerleyip ateşin karşısındaki kanepeye oturuyor. Gwen çekingen bir tebessüm edip selam veriyor; Riley kimseye bakmıyor. Ama Bradley içkileriyle yanlarına gidip havayı dağıtıyor. İki kadın da birer kadeh merlot isteyip suspus oluyor.

Gwen kayak şapkası ve şişme montu olmayınca epey farklı görünüyor, diye düşünüyor Lauren. Ufak tefek, ince yapılı bir kadın; ışıl ışıl siyah saçları da açık tenine karşı çarpıcı duruyor. Daha uzun boylu, sarı saçları omuzlarından gösterişsizce dökülen Riley, Gwen'in yanında sağlıksız görünüyor.

Ian, avukat David'in yakasını bırakmıyor. "Bir katili savunduğunuz oldu mu hiç?" diye soruyor. Coşkusu nihayet avukatın yüzüne gönülsüz de olsa bir tebessüm yerleştirmeyi başarıyor.

"Evet." Kadehini çevirip içkisini çalkalıyor. "Pek çok kez."

"Hadi, anlatın bize!"

"Siz ona aldırmayın" diye araya giriyor Lauren. "Çok fazla suç programı izliyor bana kalırsa."

"İşler her zaman TV'deki gibi yürümüyor" diyor avukat.

Avukatın dudak büktüğü dikkatinden kaçmayan Lauren, "Ne demek istediniz?" diye soruyor.

Avukat omuz silkiyor. "TV'de genellikle adalet yerini buluyor. Gerçek hayattaysa her zaman öyle olmuyor."

"Öyleyse, bir savunma avukatı olarak işinizde fazla başarılı olduğunuzu mu söylüyorsunuz yani?" diyor Ian ve bunun üzerine hepsi gülüyor.

Lauren şimdi iki kadının mırıldandığını duyabiliyor ama söylenenleri anlayamıyor. Çok alçak sesle konuşuyorlar.

"Elimden geleni yapıyorum" diyor avukat.

"Nasıl yapıyorsunuz peki bu işi?" diye soruyor Lauren. "Vicdanınız yaptığınız şeye, korkunç bir suç işlemiş olabileceğini bildiğiniz birini savunmaya nasıl elveriyor?" Sonra aceleyle ekliyor: "Affedersiniz. Yargılamak istememiştim."

David Paley neredeyse boşalan kadehine bakıp ne cevap vereceğini düşünüyor. Pek çok kez karşılaştığı bir soru bu. Bir savunma avukatı olarak çok başarılı biri. İnsan olarak ne kadar başarılı olduğundansa oldukça şüpheli. Şirketteki ortakları ona kibarca bir süreliğine işten uzaklaşmasını, belki bir seyahate çıkmasını önerdi. Ne var ki David'in ona eşlik edecek kimsesi yoktu. Artık bir eşi yoktu. Dünyayı gezmek bir süre için aklını dağıtabilecek olsa da ruhundaki boşluğu dolduramazdı. Kariyerinin büyük bir kısmını katilleri savunarak geçirmenin hiç şüphesiz bedeli ağır olmuştu. Ama Lauren'ın sorusuna cevabı hazırdı. İlle buna inanıyor olmasa da ne diyeceğini biliyordu.

"Savunma avukatı olarak işimin gereğini yapmak zorundayım. Hukuk sistemimize göre suçu kanıtlanana dek herkes masumdur. Benim işim de bütün sanıkları elimden geldiğince iyi temsil etmek." Ardından ekliyor: "Eğer avukatlar bir kişiyi temsil etmeyi kendi ahlaki değerlerine ya da vicdanlarına göre öylece reddedebilecek olsalar..."

Lauren ilgiyle dinliyor.

David omuz silkiyor. "Kısacası, savunma avukatı olmadan sistem işlemez." İçkisinden kocaman bir yudum alıyor. Söylediği her şey kulağa iyi geliyor. "Büyük resme bakmak gerek" diye ekliyor. Bunun ne kadar zor olabileceğini ise söylemiyor onlara.

Biraz ötede, kanepede oturan iki kadının da kulak kabartıp onu izlediği dikkatini çekiyor. Siyah saçlı kadını oldukça çekici buluyor. Kadının zeki bakışları onu inceliyor. David onunla konuşmak istiyor. Belki bu, gerçekten de kafa dağıtabileceği bir hafta sonu olacak.

Gwen, şöminenin önünde oturan avukata bakıyor. Yaşı ondan büyük, kırklarında bir adam; koyu renk kısa saçları şakaklarından ağarmaya başlamış. Güzel –çekici ve nazik– bir yüzü ve Gwen'e çekici gelen, hüzünlü bir gülümsemesi var. Sesinin tınısı da Gwen'in hoşuna gidiyor; muhtemelen yıllarca mahkemede konuşmanın verdiği bir rahatlıkla dökülüyor dudaklarından. Rahatlığı, kendinden emin havası Gwen'e çekici geliyor. Gwen modern bir genç kadın. Kendini feminist olarak görüyor. Ne var ki hiçbir zaman pek kendinden emin biri olmadı; başkalarında hayranlık duyduğu –hatta imrendiği– bir özellik bu. Güçlü ve bağımsız olmak istiyor, Riley gibi. Daha doğrusu Riley'nin eskiden olduğu gibi. Gözucuyla arkadaşına bakıyor. Öte yandan gücü ve bağımsızlığı ona ne kazandırdı ki?

Yanında oturan Riley, ilk kadeh şarabını sıcak bir günde su içer gibi kana kana içiyor. Ya da sanki birbiri ardına içki yuvarlayan erkeklere eşlik eder gibi. Her zaman iyi içerdi Riley. Şimdi Gwen neredeyse olduğu gibi duran içkisinden bir yudum alıyor. Belli ki o yarı katatonik halinden sıyrılmış olan Riley, servis arabasının başındaki barmene işaret edip, "Bir kadeh daha alabilir miyim?" diyor.

Barmen, "Elbette" deyip ona bir kadeh daha dolduruyor.

"Teşekkürler" diyor Riley. Ardından kadehindeki şarabı bir dikişte içiyor. Şimdi herkes onu izlerken suspus, Gwen ise rahatsız ve utanıyor. Ayrıca Riley'nin sarhoş olmasını da istemiyor; ne yapacağını, nasıl bir ruh haline bürüneceğini hiç kestiremiyor. Riley eskiden sarhoşken eğlenceli olurdu, her partinin gözbebeği olurdu ama şimdi Gwen neyle karşılaşacağını hiç bilmiyor. Afganistan'dan son dönüşünden beri Riley bambaşka biri. Bazen kendi dünyasına çekilip öylece boşluğa bakıyor. Bazen de huysuz, hatta biraz saldırgan davranıyor. Ara sıra gerginlikten kendini kaptırdığı tikleri de –yani sürekli kıpırdayan elleri, bir oraya bir buraya dönen bakışları– şimdiden Gwen'in sinirine dokunmaya başlamış durumda. Gwen kazara avukatla göz göze geliyor ve çabucak bakışlarını çeviriyor.

Bu hafta sonu gezisini teklif ettiğine pişman oldu bile. Arabası kilometrelerce uzakta bir yerde bir çukurun içine saplanıp kaldı. Çekici hizmeti veren şirket sabaha kadar aracı alamayacaklarını söyledi. O zamana kadar araç muhtemelen karın içine iyice gömülecek, arabayı bulmak bile mümkün olmayacak.

Riley'ye doğru eğilip fısıldıyor: "Biraz ağır gitsen iyi olabilir."

4

Dana örtünün altından çıkarken Matthew'nun ona uzanan elini hafifçe tokatlıyor. Ona gülümsüyor. "Aşağı inmemiz gerek. Acıkmadın mı?"

Matthew oyunbaz bir tonla, "Şimdi sen öyle deyince" deyip yataktan çıkıyor.

Dana üstüne sade ama zarif kesimli bir elbise geçirip çabucak hazırlanıyor. Ne giyse güzelliğini ortaya çıkarıyor. Genetik bakımından hayat ona bonkör davranmış ve artık kendisine bahşedileni en iyi şekilde değerlendirmek için parası da var.

Matthew sıcakkanlı, cömert bir adam ve Dana ona deliler gibi âşık. Elbette parasının da zararı yok. Sık sık ne kadar şanslı olduğunu, çoğu kadının evlenip belli bir bütçeyle çocuk yetiştirmekte ne kadar zorlandığını düşünüyor.

Matthew'yla ikisinin rüya gibi bir hayat sürdüğünün farkında. Bunun için mahcup olacak hali yok. Öte yandan bunu kimsenin gözüne sokacak biri de değil. Sahip olamayacağın şeyleri istemenin –deliler gibi istemenin– nasıl bir şey olduğunu biliyor. Matthew'nun kim olduğunu bilmeyen herkesin gözünde yalnızca varlıklı, başarılı bir çift onlar. Ama Matthew'nun ailesi zengin, hem de çok zengin.

Dana ikinci küpesini takarken, "Hazır mısın?" diye soruyor Matthew. Dana antika makyaj masasında oturmuş, arkasında duran nişanlısına aynadan bakıyor. Çok romantik geliyor bu ona.

"Neden artık kadınların böyle makyaj masaları yok?" diye soruyor.

"Bilmem. Olması gerekir" diyor Matthew, aynada bakışlarına karşılık verip uzun saçlarının bir tutamını nazikçe okşayarak.

"Yemekten sonra şöminenin önünde oturup bize ikram ettikleri şampanyayı içebiliriz" diyor Dana. Bu mükemmel odada, ateşin loş ışığında, hâlâ yağan kar dışarıdaki dünyayı suspus ederken baş başa olmanın ne kadar güzel olacağını, gündelik hayatlarından ne kadar farklı geldiğini düşünüyor.

Matthew kapıyı arkalarından kapayıp anahtarı cebine atıyor. Sahanlığa gelip aşağıdaki lobiye bakınca başka otel misafirlerinden oluşan küçük bir grubun toplandığını görüyor. Daha önce resepsiyonda duran genç adam şöminenin etrafında oturan birkaç kişiyle sohbet ederken bir yandan içki hazırlıyor.

Son basamağa gelip gruba yaklaştıklarında "Bar bu akşam kapalı" diyor genç adam. "Barmenimiz yok, böyle idare ediyoruz. Umarım sakıncası yoktur."

Matthew, eli Dana'nın belinde, gülümseyerek, "Hiç sakıncası yok" diyor. Oldukça sıcak bir atmosfer olmuş. Kendi yaşlarındaki bir çiftin karşısındaki kanepeye oturuyorlar. Aralarında yaşı biraz daha büyük bir adam var; görünüşe bakılırsa tek başına gelmiş. Şöminenin karşısındaki kanepede de iki kadın oturuyor.

"Ne alırdınız?" diye soruyor genç adam, hayranlıkla Dana'ya gülümseyerek.

"Votka-martini, lütfen" diyor Dana.

"Benimki de buzlu İskoç viski olsun, teşekkürler" diyor Matthew.

"Ben Bradley" diyor genç adam.

Tek başına oturan adam, "Ben David" diyor.

"Kendisi bir savunma avukatı" diyor karşısındaki adam. "Ben Ian, bu da Lauren." Lauren ona gülümsüyor.

"Ben Matthew, bu da nişanlım Dana" diyor Matthew.

Ian öne doğru eğilip kanepedeki kadınları işaret ediyor. "Bunlar da Riley ve Gwen." Gwen çekingen bir tebessümle başını sallıyor. Riley de onlara bakıp kısacık bir an için gülümsedikten sonra gözlerini ateşe çeviriyor. "Onlara yol üzerinde bir yerde rastladık, arabaları çukura saplanmıştı" diye ekliyor Ian, gülümseyerek.

Cana yakın birine benziyor, diye düşünüyor Matthew. İnsanın rahatça konuşabileceği biri. Hemen kendini sevdiren biri.

Gwen, "Yoldan geçtikleri için şanslıyız, yoksa muhtemelen hâlâ orada ve şimdiye kadar soğuktan ölmüş olurduk" diye söze giriyor. Rüzgâr sanki sözlerini vurgularcasına pencereleri titretiyor. "Sabah arabamı çıkarmaları için bir çekici kamyoneti çağırmam gerekecek. Bu akşam gelemediler, tabii, yollar tamamen kapalı."

"Biz de gelebildiğimiz için şanslıyız" diyor Matthew, "daha geç kalsak hiç gelemeyebilirdik. Sanırım fırtına beklenenden daha şiddetli."

"Sormayın" diyor Bradley. "Bazen hava durumu tahminlerini yapanlar ne işe yarıyor diye düşünüyorum. Babama göre pencereden dışarı bakmak daha faydalı. Mutfakta bir radyosu var. Ana otoban kapatılmış ve yan yolların da neredeyse tamamen geçilmez olduğunu söylüyorlar. Misafirlerimizden bazıları gelemedi ama açıkçası iyi oldu. Fırtına yüzünden personel açığımız var."

"Hay aksi" diyor Gwen.

"Merak etmeyin, size gayet iyi bakacağız" diyor Bradley, küstahlığa varan bir özgüvenle.

Çekici bir genç adam, diye düşünüyor Matthew, kendinden de çok emin; neredeyse kibirli.

"Umarım elektrik kesilmez" diyor Lauren.

"Kesilecek olursa" diyor Bradley, "odaların çoğunda şömine var ve odunluk da çıra ve odun dolu. Ayrıca ihtiyaç olursa gaz lambalarımız da var."

"Kulağa hoş geliyor aslında" diyor Ian.

Gözucuyla birilerinin geldiğini gören Matthew yukarı bakıyor. Merdivenden bir başka çift iniyor. Yaşları Dana'yla ikisinden daha büyük, belki ellilerine yakınlar. Adamın canı sıkkın gibi, yanındaki kadınsa konaklamalarının tadını çıkarmaya çalışıyora benziyor.

Adam onlara katılır katılmaz, "Bir kadeh İskoç viski-soda harika olur" diyor Bradley'ye. Barmenin uzattığı içkiyi alıp karısını servis arabasının yanında bırakarak gidip şöminenin başında dikiliyor. Bradley, "Size ne vereyim, hanımefendi?" diye soruyor kadına.

"Cin tonik alayım, lütfen" diyor kadın kibarca.

"Gelin, oturun" diyor Gwen, biraz yana kayıp kanepedeki boş yere hafifçe vurarak. Kadın ona minnetle bakıp kendini kanepenin minderlerine bırakıveriyor.

Ian herkesi takdim ettikten sonra şöminenin önünde duran adama imalı bir bakış atıyor.

"Ben Henry" diyor adam, "bu da eşim Beverly."

"Memnun oldum" diye mırıldanıyor Beverly herkese.

"Biz de fırtınadan bahsediyorduk" diyor Lauren. "Bradley kar yağışı yüzünden burada mahsur kaldığımızı ve elektrik kesilecek olursa endişelenmemize gerek olmadığını söylüyordu."

"Cep telefonu çekmiyor burada" diye söyleniyor Henry. "Wi-fi da yok. Canlı canlı gömülmek gibi."

Bunun üzerine şaşkın bir sessizlik çöküyor odaya.

"Burada hiçbir zaman telefon çekmedi" diyor Bradley, bu yorum üzerine biraz kızararak. "Ne de wi-fi bağlantımız oldu. Broşürümüzde yazıyor. Misafirlerimizin çoğu bunlardan uzaklaşmak için buraya geliyor."

Henry'nin, sanki otelde wi-fi olmaması onun suçuymuş gibi karısına attığı ters bakış Matthew'nun dikkatini çekiyor. Belki keyifsizliğinin sebebi budur.

"Manzara çok hoş ama" diyor Beverly buna karşılık. "Ayrıca etrafta bir sürü kitap gördüm."

Doğru. Matthew da otelin her köşesinde her türden kitapla dolu raflar görmüştü.

"Komodinimin üzerinde eski bir Agatha Christie kitabı buldum" diyor Lauren da sohbeti sürdürerek.

"Ben koydum" diyor Bradley. "Bütün odalara kitap koyuyorum. Yastık üstünde çikolatadan çok daha hoş, sizce de öyle değil mi? Gerçi çikolata da koyuyoruz, elbette."

"Bence çok hoş" diyor Lauren.

"Aslına bakarsanız oldukça kapsamlı bir kütüphanemiz var. Size başka bir kitap bulabilirim isterseniz. Elimizdeki kitaplara aşinayım; çoğunu okudum. Misafirlerimiz kitaplarını kütüphanede okumaktan hoşlanıyorlar, tabii, ama yazları hamakta ya da havuz kenarında veya çardakta oturup okuyorlar."

"Yazın tekrar gelmemiz gerekecek buraya" diyor Matthew, Dana'ya gülümseyerek, "evlendikten sonra."

"Gelmelisiniz" diye katılıyor Bradley. "Yazın burası çok güzel oluyor. Ama kışın da bir o kadar güzel. Yemekten sonra kütüphanedeki şömineyi yakabilirim, orada oturmak isteyen olursa."

"Buzhaneyi görmek istiyoruz biz" diyor Lauren.

"Buzhane tam olarak ne oluyor?" diye soruyor Beverly.

Bradley gülümsüyor. "Tamamen buz ve kardan yapılmış bir ek bina. Orayı bara çevirdik. Her şey buzdan oyuldu; bar tezgâhı, raflar, tabureler bile. Ayrıca şahane bir heykelimiz de var. Orada buzdan olmayan şeyler yalnızca şişeler ve bardaklar ile bar ekipmanı. Muhteşem bir yer. Henüz oraya çıkan patikayı temizleme fırsatı bulamadım ama kar püskürtme makinesini alırım, yarın açık olur, sözüm söz."

"Soğuk bir yere benziyor" diyor Gwen.

"Bir cekete ihtiyacınız olacak" diye onaylıyor Bradley.

Dana ile Matthew'nun gelmesiyle ortamın havası biraz değişiyor. Dana aralarına katıldığında odadaki erkeklerin nasıl tepki verdiği Lauren'ın dikkatinden kaçmıyor. Bradley, Dana'ya içkisini verirken bön bön bakıyor. Yaşı daha büyük olan erkekler duygularını saklamakta biraz daha başarılı olsa da herkesin Dana'nın nefes kesici güzelliğinden etkilendiğini fark etmemek mümkün değil. Sanki hepsi birdenbire daha dik oturur oluyor. Ian bile. Bundan hoşlanmayan Lauren şimdi ona hafif bir tekme atıyor ve Ian dikkatini yeniden ona veriyor.

Lauren kendisinin de çekici bir kadın olduğunu biliyor, ayrıca Ian'ın da onu çekici bulduğuna şüphesi yok. Ne var ki Dana bambaşka bir sınıfa giriyor. Mesele yalnızca inkâr edilemez güzelliği değil, aynı zamanda cazibesi. Kendi çekiciliğinin farkında olması. Kılını kıpırdatmasına gerek kalmadan odadaki diğer bütün kadınlar onun yanında ikinci sınıf kalıyor. Böyle sıra dışı güzellikte kadınların, nedense istedikleri her şeyi elde etmeye hakları varmış gibi hissettiklerine kanaat getiriyor Lauren.

Gözlerini dikmiş, Dana'ya bakarken buluyor kendini. Dana sanki bakışlarını hissedebiliyormuş gibi birdenbire doğruca gözlerinin içine bakıyor. Bakışları Lauren'ın üzerindeyken güzel yüzündeki gülümseme titremiyor bile.

Dana ona birini hatırlatıyor. Lauren kim olduğunu çıkaramıyor. Belki de yalnızca sinema ekranlarından ya da dergilerden onlara bakıp kendilerini kusurlu hissettiren bütün o kadınları hatırlatıyor. Bakışlarını ilk çeviren Lauren oluyor.

Gwen ile Riley'nin de Dana'yı izlediğini fark ediyor.

Cuma, 18.45

James mutfağından çıkıp misafirlere bakmak üzere lobiye girince kokteyl saatinin hareketli geçtiğini görüyor. Misafirler sohbet ediyor, her şey yolunda; herkes keyifli görünüyor. Çoktan içmeye başlamışlar. Kar yüzünden bir yerde mahsur kalmak insanları birbirine yaklaştırıyor.

Şimdi lobiye girerken oğlu ona bakıyor. Bradley'nin elinde boynundan gevşekçe tuttuğu, tıpası çıkmış bir şampanya şişesi –Veuve Clicquot– var. Son derece çekici bir genç adam Bradley; alnına düşen bir tutam saçı da ona çekici bir serseri havası katıyor. Uzun, ince ve atletik vücudu, siyah dar paça kumaş pantolonu ile jilet gibi beyaz gömleği içinde çok rahat gözüküyor. Kıyafetlerini çok iyi taşıyor. Misafirlerle de çok iyi iletişim kuruyor. Kendinden emin ve dışadönük biri, tıpkı annesinin bir zamanlar olduğu gibi. James ise perde arkasında, üstünde önlüğüyle mutfağında ya da defterlerinin başında daha rahat. Yine de Bradley'ye dair birtakım endişeleri var. Çizgiyi aşacağından korkuyor. Hâlâ toy ve fevri. Hizmeti alan değil veren tarafta olduğunu unutmamalı. Gözetilmesi gereken sınırlar var ve Bradley bu konuda hiçbir zaman pek başarılı olmadı.

Kadınların hepsi şimdi eski moda geniş ağızlı kadehlerden şampanya içiyor. Ara sıra huysuz bir misafirin uzun ince kadehlerden istediği oluyor ama geniş ağızlı kadehlerin o nostaljik yirmiler havası çoğunun hoşuna gidiyor. James de çok seviyor bu kadehleri. Bu otele çok yakışıyorlar.

Tanışma merasimini Bradley üstleniyor. James nihayet misafir listesindeki isimlerle yüz yüze geliyor.

"Şampanyaya geçtik" diyor Lauren, kadehini kaldırarak.

"Harika seçim" diyor James.

"Madem karda mahsur kaldık, tadını çıkaralım dedik" diyor Dana adlı, parmağında kocaman bir elmas yüzüğü olan, büyüleyici güzellikte bir genç kadın.

"Hanımlar kutlama yapıyor" diyor elinde kadehi, şöminenin yanında kibirli kibirli duran Henry, "ama erkekler sadece içiyor."

"Herkesle tanıştık mı artık, Bradley?" diye soruyor Ian. "Otelde konaklayan başka misafiriniz var mıydı?"

"Evet, bir kişi daha var" diyor Bradley. "Bu sabah bir kadın misafirimiz giriş yaptı. Onu pek göreceğimizi sanmıyorum. Bir kitap yazıyormuş, sessizlik istiyor."

"Kitap mı?" diyor Dana. "Ne tür bir kitap?"

"Hiçbir fikrim yok. Söylemedi."

"Adı ne?" diye soruyor Gwen.

"Candice White" diyor Bradley. "Tanıdık geliyor mu?"

Odadaki herkes başını iki yana sallıyor.

"Misafirlerimiz bu kadar" diyor Bradley. "Gelecek olan başka misafirimiz de yok, bu havada kimse gelemez artık."

5

Candice White odasında, pencere önündeki antika yazı masasında oturmuş, kar bastırmadan önce otele vardığına sevinerek dışarıdaki kış manzarasına bakıyor. Verimli bir gün oldu.

Bir yerlere kaçmaya can atan Candice, sabahın erken saatlerinde arabasına binip New York'tan geldi. Bu sıralar içi dargınlık ve öfkeyle dolu, sinirleri altüst olmuş durumda. Ona ihtiyacı olan bir ailesi –bitik bir kocası, sevimli küçük çocukları– olduğundan falan değil. Düşüncesini düzeltiyor; çocukları olsaydı şimdi muhtemelen ergenlik çağında olur, belki pek de sevimli olmazlardı. Bazen yapıyor bunu Candice; çocuklarının farklı yaşlarda nasıl olacaklarını hayalinde canlandırıyor, tabii eğer çocuğu olsaydı. Aşkta şansı olsaydı. Ama yoktu. Aşkta şansı hiç yaver gitmedi. Onun için mutlu son yoktu. Aksine, üç kız kardeş arasında bekâr ve eşcinsel olan tek kadındı. Dul kalan ve sağlığı kötüye giden annelerinin bakımı büyük oranda ona kalmıştı çünkü bencil kız kardeşleri onlara sevgi saçan ailelerinin ihtiyaçlarına koşmakla meşguldü.

Hayatın ona büyük bir kazık attığını düşünüyor Candice. Kız kardeşlerinin belli ki cepte gördüğü mutluluğun ondan esirgendiğini, yaşlı bakmanın o kıymet görmeyen, insanın canını çıkaran, bütün neşesini alıp götüren ağırlığı altında çöktüğünü hissediyor. Annesini sevmediği söylenemez, ama çok... çok ağır bir yük bu. Çok da acınası bir durum; kızını bir tanıyıp bir tanımayan annesinin elden ayaktan düşmesi, utanç verici bedensel ihtiyaçları. Bu durum yaratıcılığını tamamen köreltirken oturup çalışmasını da güçleştiriyor. Kitabını bitirebilmek için uzaklaşıp kendine biraz zaman ayırması bu yüzden bu kadar önemli.

Kız kardeşleri ancak Candice iş için şehir dışına çıktığı zamanlarda annelerinin sorumluluğunu alıyor, ki son zamanlarda pek sık olan bir şey de değil bu. Kayıtsızlaştılar, sürekli ona bel bağlamaya, annelerini giderek daha az ziyaret etmeye başladılar. Kendi aileleri daha önemli ve *Candice'in bir ailesi yok. Candice üstlenebilir bu işi.* Bu sözleri yüzünde alaycı bir ifadeyle, dudaklarını oynatarak sessizce tekrarlarken buluyor kendini.

Pekâlâ. Öyle olsun. Eğer bu kitap tahmin ettiği kadar iyi –menajerinin söylediği kadar iyi– olursa, o zaman fikirlerini değiştirmeleri gerekecek. Aile dinamiğinin de değişmesi gerekecek. Candice bakışlarını dışarının karanlığında uçuşan kar tanelerinden çevirip yeniden dizüstü bilgisayarının ekranına bakıyor.

Kendini düşüncelere kaptırıp işi boşladı. Akşam yemeğine inmeden önce bir sayfa daha yazmalı. Saatine bakıp kokteyl saatini kaçırdığını fark ediyor. Bir yazarın kokteyl saatini kaçırması hazin bir durum. Tekrar ekranına bakıyor, o son paragrafı beğenmiyor. Sayfadan çıkması gerekecek. Candice paragrafı seçip sil tuşuna basıyor.

Okuma gözlüğünü çıkarıp gözlerini ovalıyor. Bir mola verse iyi olabilir. Yemekten sonra yazmaya devam edecek. Yemeğin yanında şarap da olacaktır.

Kendine, bu taslağı bitirmek için annesinden uzaklaşmaya mecbur olduğunu söylüyor yeniden; suçlu hissetmemeye çalışıyor. Son on bin kelimeyi yazması gerek ama yemek yemesi de lazım.

Bu kitabın başarısının Candice için anlamı büyük. Uzun zamandır kendi yazdığı ilk şey bu. Neredeyse yirmi yıldır kurgudışı konu yazarı olarak çalışıyor ama son zamanlarda giderek daha çok hayalet yazar olarak başkalarının kitaplarını –kişisel gelişimden iş kitaplarına kadar ne varsa– yazar oldu. Ama bu dâhi geçinenlerin çoğunu pek başarılı bulmayan Candice, paylaştıkları şeyleri kâğıt israfı olarak görse de parasını ödedikleri sürece bunu umursamıyordu. Başlarda iyi bir işti bu onun için. Kendi istediği zaman çalışıyor, ilginç insanlarla tanışıyordu. Seyahat etme fırsatı buluyor, masrafları da karşılanıyordu; gençlik günlerinde bulunmaz nimetti. Şimdi çok daha az seyahat edip çok daha fazla para kazanmayı tercih ediyor.

Bu kitabın –kendi kitabının– ona bir servet kazandıracağını umuyor.

Bilgisayarını kapatıp ayağa kalkıyor, boy aynasında kendine şöyle bir bakınca yemeğe üstündeki yoga pantolonuyla inemeyeceğine karar veriyor. Güzel bir etek ile çorap giyip, boynuna ipek bir fular doluyor. Saçlarını tarayıp yeniden, derli toplu bir atkuyruğu yapıyor, rujunu tazeliyor ve aşağı iniyor.

Cuma, 19.00

Akşam yemeği vaktinde herkes yemek salonuna geçiyor. Yemek açık büfe olarak hazırlanmış. Bir duvarın önünde, üzeri gümüş şefindişler, salata kâseleri, çeşit çeşit ekmek sepetleriyle dolu uzun bir masa duruyor. Işıl ışıl avize içeriye yumuşak bir aydınlık veriyor. Şurada burada beyaz örtülü, kimi iki kimi dört kişilik masalar var. Kısa süre sonra misafirler yemeklerini almak üzere harekete geçerken odada alçak sesli tabak ve çatal bıçak takırtıları yükseliyor.

David Paley, et rosto, yaban turpu ve çeşitli sıcak yemeğin –fırında pişmiş soslu patates ve kuşkonmazı– seçiyor, başında oyalanıp, bir yandan nereye oturacağını düşünürken ağır ağır tabağını dolduruyor. Nişanlı çift haricinde herhangi birinin yanına oturabilir; nişanlı çift şimdiden bir köşede iki kişilik masaya oturmuş, belli ki baş başa kalmak istiyorlar. Onun yaşlarında, daha önce görmedikleri bir kadın –yazar olan olmalı– iki kişilik bir masaya oturmuş. David ona katılabileceğini düşünüyor ama yanına yaklaşılması zor bir havası var kadının; yemeğini yerken gözlerini hiç ayırmadan dergisini okuyor. Yemek salonuna girdiğinde de kimseye selam vermemişti. David, koyu renk saçlı kadın Gwen ile gergin arkadaşı Riley'nin yanına oturmayı tercih ediyor.

İki kadın yemeklerini almış, dört kişilik bir masada oturuyor. Yanlarına gidip kibarca, "Size katılabilir miyim?" diye soruyor David.

Gwen ile Riley başlarını kaldırıp şaşkınlıkla ona bakıyor; iki çift tedirgin göz onu süzüyor. Riley'nin gözleri donuk bakıyor; hızlı hızlı fazlaca alkol aldığından olsa gerek, diye düşünüyor David.

Gwen'in yakından daha da güzel olduğunu fark ediyor. Açık tenli, zarif bir yüzü var; siyah saçları çok hoş. Yüzünün hatları öyle göze batmıyor, daha ziyade yumuşak; uzun süre bakabileceği bir yüz bu. Bunu düşündüğüne şaşırıyor; onunla daha biraz önce tanıştı. Birden keşke o da bu hafta sonu buraya yalnız gelmiş olsaydı da birbirimizi daha yakından tanıyabilseydik diye düşünüyor. Şu an için ortam biraz tuhaf, özellikle de arkadaşı Riley yalnız kalmalarını tercih ediyor gibi göründüğü için.

Gwen'in Riley'ye bir bakış attığını fark ediyor. Riley ne evet ne hayır diyor, yalnızca omuz silkiyor. Pek kaba bir tavır değilse de hoş karşıladığı da söylenemez. Gwen dönüp, "Evet, tabii. Lütfen buyurun" diyor.

David, Riley'nin yanına, yüzüne bakabilmek için Gwen'in karşısına oturuyor.

"Yalnız mı geldiniz buraya?" diye soruyor Gwen, ardından hafifçe kızarıyor. Yanaklarında beliren renk David'e çok alımlı geliyor. "Evet" diyor. "Tek başımayım. Biraz uzaklaşmak, kafa dinlemek için geldim buraya." Bunu ona neden söylediğini tam olarak bilemiyor.

"Anlıyorum" diyor Gwen kibarca.

David kendinden bahsetmekten rahatsız oluyor ama onun hakkında bir şeyler sorup fazla meraklı görünmek de istemiyor. Böylece geriye konuşacak pek bir şey kalmadığını fark ediyor David.

Sessizlik artık tuhaf kaçmak üzereyken, "Savunma avukatısınız demek" diyor Gwen.

"Evet" diyor David. Ne tuhaf ki başka diyecek bir şey bulamıyor. Dili tutulmuş gibi hissediyor kendini. Alışık olduğu şey değil ama Gwen'in arkadaşından açıkça yayılan düşmanlık biraz afallamasına sebep oluyor.

"İlginç olmalı" diyor Gwen cilveli bir tonla. "Bir o kadar da zorlu olsa gerek. Gerçi bir yandan da çok yorucudur, herhalde."

"Evet" diye katılıyor David. Bir süre, et rostolarını yerlerken çıkardıkları çatal bıçak tıkırtısından başka ses çıkmıyor masalarından. David kendini pencere camlarına yansıyan titrek mum alevine bakarken buluyor. "Sizin buraya gelmenizin sebebi nedir?"

diye soruyor nihayet. Belki Gwen'in arkadaşı yukarı çıkar da ateşin önünde oturup sohbet edebilirler. David'in çok hoşuna giderdi.

Gwen gözucuyla Riley'ye bakıyor. "Kız kıza bir hafta sonu geçirmek istedik sadece" diyor.

"Ah." Bunun üzerine söylenebilecek pek bir şey yok. Kız kıza hafta sonunu baltalayacak hali yok.

"Riley ve ben beraber gazetecilik okuduk. O *New York Times*'ta çalışıyor."

David içten içe huzursuzlanıp Riley'ye tedirgin bir bakış atıyor.

"Ama ben hiç gazeteci olarak çalışmadım" diye devam ediyor Gwen.

"Demek öyle" diyor, aklı başka yere sürüklenen David, "ne iş yapıyorsunuz peki?"

"New York'ta küçük bir şirketin halkla ilişkilerini yönetiyorum."

"Seviyor musunuz peki?" David kaçış planını düşünmeye başlıyor.

"Çoğunlukla" diyor Gwen. "Heyecanlı olduğu zamanlar var ama bazen çok stresli de olabiliyor. Pek çok iş gibi göründüğü kadar ihtişamlı değil."

Bir süre daha havadan sudan konuşuyorlar. Kahve ve tatlı faslına –uzun açık büfe masasındaki çikolatalı brovni ve İngiliz usulü meyveli tatlı ile– geçmek üzerelerken Riley dönüp doğruca ona bakıyor ve "Ben de sizi nereden tanıdığımı çıkarmaya çalışıyordum, adınız ne demiştiniz?" diyor, biraz dili dolaşarak.

Riley'nin bakışlarından kaçınmadan, o da gözlerinin içine bakarak karşılık veriyor David. "David Paley" deyip tepkisini bekliyor. Ne de olsa kadın bir gazeteci. Ne çekinir ne de sınır tanır bunlar. David hafta sonunun mahvolmanın eşiğinde olduğunu biliyor.

Beverly Sullivan yemeğini zor yutuyor. Yirmi yıllık evlilikte nasıl olup da konuşacak bir şey bulamadıklarını düşünüyor. Çocuklar olmayınca, kimse konuşmalarını bölmeyince, dikkatlerini dağıtmayınca, birbirlerine söyleyecek pek bir şeyleri de olmuyor sanki. Eskiden birlikte iyi vakit geçirirlerdi. Yemeklerini çocuklarla yedikleri onca yıl içinde sohbet becerilerini kaybettiler. Uzmanların hep tavsiye ettiği gibi daha sık bakıcı tutmamız, baş başa yemeğe çıkmamız gerekirdi diye düşünüyor şimdi Beverly pişmanlıkla.

Ne yazık ki, oturduğu yerin tam karşısında, bir köşede o göz alıcı nişanlı çift var. Bütün âşık çiftler gibi onlar da birbirlerinin gözünün içine bakıyor, kocaman gülümsüyor, her fırsatta birbirlerine dokunuyorlar. Ara sıra kahkaha atıyorlar.

Ne kadar gençler, diye düşünüyor Beverly, dünyadan haberleri yok.

Diğer masalardaki misafirlerin birbirleriyle sohbete dalıp gitmiş olması iyi; böylece kocasıyla doğru dürüst iki laf etmediklerini kimse fark etmiyor.

Henry hâlâ wi-fi olmamasına kızgın görünüyor. Şayet sinirini bozan başka bir şey yoksa. Beverly'nin aklına bir şey gelmiyor. Çok hoş bir otel burası. Henry gelmeyi kabul etmişti. Belki de evde kalıp çalışmadığı için streslidir ve suçlu hissediyordur. Nihayet, dikkatini çekmek için adını söylüyor Beverly, Henry ona bakınca da, "Bir sorun mu var?" diye soruyor usulca.

"Ne?" diyor Henry. "Hayır." Ağzına leziz et rostodan bir çatal daha atıyor.

"Geldiğimizden beri benimle doğru dürüst konuşmadın da" diyor Beverly nazikçe, onu kışkırtmamaya özen göstererek.

Aslında, duruma biraz şaşkın. Evdeyken birbirlerine ayıracak çok az zamanları oluyor ama kasten birbirlerini yok saymıyorlar, yalnızca çok meşguller. Bir değişiklik var ama Beverly ne olduğunu bilmiyor.

"Kafam meşgul" diyor Henry biraz huysuz bir tonla.

"Anlatmak ister misin?" diye soruyor Beverly. Henry sanki ne söyleyeceğini tartıyormuş gibi ona bakıyor. Beverly'yi huzursuz ediyor bu. Belki de farkında olmadığı bir sorun var.

"İşle ilgili sadece" diyor Henry, "ama bu hafta sonu işten bahsetmemeyi tercih ederim."

Beverly yüzünde çekingen bir tebessümle, "Peki" deyip şarabından bir yudum daha alıyor. "Buraya rahatlayıp keyfimize bakmaya geldik ne de olsa." Huzursuzluğunu yatıştırmaya çalışıyor.

Kocasının canını sıkan her neyse onu zihninden atacak güzel bir sürprizi var.

6

Lauren diğer masalardaki misafirleri ilgiyle izliyor. İnsanlar hep onun ilgisini cezbediyor; onları gözlemliyor, iç dünyalarını çözmeye çalışıyor. Davranışlarını inceliyor. Mesela, yanında Gwen ve David'le birlikte oturan Riley adlı kadın neden o kadar tedirgin görünüyor? Sanki birileri yemeğini çalacakmış gibi gözleri odayı tarayıp duruyor.

Ian ayakkabısını çıkarmış, şimdi çoraplı başparmağıyla masanın altından bacağına dokunuyor.

Dikkatini yeniden karşısındaki adama veren Lauren, "Bana kur mu yapıyorsun?" diye soruyor cilveyle. Ian son derece çekici ama Lauren hiçbir zaman bir şeye uzun süre odaklanamıyor. Vızır vızır çalışan zihni sürekli bir oraya bir buraya gidiyor. Neyse ki Ian pek buna aldırmıyor. O da diğer misafirlerle neredeyse onun kadar ilgileniyor.

"Şu Riley denen kadının nesi var?" diye soruyor Lauren alçak sesle.

"Bilmem ki. Sanki rehabilitasyon merkezinden kaçmış gibi bir hali var" diyor Ian da neredeyse fısıldayarak.

Lauren şimdi dikkatini, Gwen'le sohbet etmekte olan avukata veriyor. Yemeğin başından beri avukatın beden dilini gözlemliyor. Bir şeyler değişti. Adam şimdi sanki birisi hoşuna gitmeyen bir şey söylemiş gibi vücudu kaskatı kesilmiş halde dimdik oturuyor. Daha biraz önce güzel Gwen'e doğru eğilmiş, eş arayan erkek kuşlar gibi başını bir yana eğerek ona gülümsüyordu. Belki Riley ona defolup gitmesini söylemiştir.

Lauren bakışlarını salonun köşesine, nişanlı çiftin masasına çeviriyor. Gözlerini kısarak dikkatle bakıyor. Lobide kokteyl içerlerken Dana'ya karşı ani bir antipati duymuştu. Belki de sadece tehditkâr güzelliği yüzündendi. O elmas yüzüğü herkesin gözüne sokup durduğu içindi belki de. Öyle parmağını insanların suratına kaldırıp, *Bu benim nişan yüzüğüm, baksanıza ne harikulade?* dememişti ama herkes görsün diye kusursuz manikürlü elini savurup duruyordu. Saçlarını düzeltirken, şampanya kadehini sehpadan alırken kocaman elmas yüzüğü parıldıyordu; nişanlısına bakarken gözleri ışıldıyordu. Tepeden tırnağa ışıltı saçıyor, her şeyiyle göz kamaştırıyordu bu kadın. Işıltılı, göz kamaştırıcı bir hayatı var, diye düşünüyor Lauren. Sonra dikkatini Dana'nın evleneceği adama çeviriyor.

Onun hakkında çıkarımları neler? Işıltılı, göz kamaştırıcı şeyler biriktiren biri olduğunu düşünüyor.

Bu kez bakışlarını, iki kişilik bir masada yemeğini tek başına yiyip dergi okuyormuş gibi yapan Candice White'a döndürüyor. Candice aslında David adlı avutaka bakıyor; arkası dönük olduğu için avukat bunu fark etmiyor. Candice'in neden David'e baktığını merak ediyor Lauren. Belki de onu çekici buluyordur. Herkesin çekici bulacağı bir adam David. Eh, bol şans, Candice, diye geçiriyor Lauren içinden; David'in daha genç ve çekici Gwen'le ilgilendiği ortada.

Şimdi Candice bakışlarını David'den Dana ile Matthew'ya çevirdi. İkisi oldukça çekici bir çift ama Candice'in yüzünde Dana'yı bir yerlerden tanıyormuş gibi bir ifade beliriyor. Belki de Matthew'yu gözü ısırmıştır, Lauren emin olamıyor. Ama görünüşe bakılırsa Candice'in bakışları göz kamaştırıcı çift ile pek dikkat çekmeyen David arasında mekik dokuyor.

Yazarın kendisiyse oldukça sade görünümlü biri. Koyu renk saçlarını başının arkasında atkuyruğu yapmış. İri kemikli bir yapısı var. Üstündeki eteği ile hırkası kadar gözlüğü de ona ağırbaşlı bir hava veriyor. Tek gösterişli aksesuvarı boynundaki güzel fular. Beğenilmeyecek biri değil ama yaşı geçiyor; kırklarına merdiven dayamış gibi. Lauren, kadının yazdığı kitabı düşünüyor dalgın dalgın.

Çok hoş bir yer burası, diye düşünüyor Lauren, dışarıda uğuldayan rüzgârın içeri girmek istercesine pencerelerine vurduğu bu loş ışıklı, büyüleyici yemek salonu için.

Dana nefis şaraptan bir yudum daha alıp bakışlarını bir an için Matthew'dan ayırıp yemek salonuna göz gezdiriyor. Hayat bazen ne kadar şaşırtıcı oluyor.

Tam dünyanın ne kadar küçük olduğunu düşünürken birdenbire yüksek, uğursuz bir şangırtı kopuyor.

Dana sandalyesinde hafifçe irkiliyor. Herkesin şaşkınlıkla başlarını yemeklerinden kaldırdığını fark ediyor.

Açık büfe masasının başında tabakları yenilemekte olan Bradley gülümseyip, "Merak etmeyin, kar çatıdan aşağı kayarken çıkan ses sadece" diyor.

"Tanrım" diyor Dana kısacık, ama biraz fazla yüksek sesli bir kahkaha atarak, "sanki birileri çatıdan düşüyormuş gibiydi!"

"Bence de" diye katılıyor Bradley.

Riley kontrolünü kaybetmediyse bunu alkole borçlu. Lobide şarabı ve şampanyayı tıpkı bir denizci gibi kafasına dikerek kendini biraz gülünç duruma düşürdüğünün farkında ama o bir gazeteci, ağzıyla içmeyi biliyor. Son birkaç yıldır, dünyanın çirkin ve tehlikeli yerlerine gitmeye başladığından beri de hiç itiraf etmek istemediği kadar alkolle tedavi ediyor kendini.

Yemeğinden pek bir tat almadı. Avukatın kendini masalarına davet ettirmesinden hoşlanmadı. Gwen'i beğendiği çok belliydi. Bu sinirini bozdu. Eskiden erkeklerin ilgilendiği kadın hep Riley olurdu, Gwen değil. Göz alıcı olan, erkeklerin hemen farkına varıp peşinden koştuğu Riley'ydi. Bu geceyse durum başkaydı. Artık durum başkaydı. Ne kadar değiştiğini belki de başka her şeyden çok buradan anlıyordu Riley.

Ne var ki avukattan hoşlanmamasının sebebi kıskançlık değildi. Bir şey vardı bu adamda; zihninin derinliklerinden süzülüp gelen, düşüncelerini işgal eden bir şey. Ama bir türlü adını koyamıyordu. Adamın ismi tanıdık geliyordu; sanki bir skandala karışmıştı. Keşke otelde internet bağlantısı olsaydı, o zaman Google'da adamı araştırabilirdi.

Her ne kadar Gwen belli ki bu ilgiden hoşlansa da Riley kaba bir şekilde adama kim olduğunu sorarak adeta romantizmlerinin üstüne bir bardak soğuk su dökmüştü. Gazeteci olduğunu öğrenince adamın nasıl suskunlaştığına bakılırsa kuşkulanmakta haklıydı. Avukat tatlı faslını atlayıp kütüphaneyi gezme bahanesiyle müsaade istemişti. O gittiğinden beri Gwen sessizleşmişti.

Gwen'in hayal kırıklığına uğradığına üzgündü ama Riley oda arkadaşı olduklarından beri ona karşı hep korumacı olmuştu. Bu hafta sonu Gwen Riley'ye yardım edecekken Riley yine eski rolünü üstlenmişti. Güzel bir histi, özellikle de en temel gündelik şeylerde bile zorlanan biri için.

"Yukarı çıksak mı? Çok yorgunum ben" diyor Riley.

Gwen tereddüt ediyor. "Ben o kadar yorgun değilim, aslına bakarsan" diyor. "Kütüphaneye uğrayıp bir kitap alırım diye düşünüyorum" diye ekliyor, bakışlarını kaçırarak.

Riley'nin sinirine dokunuyor bu. "Yanında kitap getirmiştin diye biliyorum?" diyor soğuk soğuk. İkisi de bunun doğru olduğunu biliyor. İkisi de biliyor ki mesele Gwen'in Riley'yle yukarı çıkmak ile avukatla daha fazla vakit geçirmek arasında bir seçim yapması. Riley onu seçmesini istiyor. Bunun kendisini nasıl bir arkadaş yaptığını merak ediyor: Koruyucu bir arkadaş mı yoksa muhtaç bir arkadaş mı?

"Tek başına çıksan sorun olur mu senin için?" diye soruyor Gwen. "Fazla geç kalmam."

"Ah, beni merak etme" diye kestirip atıyor Riley. "Sorun olmaz."

Cuma, 20.25

David kendini, otelin arka taraflarında, büyük merdivenin sol tarafındaki bir oturma odasının ilerisinde yer alan geniş kütüphanede tek başına buluyor. Adeta Viktorya dönemi romanlarından çıkmış kütüphane ile erkek sigara odası arası bir yer burası. Otelin ön tarafındaki bar gibi burası da oldukça şık. Batı duvarında kocaman bir şömine var. Yukarısında antika bir av tüfeği, onun yukarısında da gösterişli boynuzlarıyla bir geyik kafası asılı. Geyiğin donuk gözleri tepeden ona bakıyor. Ahşap zeminde yıpranmış bir İran halısı serili. Şöminenin sağ tarafında ateşe dönük eski bir kanepe, karşısında da bir çift tekli koltuk var. Fransız kapılar bir verandaya açılıyor gibi görünüyor ama hava öyle karanlık ki tam kestirmek zor. Kapıya en yakın köşedeki geniş bir yazı masasına beğeniyle şöyle bir bakıyor David. Ama en çok zarif el işçiliği kitaplıkları beğeniyor. David işçiliğe hayran kalarak raflara dokunuyor. Bütün raflar eski, deri ciltli setler; sert kapaklı, yıpranmış ince kapaklı her türden kitapla dolu. Hepsi de çok nizami dizilmiş, pirinç plaketlerle "KURGU", "POLİSİYE", "KURGUDIŞI", "TARİH", "BİYOGRAFİ" gibi türlere ayrılmış. Bunlar Bradley'nin işi olmalı, diye düşünüyor David. Alt rafların birinden dikkat çeken bir kitabı çıkarıp alıyor; başarısız Shackleton keşif gezisinin fotoğraflarıyla dolu bir prestij kitabı. Bu odaya tuhaf şekilde yakışıyor bu kitap. Loş bir tepe ışığı var ama David şimdi yan sehpaların birindeki bir abajuru yakıyor ve deri koltuğa oturup iyice yerleşiyor. Ateşin yanında, bu güzel odada oturup *Endurance* gemisinin talihsiz tayfasının Güney Kutbu'nda karşılaştığı güçlükleri okumaktan daha güzel ne olabilir? Ne var ki ateş yanmıyor ve oda biraz soğuk.

Gwen'i düşünüp hayıflanıyor. Arkadaşının kahrolası *Times*'ta çalışan bir gazeteci çıkması ne büyük talihsizlik oldu. David hafta sonunun kalanında ikisinden de uzak duracak. Kimsenin geçmişini karıştırmasına ihtiyacı yok.

Kendini kitaba kaptırıp gidiyor David, ta ki bir kadının sesini duyana kadar.

"Sen misin o, David?"

Sesin sahibi Gwen. Biraz önceki kararına rağmen David'in yüreği hopluyor. "Evet." Dönüp kapı eşiğinde duran Gwen'e bakınca yalnız olduğunu görüyor.

"Kütüphaneye gidiyorum dediğin aklıma geldi de."

Ne kadar hoş görünüyor, diye düşünüyor David, koltuğundan kalkarken.

"Harika bir yermiş" diyor Gwen odaya bakınarak.

"Evet, bence de" diye katılıyor David. Nasıl olduysa onun da hoşuna gideceğini zaten biliyordu. "Diğerleri neredeler acaba?" diyor David. Ergenliğindeymiş gibi, bir tuhaf hissediyor.

"Riley yorgundu, odaya çıktı" diye yanıtlıyor Gwen çekingen bir tonla. "Sanırım misafirlerden bazıları hâlâ yemek salonunda, son içkilerini içiyorlar."

"Bradley'den buradaki şömineyi yakmasını isteyebilirim" diyor David. Gwen başını sallıyor ama David henüz gidip Bradley'yi bulmak üzere ondan ayrılmaya hazır değil.

Birlikte rafları incelemeye başlıyorlar. Dışarıda şiddetli fırtına koparken onunla yan yana olmak David'in hoşuna gidiyor. Gürleyen şiddetli bir esintiyle ikisi de dönüp Fransız kapılara bakıyor.

"Hava daha bozacak mı dersin?" diye soruyor Gwen.

Bozsa da umurumda değil, diye düşünüyor David ama bunu dile getirmiyor. Burada onunla yan yana olmaktan daha çok istediği bir şey yok. "Bilmiyorum."

"Hangi kitabı seçsem?" diyor Gwen yüksek sesle düşünerek. Bu sırada David çok yakınında duruyor.

Daha önce seçtiği, sehpanın üzerinde bıraktığı büyükçe kitabı işaret ediyor. "Ben Güney Kutbu'ndaki trajik keşif gezisini okuyorum."

"Bu gece için harika bir seçim!" Gwen işaretparmağını raflarda gezdirerek kitapları inceliyor. Bir şey dikkatini çekiyor ve kitabı yerinden çekip alıyor. "Ah, bunu duymuştum" diyor. "Okumak istiyordum."

David başlığı okuyor. *Bay Whicher ve Şüpheler: Tepedeki Evde Cinayet.*

"Şöyle güzel bir cinayet romanı okumaya bayılırım, ya sen?"

7

Cuma, 20.50

Yemekten sonra Ian, Lauren'ın koluna girip –ikisi de biraz çakırkeyif– onu merdivenden yukarı çıkarıyor. Onunla yatağa girmek için sabırsızlanıyor. Odaları üçüncü katta, koridorun sonunda. Kapıya vardıklarında Lauren anahtarı çevirmeye çalışırken Ian yan taraflarında bir kapı daha olduğunu fark ediyor. Binanın arka tarafına, muhtemelen mutfak yakınlarında bir yere inen bir başka merdivene açıldığını düşünüyor. Hizmetli merdiveni olsa gerek; kat görevlileri asla lobideki o muazzam merdiveni kullanmaz.

Elini kapıya dayayıp ittiriyor. Tozlu, loş, dar ve sade ahşap merdivenlerden aşağı bakıyor.

"Ne yapıyorsun?" diye soruyor Lauren.

"Bakıyorum sadece" diyor Ian.

"Aklından ne hınzırlık geçiyor, Ian?"

Ian'ın aklındaki tek hınzırlık Lauren'la ilgili. Onu elinden tutup kendine doğru çekiyor. "Benimle gel, bebeğim" diyor, boynuna sokularak. Yavaşça bluzunun düğmelerini açıyor. "Hadi gel, kimse görmez."

Lauren usulca itiraz ederken Ian onu merdivenlere doğru çekiyor.

Henry ile Beverly, yemekten sonra ikinci kattaki odalarına dönüyor. "Yatmadan önce biraz kitap okuyacağım sanırım" diyor Henry.

"Ben de banyo yapacağım" diyor Beverly.

Bu hafta sonu için yeni aldığı pahalı, seksi geceliği alıp mermer banyoya giriyor. Beverly'nin planından habersiz Henry çoktan kitabına gömülmüş.

Son sevişmelerinin üzerinden çok zaman geçmiş. Yakınlardaki yatak odalarında ergenlik çağında çocuklar varken, ikisi de günün sonunda yorgun ve aksi olunca, evliliklerinin fiziksel tarafı ihmal edilmişti. Zaman insanın elinden su gibi akıp gidiyor. Ama Beverly çaba gösterecek. Kırık beyaz dantelli şampanya rengi ipek geceliği kapının arkasındaki askıya asıp, küvet dolarken geceliğe hayranlıkla bakıyor. Henry geceliği henüz görmedi, onun için sürpriz olacak. Beverly doğru dürüst bir gecelik giymeyeli çok oldu. Genellikle giydiği ayıcık resimli cici pijamaları düşününce utanıyor Beverly. Bu ipek gecelik sayesinde kendini yeniden çekici hissedecek. Suya banyo tuzu katıp köpürtüyor ve küvete girip köpüklerin altında uzanırken bu hafta sonunun Henry'yle ikisi için yeni bir başlangıç olacağına karar veriyor. Belki geç vakte kadar uyumayıp sabah da eskiden, çok uzun zaman önce yaptıkları gibi yatakta kahvaltı ederler.

Kısa bir süre sonra, yumuşacık olmuş teni gül kokarken, üstünde ipek geceliğiyle kendini çarpıcı hissederek banyodan çıkıp yatağa doğru ilerliyor. Elinde kitabı, yatakta oturan Henry'ye bakıyor; Henry başını kitaptan kaldırıp baktığında, yüzünde cilveli bir tebessümle ona bakarken birden utanıyor Beverly. Ne gülünç bir durum.

Henry beklediği gibi tepki vermiyor. Olsa olsa rahatsız olmuş gibi bir hali var. Gördükleri hoşuna gitmiş, onu çekici buluyormuş gibi bakmadığı kesin.

Beverly'nin şoku yüzünden okunuyor.

Henry çabucak toparlanıp, "Özür dilerim, tatlım. Sadece... çok yorgunum" diyor.

Bu sözler, her ne kadar daha önce kendi ağzından da çıkmış olsa tokat gibi çarpıyor Beverly'nin yüzüne. Yüzünün kızardığını hissediyor; gözlerine dolan yaşlar acıtmaya başlıyor. Öyle inciniyor ki diyecek bir şey bulamıyor. Belki de durumu çok yanlış değerlendirdi.

"Buraya birlikte vakit geçirmeye geldik sanıyordum" diyor, gözyaşlarını tutmaya çalışarak. "Senin buna pek niyetin yok gibi."

Henry kocaman iç çekip kitabını bırakıyor. Sonra usulca, "Belki de çok geç" diyor.

Çok geç? Gerçek hisleri olamaz bu. Olamaz. Şimdi Beverly salya sümük ağlamaya başlıyor. İncinmiş, korkmuş, utanmış halde her yerini sergileyen o incecik geceliğiyle orada öylece dikiliyor. Geceliğin amacı da zaten buydu ama şimdi, birkaç hafta önce gidip lüks iç çamaşırı mağazasından onu umutla, yüzü kızararak aldığı güne lanet ediyor. Birdenbire bu kahrolası yere hiç gelmemiş olmalarını, bunu hiç akıl etmemiş olmayı diliyor. Evliliğinin yerle bir olduğunu görmek istemiyor. Hiç didiklememeliydi belki de; birbirlerini nazikçe yok saymaya; hâlâ onlara çok ihtiyaç duyan çocuklarla uğraşmaktan hayatlarını, ilişkilerini inceleyecek fırsat bulamamaya devam edebilirlerdi. İkisini –ilişkilerini– mercek altına almak istediğinden emin değil. Gerçekten Pandora'nın kutusunu açmayı istiyor mu? Birden Henry'nin şimdi ne diyeceğinden korkuyor. Yalnız olmaktan, terk edilmekten ölesiye korkuyor. Beverly'nin bir kariyeri var ama kendini o kadar bağımsız hissetmiyor. Boşanma ikisi için de finansal yıkım demek. İkisi de bunun farkında. Eğer bitsin istiyorsa, diye düşünüyor Beverly dehşet içinde, ölesiye mutsuz olmalı.

Belki de çok geç. İşin buraya varacağını görmediği için, Henry'nin aklından geçeni okuyamadığı için kendini aptal gibi hissediyor Beverly. Göğsü ve kollarındaki tüyler diken diken olmuş, pahalı geceliğiyle orada öylece dururken bütün bunlar art arda zihninden geçiyor. Kocasının önünde utanca kapılıp, şimdi geceliğinden yakışıksız kaçan bir şekilde beliren göğüslerinin üstünde kollarını kavuşturuyor. Belki de Henry'nin içinde ona karşı hiçbir şey kalmadı. Düşünceleri zihninde tıpkı raydan çıkmış, bir felakete doğru hızla ilerleyen bir tren gibi akıp gidiyor. Kendini örtmek için kalın bornozunu istiyor ama kıpırdayamayacak kadar şaşkın. Kendini yatağın üstüne bırakıp derin bir nefes alıyor ve "Ne demek istiyorsun?" diyor.

Henry iç çekip "Mutlu değiliz, Beverly, uzun zamandır mutlu değiliz" derken sesi kederli çıkıyor.

Beverly buna ne cevap vereceğini bilemiyor. Tabii ki mutlu değiller. Arkadaşları da –yüklü ev kredileri, talepkâr işleri, ergenlik çağında sorunlu çocukları ve yaşlı ebeveynleri olan diğer çiftler de– mutlu değil. Hayatlarının bu aşamasında, onca stres, onca yükümlülük altında mutlu olmak imkânsız. Düpedüz çocukça davranıyor, diye düşünüyor Beverly, hayretle dönüp kocasının yüzüne bakarken. Olasılıkla bir tür orta yaş krizi geçiriyor; tıpkı sürekli mutlu olmak isteyen, her zaman mutlu olunamayacağını anlayamayan şımarık bir çocuk gibi davranıyor. Hayat öyle bir şey değil. Henry bir gün gelip ölesiye mutsuz olduğunu anlayıp da her şeyi bırakıp, canının istediğini yapmaya karar veren o adamlardan biri olamaz. Kesinlikle olamaz. Beverly her şeyi bir kenara atıp mutlu olabilmek için canının istediğini yapamıyor. *Kadınlar* kendilerini o şekilde rezil edemiyor. Toplum izin vermiyor. Ama erkekler bunu sürekli yapıyor. Beverly'nin kırgınlığı ve öfkesi kabarıyor, yalnızca Henry'ye karşı değil bütün dünyaya karşı. Kendini çok güçsüz, ondan çok daha güçsüz hissediyor. Beverly'nin kendine neyin onu mutlu edeceğini soracak vakti de asla olmadı, öyle bir bencilliği de.

Her şeyi kaybetmeye ne kadar yakın olduğunu düşünürken oturup ona bakıyor. Belki de çok geç *değildir*. Henry şimdi düşünmeden konuştuğunu, elbette onu sevdiğini, ilişkilerini yürütmek istediğini, birlikte pek çok güçlükten geçtiklerinin farkında olduğunu, ikisi için de zor olduğunu ve bir yolunu bulup birbirlerine yardım etmeleri gerektiğini, birlikteliklerinden tatmin olmak için daha fazla çabalamaları gerektiğini söylese, o zaman birbirlerini yeniden sevebileceklerine şüphesi yok. Henüz pes etmeye hazır değil. Henüz olmaz. Beverly bekliyor ama Henry bunları söylemiyor.

Nihayet, "Mutlu olmadığını söylerken ne kastediyorsun?" diyor Beverly. Kendine hâkimmiş gibi konuşuyor ama aslında küskün bir çocuk gibi onu tokatlamak istiyor. Şu anda onun gözünde bencil bir çocuk Henry. Beverly, zapt edilemez birer ergene dönüşmeden önce çocuklarının hakkından nasıl geldiyse, şimdi onun hakkından da öyle gelmek istiyor. Henry hâlâ bir şey söylemeyince, "Ayrıca mutluluğa başka herkesten daha çok hakkın olduğu fikrine nasıl vardın? Benden daha çok ya da Teddy ve Kate'ten daha çok?"

Henry karısına gizli bir tiksintiyle bakıyor. Böyle erdem timsali kesildiği zaman ondan nefret ediyor. Beverly tam bir kurban gibi davranıyor; böyle davranan biriyle yaşamanın ne kadar zor olduğunun hiç farkında değil. Hayat dediğin neşeden daha ne kadar yoksun olabilir? Beverly mutsuz, sürekli şikâyet eden bir kadın. En azından Henry'ye öyle geliyor. Belki de adil davranmıyor ona karşı; şimdi suçlulukla böyle düşünüyor. Beverly o kısacık yeni geceliği içinde öyle çırılçıplak duruyor ki bir an için ona acıyor. Ama yine de onu teselli edemiyor.

Başkalarının karısını nasıl gördüğünü merak ediyor. Kate ya da Teddy anneleri hakkında ne düşünüyor? Hiç bilmiyor. Çocuklar anneleri onları fazla sıkboğaz ediyor diye şikâyetçi ama Beverly'nin onları sevdiği aşikâr. İyi bir anne o, bunu biliyor. Çocukların anne babaları hakkında ne düşündüğünüyse hiç bilmiyor. Ergenlik çağında çocukların nasıl hissettiğine dair hiçbir fikri yok. Çocuklarını seviyor Henry ama artık annelerini sevmiyor; durumu bu kadar zorlaştıran da bu. Çocuklarını incitmek ya da onlara herhangi bir şekilde zarar vermek istemiyor.

İki arada bir derede sıkışıp kaldı. Şimdi de karısıyla birlikte kar yüzünden burada mahsur. Birlikte bunca zamanı nasıl geçirecekler?

"Mutluluğa senden ya da çocuklardan daha çok hakkım olduğunu düşünmüyorum" diye cevap veriyor soğuk bir tonla. Mesele bu değil, şüphesiz. O *Mutlu değiliz* derken Beverly'nin bunu *Mutlu değilim* olarak yorumlaması ne kadar da tipik. Henry kendini çocuklardan ya da ondan daha önemli görmüyor. Onun da mutlu olduğunu düşünmüyor Henry. Aralarındaki fark, Henry bunu görebilirken Beverly'nin görememesi. Ya da belki de Henry'nin bunu kabul edebilmesi yalnızca; bir çözüm bulmaya açık olabilmesi.

Belki de hafta sonunun sonunda, bir şekilde bir netliğe kavuşur.

Cuma, 23.30

Gwen pervasız davrandığının farkında ama umurunda değil. Ona bir haller oldu ve buna direnmiyor. Belki de Veuve Clicquot başına vurmuştur. Ya da belki David'in kokusudur; lüks sabun ve ithal takım elbisesinin kokusu. Üstelik henüz eli eline bile değmedi.

David, Bradley'ye biraz daha şampanya getirtiyor. Bradley şömineyi yakıyor, sonra çıkıp kütüphanenin kapısını arkasından kapıyor.

"Sevdim bu çocuğu" diyor David, Gwen kıkırdayarak kadehlerini doldururken.

Kütüphanede oturup konuşuyorlar. David'in sesi, özellikle de şimdi, yalnızca onunla konuşurken, Gwen'in çok hoşuna gidiyor. Daha alçak, daha samimi ama nasılsa daha sert geliyor kulağa; ona arzulandığını hissettiriyor. David alçak sesle konuşurken duyabilsin diye ona yaklaşıyor, Gwen de ona doğru eğiliyor.

İkisi de olacakları biliyor.

David'in odasına vardıklarında –Gwen'i odasına kadar geçirmeyi teklif etmiş, ama Gwen başını sallayarak reddetmişti– kapıyı arkalarından yavaşça kapıyor ve Gwen ürperiyor. Yerinden kımıldamıyor, karanlıkta öylece durup bekliyor.

David ensesine uzanıp kolyesinin klipsini açıyor, boynundan çıkarıyor ve Gwen sanki onu çırılçıplak soymuş gibi hissediyor. Heyecanla iç çekip bekliyor.

David kolyeyi –taklit ama hoş bir mücevher– nazikçe kapının hemen yanındaki yazı masasının üzerine bırakıyor. Sonra onu öpüyor.

Öpücük Gwen'in içinde, kapısı çok uzun zamandır kilitli bir yeri açıveriyor ve o da öpücüğüne karşılık veriyor ama öyle şiddetle değil de yavaşça, sanki hâlâ emin değilmiş gibi. David de bunu anlayabiliyormuş gibi, sanki o da çok emin değilmiş gibi görünüyor.

Beverly uyumakta güçlük çekiyor; çocuklardan uzak kaldığında hep uykusu bozulurken şimdi bir de dünyası başına yıkılmak üzere. Yan odadan gelen boğuk tartışma sesleri de işini pek kolaylaştırmıyor. Yan oda Dana ile Matthew'nun odası. Kimse mutlu değil mi bu dünyada?

Henry'nin çabucak uykuya dalabilmesi sinirine dokunuyor. Sanki dünya umurunda değilmiş gibi uykuya dalıverdi, şimdi de horluyor. Ne olacak şimdi ikisinin hali, bilmiyor Beverly. İkisi adına endişelenmek de ona düştüğü için içerliyor. Bütün duygusal yük hep ona düşüyor.

İkisi de sonradan pişman olacakları bir şey söylemeden evlilikleri hakkında konuşmayı bırakmaya karar verdiler. Yatıp uyumaya, sabah nasıl hissedeceklerine bir bakmaya.

Nihayet, gecenin epey geç vakitlerinde tam uykuya dalmak üzereyken boğuk bir çığlık duyuyor Beverly. Ama şimdi uyku bastırıyor ve çığlık rüyaya, kâbusa karışıyor. Birileri onu boğmaya çalışıyor. Rüyalarda sıklıkla olduğu gibi tuhaf şekilde, biri yüzüne sımsıkı yastık bastırdığı halde çığlık çığlığa bağırabiliyor Beverly.

Cumartesi, 01.35

Riley yatağında uzanmış, tavana bakıyor. Gwen'in ne zaman yatmaya geleceğini merak ediyor. Kol saatine göre sabahın bir buçuğunu geçti. Gwen ile David'in bunca süredir kütüphanede olduklarına ihtimal bile vermiyor. Gwen onun odasına gitti. Onunla yatağa girdi. Belki bütün geceyi onunla geçirecek, sabaha kadar odalarına dönmeyecek bile.

Bu düşünce Riley'yi fena halde huzursuz ediyor; panik içinde bir dalga gibi kabarıyor. Tutucu biri olduğundan değil, hiç değil. Onun yatağından da pek çok erkek geçti. Gwen'i kıskandığı için de değil. Bu David Paley denen adamda, onda şüphe uyandıran bir şeyler olduğu için. Ne olduğunu bir türlü hatırlayamıyor sadece. İnternet erişimi olmamasına bir kez daha sövüyor.

Gidip David Paley'nin kapısını çalmaya dair o yersiz arzuya direniyor. Hangi odada kaldığını da bilmiyor zaten.

Artık her zaman her yerde kapıldığı bu tedirginlik hissinden nefret ediyor. Kendine burada, bunca insanın arasında Gwen'in başına bir şey gelmeyeceğini telkin ediyor. Ayrıca Gwen'in David'in yanında olduğunu bilen Riley var.

Nihayet huzursuz bir uykuya dalarken bir çığlık duyar gibi oluyor; ses uzaklarda bir yerden geliyor. Kendini bir çığlık duymadığına, sesin anılarından geldiğine ikna ediyor, Riley uykuya dalarken zaten sık sık çığlıklar duyuyor. Buna alışkın. Çığlıkların ardından kâbuslar geliyor.

8

Cumartesi, 05.45

Gün ağarmak bilmiyor. Usul usul yağan kar gece karla karışık yağmura dönerek her şeyi taş gibi sert buzla kapladı, dışarıya çıkmak şimdi daha da tehlikeli bir hal aldı. Sanki her şey çıt diye kırılıverecekmiş gibi. İçerinin soğuğu da hissedilmeyecek gibi değil.

Lauren erkenden kalkıyor; yanındaki Ian'ın sıcaklığına rağmen çok üşüyor. Boynu kaskatı kesilmiş, titreyerek yataktan çıkıp çabucak giyinirken otelin neden bu kadar soğuk olduğunu merak ediyor. Kot pantolon, tişört, kalın bir kazak ve sıcak tutan çoraplarını giyiyor. Yatmadan önce perdeleri kapamamışlardı, Lauren şimdi pencereden aşağıdaki manzaraya bakıyor. Hava hâlâ epey karanlık olduğu halde ön bahçedeki kocaman ağacın dallarının buzun ağırlığıyla çöktüğünü görebiliyor. Dallardan birinin kırıldığını fark ediyor; dalın ağacın gövdesinden koptuğu yerde kocaman, açık renkli bir yarık var. Üç parçaya bölünmüş buz kaplı dal aşağıda, yerde duruyor. Sessizce banyoya girip kapıyı açık bırakıyor. Ian'ı uyandırmamak için ışığı yakmıyor. Banyo buz gibi soğuk. Çabucak saçlarını tarıyor. Işıklı saatine göre altıya birkaç dakika var. Otel personelinin ne zaman uyanıp işe başladığını merak ediyor.

Dönüp, yataklarında horlayan Ian'a bakıyor; örtünün altından yalnızca başı görünüyor. Daha bir süre uyanmaz. Lauren sessizce kapıyı açıyor. Koridor karanlık; duvarlardaki aplikler yanmıyor. Ayağında kalın çorapları, usulca odadan çıkıp üçüncü kat koridorundan ana merdivene doğru ilerliyor. Kimseyi uyandırmak istemiyor. Bir fincan kahveye ne zaman kavuşabileceğini düşünerek merdivenden lobiye iniyor.

Cumartesi, 06.03

Riley aniden uyanıyor, gözleri fal taşı gibi açık, yatağında doğruluyor. Bir çığlık duyar gibi oluyor; yüksek sesli, tiz bir çığlık. Kalbi güm güm atarken bedenine hücum eden adrenali hissedebiliyor; aşina olduğu bir şey bu. Çabucak loş otel odasına göz gezdiriyor ve nerede olduğunu hatırlıyor. Örtüleri üzerinden atıp yanındaki diğer yatağa döner dönmez soğuk bedenine vuruyor. Gwen de uyanmış ve dikkat kesilmiş.

"Neler oluyor?" diyor Gwen. "Bir şey duydum gibi geldi."

"Bilmiyorum. Ben de duydum."

Bir an için kıpırdamadan durup kulak kabartıyorlar. Bir kadının bağırdığını duyuyorlar.

Riley bacaklarını yataktan aşağı sarkıtıp ısınmak için sabahlığını giyerken Gwen de telaşla giyinerek "Beni bekle" diyor.

Riley oda anahtarlarını alıyor ve odadan çıkıyorlar. Üçüncü katın koridoru beklenmedik şekilde karanlık, bu yüzden şaşkınlıkla aniden duruyorlar. Riley dün akşam hakkında konuşmaları gerektiğini biliyor ama şimdi sırası değil. Gwen yanında olduğu için memnun sadece. Ona bir şey olsa ne yapardı.

"Elektrik kesilmiş olmalı" diyor Gwen.

Çıplak ayak, ana merdivene doğru ilerliyorlar. Cilalı tırabzana tutuna tutuna, hızla aşağı inerlerken karanlık otelde koşuşturan başka ayak sesleri duyuluyor.

Sonra Riley aniden duruyor. Otelin ön tarafındaki pencerelerden sızan cılız ışık aşağıdaki dehşet verici manzarayı aydınlatıyor. Dana merdivenin dibinde, koyu mavi saten sabahlığının altında uzuvları tuhaf açılarda yayılmış, kıpırtısız uzanıyor. O güzel, koyu renk uzun saçları etrafına yayılmış, yüzünü örtüyor ama teninin solukluğu göze çarpıyor. Riley onu görür görmez Dana'nın ölü olduğunu anlıyor.

Lauren yanında yere diz çökmüş, elini Dana'nın boynuna koymuş, nabzına bakıyor. Başını kaldırıp onlara bakarken yüzünden şaşkınlık ve dehşet okunuyor. "Onu şimdi gördüm." Sesi gergin ve boğuk.

Riley merdivenlerden ağır ağır inip son basamakta, cesedin yukarısında duruyor. Arkasında duran Gwen'in tutuk hıçkırığını duyuyor.

"Çığlık atan sen miydin?" diye soruyor Riley.

Lauren gözyaşları içinde başını sallıyor.

Riley, Bradley ile babası James'in yakınlarda durduğunu fark ediyor. James, otelinin merdivenlerinin dibinde yatan cesede bakarken şoku yüzünden okunuyor. Dana'ya bakamayan Bradley ise tepesinde çömelen Lauren'a bakıyor. Sonra James yaklaşıp tereddütle elini uzatıyor.

"Ölmüş" diyor Lauren ona.

James minnetle elini geri çekiyor.

David çığlığı duyup yataktan fırlıyor. Üstüne bir sabahlık geçirip anahtarını alıyor ve odasından çıkıyor. Sahanlıkta durup merdivenlerin aşağısındaki küçük kalabalığa bakıyor. Üstünde sabahlığıyla yerde –belli ki ölü– yatan Dana'yı görüyor; Lauren da yanında oturuyor. Riley ile Gwen sırtları ona dönük duruyor. James'in rengi atmış, Bradley ise şimdi dün akşamkinden çok daha genç görünüyor. David yukarıdan sesler duyunca çabucak başını kaldırıp bakıyor; üzerlerinde pijamalarıyla odalarından fırlayıp çıkan Henry ile Beverly de sabahlıklarını örtüp kuşaklarını bağlayarak aşağı iniyor.

"Ne oldu?" diyor David aceleyle aşağı inerken.

"Bilmiyoruz" diyor James titrek bir sesle. "Merdivenlerden düşmüş gibi görünüyor."

David yaklaşıyor.

"Baktım ama nabzı atmıyor" diyor Lauren.

David çömelip hiç dokunmadan cesedi incelerken içine bir sıkıntı çöküyor. Nihayet, "Öleli bir süre olmuş. Gece yarısı düşmüş olmalı" diyor. Yüksek sesle düşünüyor: "Neden odasından çıksın ki?" Dana'nın başının yan tarafındaki korkunç yarığı, alt basamağın kenarındaki kanı görüyor. Tecrübeli gözleri bütün detayları incelerken üstüne tarifsiz bir bitkinlik çöküyor.

"Yüce Tanrım" diye fısıldıyor Beverly. "Zavallı kızcağız."

David başını kaldırıp diğerlerine bakıyor. Beverly başını çevirmiş, başka yere bakıyor ama Henry yüzünde ciddi bir ifadeyle cesedi inceliyor. David gözucuyla Gwen'e bakıyor; yanaklarında gözyaşlarının izleri, alt dudağı titriyor. Onu yatıştırmak istese de buna kalkışmıyor. Riley ise ölü kadından gözlerini alamıyormuş gibi. Matthew'nun ortalarda olmadığı dikkatini çekiyor.

"Birilerinin Matthew'ya haber vermesi gerek" derken içi sıkılıyor; bu işin muhtemelen ona düşeceğini biliyor. Bir kez daha James'e, ardından ona dönmüş bütün o şaşkın yüzlere bakıyor; hepsinin aklında Matthew var. "Ben veririm" deyip ayağa kalkıyor, ardından, "polisi arasak iyi olur" diye ekliyor.

"Arayamayız" diyor James ümitsiz bir tonla. "Elektrik kesik. Telefon hatları da. Polise ulaşamayız."

"Öyleyse birilerinin gidip onları buraya getirmesi gerekecek" diyor David.

"Nasıl?" diye soruyor Bradley. "Dışarıya baksanıza, her yer buz tutmuş."

James yavaşça başını iki yana sallıyor. "Elektrik buz fırtınası yüzünden kesilmiş olmalı. Dışarısı tehlikeli. Kimse bir yere gidemez." Sonra mahcup bir tonla, "Polisin buraya gelmesi epey zaman alacağa benziyor" diye ekliyor.

Candice'in cep telefonunun alarmı her sabah tam altı buçukta çalıyor. Disiplin onun en güçlü özelliği. Öte yandan uykusu da hafif ve bu sabah, daha alarm çalmadan uyanıyor. Sebebini bilemiyor. Alt kattaki koridorda koşan ayak sesleri, yüksek sesli konuşmalar duyuyor.

En iyisi kalkmak diye kanaat getiriyor. Ayrıca içerisi buz gibi soğuk. Komodinin üzerindeki lambayı açıyor ama lamba yanmıyor. Oda zifiri karanlık. Tir tir titreyerek yalın ayak gidip perdeleri açıyor. Gördüğü manzaraya şaşıp kalıyor. Dün geceki o karla kaplı büyülü kış manzarası yerini şiddetli buz fırtınasına bırakmış. Belli ki elektrik kesilmiş. Siktir, siktir, siktir, siktir. Bilgisayarının ne kadar şarjı kaldı diye merak ediyor. Olsa olsa beş saat yeter. Bu bir felaket! Elektriğin ne zaman geleceğini öğrenmesi gerek. Çabucak üstüne kalın kıyafetler geçirip karanlıkta dikkatle merdivenden iniyor.

Sahanlıkta merdivene doğru dönüp aşağıdaki lobiyi görünce donakalıyor. Merdivenin dibinde bir grup insan toplanmış, hepsi dönüp ona bakıyor; yüzlerinde sıkıntılı ifadeler var. Ve sonra sebebini anlıyor. Merdivenin dibinde bir kadın yatıyor; öyle hareketsiz ki ölü olduğuna şüphe yok. Kadın Dana Hart. Tepesinde dikilen avukatın yüzünde ciddi bir ifade var. Matthew görünürlerde yok.

Matthew'ya korkunç haberi verme işine David gönüllü oluyor. Herkes Matthew'nun hâlâ odasında olduğunu düşünüyor. İşin aslı, Matthew'ya haber vermek otelin sahibi James'in görevi ama James pek bunun altından kalkabilecek gibi görünmüyor. David yeniden yukarı çıkarken içinden kendine bunu söylüyor. Avukatın işi üstlenmesine besbelli minnettar olan James de ona eşlik ediyor. Diğerleri oldukları yerde öylece durup, ikisi sessizce yukarı çıkarlarken arkalarından şaşkın şaşkın bakıyor.

"Hangi oda?" diye soruyor David.

"201 No'lu oda" diyor James telaşlı bir tonla.

Odaya vardıklarında kapının önünde duruyorlar. David kendini hazırlıyor. İçeriden gelen ses var mı diye kulak kabartıyor ama bir şey duymuyor. Elini kaldırıp sertçe kapıyı tıklatıyor.

Cevap yok. David dönüp James'e bakıyor; James şimdi daha da tedirgin görünüyor. David bir kez daha, daha sert çalıyor kapıyı. James'e gidip anahtarı getirmesini söyleyecekken içeriden tıkırtılar duyuluyor. Nihayet kapı açılınca David karşısında dün akşam kokteyl içerken tanıştığı adamı buluyor. Birdenbire ona acıyor. Matthew hâlâ uyur-uyanık görünüyor. Beceriksizce üstüne bir sabahlık geçiriyor.

"Buyurun?" diyor; karşısında onları bulduğuna şaşırdığı ortada. Sonra omzunun üzerinden odaya, sanki bir şeyini kaybetmiş gibi, biraz önce içinden çıktığı yatağa bir bakış atıyor. Dönüp doğruca David'in gözlerine bakıyor ve o anda bir sorun olduğunu anlıyor. Gözleri kocaman açılıyor. "Ne oldu?" Bakışlarını David'den ayırıp James'in açıkça sıkıntılı yüzüne çeviriyor, sonra yeniden avukata bakıyor. "Ne oldu? Dana nerede?"

"Korkarım bir kaza olmuş" diyor David, profesyonel ses tonuyla.

"Ne?" Matthew şimdi açıkça telaşa kapılıyor.

"Çok üzgünüm" diyor David usulca.

"Dana'ya bir şey mi oldu?" Matthew'nun artan paniği sesine yansıyor.

"Merdivenden düşmüş" diyor David.

Matthew, "İyi mi peki?" diyor ama yüzü bembeyaz.

David kederli bir ifadeyle başını iki yana sallıyor ve korkuyla beklenen o sözcükleri yineliyor. "Çok üzgünüm."

Matthew'nun nefesi kesiliyor. "İnanmıyorum!" Dehşeti yüzünden okunuyor şimdi. "Onu görmek istiyorum!"

Yapılacak bir şey yok. Onu görmesi gerek. David sahanlıkta merdivene kadar ona eşlik edip merdivenin başına gelince saygıyla geri çekiliyor. Dana aşağıda, tıpkı huysuz bir çocuğun fırlatıp attığı kırık bir oyuncak bebek gibi öylece yatıyor. Matthew onu görünce haykırıyor, sendeleyerek David'in yanından geçip sevgilisine koşuyor.

"Ona dokunma" diye tavsiye veriyor David.

Matthew kendini Dana'nın yanına atıp hıçkırırken diğerleri geri çekiliyor. Uyarıyı dinlemeyip Dana'nın bembeyaz yüzünü okşayan Matthew gözlerine inanamayarak başparmağını sevgilisinin kanı çekilmiş dudaklarında gezdiriyor. Sonra yüzünü boynuna gömüp sarsıla sarsıla ağlamaya devam ediyor.

Diğerleri başlarını çeviriyor; içler acısı bir manzara bu.

Nihayet Matthew başını kaldırıp bakıyor. Şimdi aklı başından gitmiş bir halde, "Nasıl oldu bu?" diye haykırıyor David'e. David o sırada merdivenden inmiş, ikinci basamakta, tepesinde dikiliyor. "Neden odamızdan çıksın ki?"

"Çıktığını duymadın mı?" diye soruyor David.

Matthew şok ve ıstırap içinde yavaşça başını iki yana sallıyor. "Hayır. Uyuyordum. Hiçbir şey duymadım." İki elini yüzüne kapatıp inleye inleye ağlıyor.

Bradley gidip beyaz bir çarşaf getiriyor ve David'le ikisi nazikçe Dana'nın hareketsiz bedenini örterken kenarda duran diğerleri kederle izliyor.

9

Cumartesi, 06.33

Gwen, Riley'yle birlikte odalarına dönerken sanki transa girmiş gibi; olanı biteni sindirmekte güçlük çekiyor. Dana oracıkta ölüvermiş. Merdivenden düşüp öldüğü sırada Gwen belki de David'in odasındaydı. İkinci kattaki odadan çıkıp üçüncü kattaki kendi odasına doğru giderken Dana pekâlâ zemin kattaki merdivenin dibinde yatıyor olabilirdi. Ne kadar geçici ve değerliydi hayat. Ne zaman elinden alınıvereceğini bilemiyordun; hiç beklemediğin anda akıp gidiveriyordu. Dana'nın uğruna yaşayacak ne çok şeyi vardı, diye düşünüyor Gwen. Korkunç bir durum bu. Her ânın tadını çıkarmaya çalışması gerektiği dank ediyor kafasına; hayatı dolu dolu yaşaması gerektiği. Pek becerebildiği bir şey değil bu şimdiye kadar. Belki denemenin vakti gelmiştir. Bundan böyle geçmişinden kalan yükleri, suçluluğu sırtından atıp hayatını yaşamaya bakmalı. Belki dün gece, onun için yeni bir başlangıçtır. Dana öldüğü halde David'i düşününce ister istemez içini bir sıcaklık, mutluluk kaplıyor.

Biraz önce onun yanına gitmeyi çok istedi ama fena halde uygunsuz kaçacaktı. Birbirlerine sıcak bakışlar atmakla yetindiler. Vakit vardı. Yeniden bir araya geleceklerdi.

Riley dün akşamı David'le geçirmiş olmasından hoşlanmayacak. Gwen bunu biliyor ama Riley onun arkadaşı, muhafızı değil. Biriyle tanıştığı için onun adına mutlu olması gerekir. Riley biriyle tanıştığında Gwen onun adına mutlu oluyordu, hem genellikle Gwen'in hayatında özel biri olmuyordu. Birlikte vakit geçirmeye geldikleri bu hafta sonuna denk geldiği için üzgün ama insan güzel bir şey buldu mu kaçırmamalı. Nadir bulunuyor güzel şeyler. Dana'nın korkunç kazası bu gerçeği aklına kazıdı. Riley bunu anlamalı. Sonuçta Gwen bunu planlamamıştı ki.

Odaya vardıklarında Riley kapıyı arkalarından kapıyor. Gwen tedirginlik içinde, bir şey söylemesini bekleyerek ona bakıyor. Riley sesini çıkarmayınca valizinden bir iki kıyafet çıkarıyor. Duş almak istiyor ama su buz gibi olacağından mümkün görünmüyor.

Riley üstüne bir kazak geçirip saçlarını omuzlarına salarak nihayet, "Söylemem gereken bir şey var" derken sesi çok ciddi çıkıyor.

İşte geliyor, diye geçiriyor Gwen içinden.

"Şu avukat, David Paley hakkında."

"Ne olmuş ona?" Gwen'in sesi istediğinden daha sert çıkıyor.

"Onunla yattın mı?"

"Evet, yattım." Dönüp Riley'ye ters ters bakıyor. "Ne oldu, bir sakıncası mı var? Yetişkin bir kadınım ben. Senin gönül işlerinin hiçbirine laf ettiğimi de hatırlamıyorum." Sinirle kot pantolonunun fermuarını çekip kalın bir kazağa uzanıyor. "Az da değildi üstelik" diye ekliyor.

"Ama onun hakkında hiçbir şey bilmiyorsun."

"Biliyorum. Adı David Paley, New York'lu bir savunma avukatı. Oldukça da hoş bir adam." Dayanamayıp, "Ayrıca birlikte *iyi vakit* geçiriyoruz" diye ekliyor.

"Gwen, otur iki dakika" diyor Riley, yatağının üstüne oturarak.

Gwen bitkin halde Riley'nin karşısındaki yatağına oturup çoraplarını giymeye başlıyor. Yüzüne bakmak, onu dinlediğini belli etmek istemiyor. Dinlemek istemiyor. Riley kendi hayatına bakmalı. Bu hafta sonu her şey ne kadar çabuk değişiverdi. O Riley'ye destek olacakken Riley nedense eski korumacı rolüne soyunmaya çalışıyor. Gwen'in hoşuna gitmiyor bu durum.

"Ne olduğunu bilmiyorum ama beni rahatsız eden bir şeyler var o adamda" diyor Riley; tedirginliği sesinde açıkça hissediliyor.

Gwen başını kaldırıp ona bakıyor ve ciddiyetini belirten bir tonla, "Riley. Söyleyeceklerini duymak istemiyorum" diyor.

Riley susup sessizlik içinde giyinmeye devam ediyor.

David giyinmek üzere kısa süreliğine odasına dönüyor. Düşünceler zihninde dönüp duruyor. Çok kısa süre içinde çok fazla şey oldu. Gwen'le tanışması, şimdi de bu korkunç kaza. Üstelik görünüşe göre bir kaza da olmayabilir.

Bir savunma avukatı olarak bunca yıldan sonra içgüdülerine güvenmesi gerektiğini biliyor. Ayrıca merdivenden düşmekle öyle kolay kolay ölünemeyeceğini de. Boyun kırılmadığı sürece. Dana'nın boynunun kırılmadığına da neredeyse hiç şüphe yok. Ölüm sebebinin başına aldığı bir darbe olduğunu düşünüyor. İnsanın merdivenden düşerek başına darbe alması için belli bir şekilde düşmesi gerek. Başını sertçe tırabzan direğine çarpmış olması gerek, örneğin. Ne var ki David'in gözüne sanki Dana başını nasıl olduysa en alt basamağın kenarına çarpmış gibi görünüyor.

Hiç kazaya benzemiyor gerçekten de. David'e bir cinayet vakası gibi geliyor. İlk akla gelen şüpheli, ölen kadının nişanlısı Matthew. David onun tepkisini değerlendiriyor. Ya tamamen içten bir tepkiydi ya da Matthew çok iyi rol yapıyor. David kimseyi hafife almamak gerektiğini biliyor. İnsanların karmaşık olduğunu; hayatın karmaşık olduğunu biliyor.

Kendi hayatı da karmaşık. Arkadaşı Riley'nin *New York Times*'ta gazeteci olduğunu öğrendiğinde Gwen'den uzak durmaya karar vermişti. Başına bela almaya hiç ihtiyacı yoktu doğrusu. Ama sonra Gwen kütüphanede onu bulmuştu ve dün akşam yıllardır geçirdiği en güzel akşamdı. Onunla yukarı çıktığında bu çok olağan, çok doğru gelmişti. Kapıyı açıp ikisi içeri girdikten sonra kapamış ve sonra o kaçınılmaz an gerçekleşmişti. Kendilerini yatakta bulmuşlardı. Yıllar boyu süren yalnızlığın ardından David hayata dönmüştü. Nasıl olduysa Gwen'in de öyle hissettiğini sezmişti.

Karısı öldüğünden beri çok yalnızdı David.

Cumartesi, 06.55

Beverly kocasının peşinden merdivene yöneliyor. Aceleyle üzerlerine kalın bir şeyler geçirip yemek salonuna gidiyorlar. Kalbi, basamakları hızla inen ayak sesleriyle bir atıyor. Ölen kadına ne kadar acısa da neredeyse kazanın evliliklerinin imdadına yetiştiğini düşünüyor. Bu kriz kendi sorunlarını gölgede bıraktı. Sanki birileri onları dün gece kıyısında durdukları uçurumdan çekip alıverdi. Böyle düşünmek korkunç ama hadisenin onları böylesine soğuk ve anlamsız bir günde yeniden evliliklerine odaklanmaktan alıkoyacağını umuyor. Ne kadar ince bir çizgide durduğunu gören Beverly, artık o konuya bir daha hiç dönmek istemiyor.

Sonra, bütün bu dramayı, bu trajediyi arkalarında bırakıp eve döndüklerinde eski rutinlerine dönüverecek, önemli olan ne varsa yok sayıp, gerektiği gibi hayatlarına devam edecekler. Beverly nasıl olup da, genç bir kadının beklenmedik ölümü kadar hazin bir durumda bile önce kendi çıkarını gözetebildiğine biraz şaşırıyor. Öte yandan, kadını pek tanımıyor. Henry'nin de bu hafta sonu karısıyla tartışıp durmak ve rahatını bozmak yerine onları oyalayacak bir şey çıkmasına memnun olduğunu düşünüyor.

Sahanlığa geldiklerinde cesedin hâlâ merdivenin dibinde, üzerinde bir örtüyle yattığını görünce irkiliyor. Orada olmasını beklemiyordu. Neden onu başka bir yere, diğerlerinin onu görmeyeceği bir yere götürmemişlerdi ki? İstemsiz olarak titriyor. Dehşet içinde aşağı inip, bakmamaya çalıştıkları cesedin etrafından dolaşarak çabucak yemek salonuna doğru ilerliyorlar.

Henry'yle salona girdiklerinde herkes onlara bakıyor. Lauren kahve standının başında durmuş, bir termostan fincanını dolduruyor. Yanındaki erkek arkadaşı Ian ilk defa gülümsemiyor. Gwen tek başına duruyor ama Riley yakınlarında dolanıyor. Beverly etrafta Matthew'yu göremiyor. Yazar olan kadın Candice tek başına bir köşeye çekilmiş, kahvesini içerken herkesi dikkatle inceliyor. Bu sabah bir derginin ardına saklanmıyor. Herkesten uzakta, ayakta duran avukat yüzünde sıkıntılı bir ifadeyle kahvesini yudumluyor.

Candice kalkıp kahve standı başındakilere yaklaşıyor ve usulca, "Aranızda Matthew Hutchinson'ın *kim olduğunu* bilen var mı?" diyor. Diğerleri ona şaşkın şaşkın bakıyor. "Yok mu? New England'ın en seçkin ve varlıklı ailelerinden birinin oğlu o."

Beverly bunu bilmiyordu, diğerlerinin yüz ifadelerinden onların da bilmediği anlaşılıyor. O sırada Bradley somun, kruvasan ve top kek dolu tabaklarla mutfaktan çıkageliyor. Hepsini önceki gece açık büfenin kurulduğu uzun masanın üzerine yerleştirip, "Lütfen buyurun" diyor.

Bradley bu sabah oldukça farklı, diye düşünüyor Beverly. Dikkati dağınık, o büyüleyici gülümsemesinden de eser yok. Şaşılacak şey değil, elbette.

Bradley salonda etrafına bakınıp, "Elektrik kesildiği için çok üzgünüm. Telefon hattını tamir etmelerini beklemekten başka bir şey gelmiyor elimizden. Eminim çalışmalara başlamışlardır. Bu sırada sizi rahat ettirmek için elimizden geleni yapacağız" diyor.

Matthew'nun orada olmaması Beverly'yi rahatlatıyor. Odasına dönmüş olmalı. Beverly diğerlerinin de bir o kadar rahatladığını tahmin ediyor. Herkes onun yanında nasıl davranacağını şaşırırdı. Hayatının en güzel yıllarında, anlaşıldığı üzere büyük bir servetin mirasçısı, öylesine güzel bir genç kadınla nişanlı, yakışıklı bir genç adamın mutluluğu bu korkunç, trajik kazayla bir anda elinden kayıp gitti. Onun ıstırabının karşısında herkesin eli ayağına dolaşırken ne üzücü, ne zor bir hafta sonu olacak şimdi.

Beverly şimdi kendi evliliği pamuk ipliğine bağlıyken, bu otelin adını bile duymamış olmayı diliyor. Keşke çekip gidebilselerdi. Eve gitmekten başka hiçbir şey istemiyor. Henry'yle eve gidip işleri yoluna koymak, normal hayatlarına devam etmek istiyor.

Misafirler tuhaf tuhaf etrafta dolanıyor. Bazıları gidip utana sıkıla kruvasan ve kek alıyor. Bradley kısa süre sonra kocaman bir yumurta tabağıyla geri dönüyor. "Neyse ki gazlı ocağımız var" deyip, tabağı masaya bırakarak herkesi buyur ediyor. Ne var ki çoğu misafirin iştahı kaçmış durumda.

Nihayet James mutfaktan çıkıp vaziyete uygun bir ciddiyetle konuşuyor. "Korkunç bir hadise yaşandı. Çok üzgünüm. Ve" –tereddüt ediyor– "affınıza sığınarak, tavsiye edildiği üzere şimdilik cesedi olduğu yerde bırakmak durumundayım."

Misafirler huzursuzluk içinde kıpırdanıyor.

"Kimin tavsiyesi bu?" diye soruyor Henry.

"Benim" diye yanıtlıyor David.

"Onu... taşıyamayacağınızdan emin misiniz?" diye soruyor

Beverly, rahatsızlık içinde. Kadını orada öylece bırakmak çok korkunç geliyor. Saygısızca geliyor nedense.

"Hayır, taşıyamayız."

"Neden? Kaza olduğu ortada" diyor Lauren.

"Buna adli tabip karar verse daha iyi olur" diyor David.

"Bir kaza olmadığını ima etmiyorsun herhalde!" diyor Gwen.

"Bu kararı adli tabibin vereceğini söylüyorum."

Birdenbire Beverly, acaba avukat Matthew'nun nişanlısını merdivenlerden aşağı ittirdiğinden şüpheleniyor olabilir mi, diye geçiriyor içinden. Diğerlerini inceliyor; bir iki kişinin aklından da tam olarak aynı şeyin geçtiğine emin. Aniden içi bulanarak acaba aralarında kendi duyduğu şeyi, dün gece Matthew ile Dana arasındaki tartışmayı duyan oldu mu, diye merak ediyor. Bir şey söylemeli mi? Sadece âşıkların olağan kavgalarındandı, muhakkak. Matthew, Dana'ya zarar vermez. Ne kadar âşık görünüyorlardı.

Tuhaf bir sessizlik çöküyor salona. Sonra Riley birdenbire, "Dün gece bir çığlık duydum gibi gelmişti" diyor.

"Ne zaman?" diye soruyor David.

"Bilmiyorum. Uyduruyorum sanmıştım."

"Bir şey duyan oldu mu başka?" diye soruyor David odaya bakınarak.

Beverly bütün vücudunun gerildiğini hissediyor. Bir kabahati yoksa genç adamın başını derde sokmak istemiyor. Belki başkası da tartıştıklarını duymuştur. Bunu söyleyen kişi olmak istemiyor. Ama başka kimse bir şey söylemiyor. Beverly tereddütle başını eğip konunun kapanmasını bekliyor. "Polis nerede?" diye soruyor Henry.

James söze giriyor. "Bildiğiniz gibi elektrik kesik ve telefonlar çalışmıyor. Polise ulaşma şansımız olmadı."

"Biliyorum ama motorlu kızak yok mu?" diye soruyor Henry.

James başını iki yana sallıyor. "Motorlu kızağımız yok. Çok gürültü çıkarıyorlar. Doğaya odaklanmayı; yürüyüş, kayak, kar raketi gibi şeyleri tercih ediyoruz. Eski moda bir işletmeyiz biz."

Henry küçümseyerek göz devirip alçak sesle, "Jeneratörünüz olmamasına inanamıyorum" diye söyleniyor.

"Polis eninde sonunda buraya gelecek" diyor James onu duymazdan gelerek. "Elektrik geldiğinde telefonu kullanabiliriz. Ya da yolları temizleyip kum dökerlerse biz çıkıp gidebiliriz."

"Genellikle ne kadar sürüyor" diye soruyor Riley huzursuzluk içinde, "fırtına çıktığında elektriğin gelmesi?"

Bradley yanıtlıyor. "Duruma göre değişiyor. Ama bunun oldukça geniş çaplı bir arıza olduğunu tahmin ediyorum. Buz fırtınası, kar yağışından daha kötü. Telleri koparıyor."

"Polis gelene kadar" diyor avukat, "burayı suç mahalli olarak görmek durumundayız."

"Ama..." Beverly söze giriyor ve bütün gözler ona dönünce kızarıp sözünü yarıda bırakıyor. Sonra herkesin bildiğini dile getiriyor. "Merdivenden her inip çıkışımızda cesedinin yanından dolaşmamız gerekecek. Ne zaman lobide otursak onu göreceğiz."

Sonra odasında oturmuş, polisi bekleyen o zavallı genç adamı düşünüyor ve duydukları hakkında bir şey söylemesi gerekip gerekmediğini.

10

Cumartesi, 07.45

Candice kahvaltıdan sonra yemek salonunda diğerleriyle birlikte oyalanıyor. Herkes ne yapacağını şaşırmış gibi amaçsızca etrafta dolanıyor. Kahvaltıdan sonra yapacak belli bir şeyi varmış gibi yemek salonundan çıkıp giden avukat hariç. Candice koyu renk saçlı, adının Gwen olduğunu öğrendiği kadının avukatın arkasından baktığını fark ediyor.

Belli ki Gwen'in avukatın kim olduğuna dair en ufak fikri yok.

Candice, adı çıkmış David Paley'nin peşinden yukarı çıkmayı çok isterdi. Avukatın Matthew Hutchinson'ı görmeye gittiğine bahse girebilir. Ayrıca aralarındaki konuşmayı dinlemekten daha çok istediği bir şey yok. Derken kendine art niyetli olmamasını, karşısında evleneceği kadını kaybetmiş bir adam olduğunu hatırlatıyor.

Üzerine çalışması gereken bir şey bu; şefkatinin merakına yenik düşmemesi. Ne de olsa gazeteciliği bu yüzden bırakıp kitap yazmaya başlamıştı. Kurgudışı kitap yazmak en azından onu bundan kurtarmıştı. Kitap yazarken hâlâ yazdığı şeye karşı onurlu hisler besleyebiliyor. Gazetecilikse insanı insanlıktan çıkaran bir meslek.

Gözucuyla Riley'ye bakıyor. Dün geceden onun *New York Times*'ta çalışan bir gazeteci olduğunu hatırlıyor. Zaten tam bir gazeteci tipi var ama öyle vurdumduymaz, uyuşmuş gazecilerden olmadığı her halinden belli. Riley terazinin öbür kefesinde; hali içler acısı. Acaba Riley bir gün kendine gelebilecek mi, diye düşünüyor. Travma sonrası stres bozukluğunu iyi tanıyor Candice; daha önce de şahit oldu.

Artık gazeteci olmadığına çok memnun. Yine de, aşağıda, merdivenin dibinde yatan bir ceset var ve kimse orada ne işi olduğunu bilmiyor. Candice insanların içini okuyabiliyor ve aptal da değil; görünüşe göre avukat vakanın bir kazadan ibaret olmayabileceğinden şüpheleniyor. Gizlice yukarı çıkıp Matthew'nun kapısına kulağını dayamamak için kendini zor tutuyor.

Dışarıdaki buz kaplı manzaraya bakan Henry hüzünle, "Bu havada dışarı çıkamayız" diyerek düşüncelerini bölüyor.

Yemek salonundaki pencereler otelin doğu tarafındaki bahçeye bakıyor. Her şey ışıl ışıl buz kaplı. Sanki dünyaya elmas yağmış gibi, öylesine güzel bir manzara. Pencerelerin pervazlarından uzun, sivri buz parçaları sarkıyor. Ölümcül bir görünümleri var. Bunların altında yürürken bir tanesi kopup düşse insanı öldürebilir, diye düşünüyor Candice.

Fırtınada hayatını tehlikeye atmadan yürümek ya da kayak veya kar raketi yürüyüşü yapmak imkânsız. Şiddetli buz fırtınası sırasında en güvenli yer, üzerine dalların düşmeyeceği, buz sarkıtlarının bir yerine saplanmayacağı ya da düşen kablolar yüzünden elektrik çarpmayacak tek yer içerisi. Buzun üzerinde kayıp düşerek kafanı yarmak da vardı işin içinde.

Hayır, teşekkürler, almayayım, diye düşünüyor Candice. O da herkes gibi içeride kalacak.

David, Matthew'nun kapısını tıklatıyor. Cevap gelmeyince bu kez daha yüksek sesle çalıyor kapıyı. Nihayet tedirginlik içinde, Matthew'nun korkunç bir şey yapmış olacağı korkusuyla, James'ten aldığı anahtarı çıkarıp beceriksizce kapıyı kendi açıyor. Daha önce korktuğu başına gelmişti. Kapıyı çabucak açıyor ve Matthew'yu şömine önündeki bir koltukta taş kesilmiş halde otururken buluyor. İlk anda duyduğu rahatlık çabucak yerini huzursuzluğa bırakıyor. James daha önce gelip şömineyi yaktığı halde oda soğuk. David odanın içine doğru birkaç adım ilerliyor. Odanın soğukluğuna şaşmamalı; Matthew ateşi sönmeye bırakmış.

David yanına gidip Matthew'yu dikkatle inceliyor. Ağladığı belli oluyor. Gözleri ve yüzü şişmiş. Neredeyse katatoniye girmiş bir hali var. "Matthew" diyor David. Matthew tepki vermiyor. Acı ya da suçluluk içinde, ya da olasılıkla iki duyguya birden hapsolup olmadığını kestirmek zor.

David usulca şömineye gidip siperi kenara çekiyor. Bir kütük daha alıp dikkatle ateşe atıyor, alev alması için itekleyerek iyice içine yerleştiriyor. Söyleyeceklerini düşünürken bu tür bir şeyle oyalanabilmesi iyi oldu. Sonsuza kadar ateşle oynayıp alevlere bakmayı ve yapacağı şeyi yapmak zorunda olmamayı çok isterdi. Ama bu genç adam için endişeleniyor. Sorumluluk duyuyor. Elinden geliyorsa yardım etmek istiyor. Her ne kadar yapılabilecek pek bir şey olmasa da; geçmişi değiştirmek diye bir şey yok ne de olsa. David sadece arkasını temizlemek için orada aslında.

Nihayet maşayı kenara bırakıp siperi yerine koyuyor ve Matthew'nun yakınındaki bir koltuğa oturuyor. Söze nasıl başlayacağına karar verirken bir an için duraksıyor.

"Polis eninde sonunda buraya gelecek" diyor sonunda, alçak sesle. "Bugün olmasa yarın. Ölüm sebebine dair soruşturma başlatacaklar." Duraksıyor. Yavaş konuşması gerektiğini biliyor; şoktayken insanın aklı söyleneni algılamakta zorlanıyor. "Bana kalırsa ölüm sebebinin kazara düşmek olduğu sonucuna varmayacaklar." Bekliyor. Matthew kılını kıpırdatmıyor, şaşkınlık belirtisi bile göstermiyor ki bu da endişe verici bir durum. "Gördüklerimden anladığım, kafasına aldığı darbe, ki büyük olasılıkla ölüm sebebi de bu, kazara merdivenden düşerek alınacak bir darbe değil. Görünüşe göre merdivenin tepesinde, sırtı basamaklara dönükken ittirilmiş." Kötümserliğe teslim olmamak elinde değil. "Eğer bir cinayete merdivenden düşerek ölmek gibi kaza süsü vereceksen, kurbanı başı tırabzan direğine çarpacak şekilde ittirmek çok daha iyi olurdu." Bu Matthew'nun ilgisini çekmeye yetiyor.

"Ne dedin?" diye soruyor Matthew, başını kaldırıp ilk kez ona bakarak.

David gözlerinin içine bakıyor. "Dedim ki vaka bir kazaya benzemiyor. Görünüşe bakılırsa nişanlın cinayet kurbanı."

"Ne?"

"Bana kalırsa Dana öldürülmüş."

Matthew sanki nihayet söyleneni idrak etmeye başlamış gibi bakıyor ona. "Ah, Tanrım, olamaz."

"Öyle sanıyorum ki bu doğru."

Bir an geçiyor, sonra Matthew, "Benim yaptığımı düşünüyorsun" diyor.

"Bunu bilmiyorum ve bilmek de istemiyorum. Ama ben savunma avukatıyım ve kendine bir avukat tutana kadar sana tavsiye vermeye geldim."

"Onu ben öldürmedim!"

"Tamam."

"Uyuyordum, yemin ederim! Odadan çıktığını bile bilmiyordum! Neden yaptı ki bunu? Daha önce otel odamızdan çıkmamıştı hiç. Banyo hemen şurada. Uyurgezer de değil."

İşte mühim nokta buydu. Neden odadan çıksın ki diye düşünüyor David. Ortada bir sebep yok, tabii eğer nişanlısıyla kavga etmediyse. Belki kavga ettiler ve sonra da Matthew öfkeyle peşinden gitti. Bir an için kontrolünü kaybetti ve sonucu ölümcül oldu. David sormak istemiyor –meseleye burnunu sokmak istemiyor– ama soruyor. "Dün gece kavga mı ettiniz?"

"Ne? Hayır! Ne kavgası? Onu seviyorum ben! Asla zarar veremem ona!" Sesi yükselip yeniden alçalıyor. "Odadan çıkmasının bir sebebi olmalı. Belki koridordan bir ses duymuştur. Bilmiyorum. Tek bildiğim, her ne olduysa başından sonuna uyuyor olduğum."

"Herhangi bir anlaşmazlığınız yoktu öyleyse? Para hakkında mesela? Evlilik öncesi anlaşma konusunda belki?"

Matthew başını ki yana sallıyor. "Hayır. İkimiz de bir anlaşma istemedik, ihtiyaç da duymadık. Birbirimize âşıktık; gerçek bu." Çaresizlik içinde soruyor: "Gerçekten öldürüldüğünü mü düşünüyorsunuz?"

"Bana öyle geliyor" diyor David.

Matthew dönüp yeniden gözlerini ateşe dikiyor, gözlerinden taze yaşlar dökülüyor. "Tanrım." Bir an için elleriyle yüzünü örtüp kendini toparlıyor, sonra ellerini indirip başını David'e çeviriyor. "Eğer biri kasten onu öldürdüyse kim olduğunu bilmek istiyorum, sebebini de bilmek istiyorum." Tekrar David'in gözlerine bakıyor. "Ben yapmadım, yemin ederim." Istırabı açıkça ortada.

David, Matthew'yu mercek altına alıyor. Masum olduğuna neredeyse emin. "Pekâlâ. Ama ben yine de tavsiyemi vereyim: Bu konuda kimseye bir şey söyleme. Sadece... hiçbir şey söyleme. Polis gelene kadar odanda kalman da iyi olabilir. Geldikleri zaman da, haklarını okuyup seni tutuklarlarsa, hatta tutuklamasalar bile, hiçbir şey söyleme. Kendine iyi bir avukat tut."

Matthew'nun yüzü iyice bembeyaz oluyor. "Seni tutamaz mıyım?"

"İyi bir fikir değil, bana kalırsa. Ama sana birini önerebilirim, istersen." David gitmek üzere ayağa kalkıyor. Telefonlar çalışmazken Matthew'nun kimseyi arayamayacağını, kimseyle konuşamayacağını biliyor. Burada bir başına. "Tek başına kalabilecek misin?"

"Bilmiyorum."

"Bana ihtiyacın olursa buradayım" diyor David. Sözlerinde de samimi. "Bir süre sonra yine uğrarım."

Matthew başını sallayıp tekrar ateşe dönüyor.

David çıkıp gidiyor.

Matthew kapının tık diye kapandığını duyunca dönüp bakıyor. Yine yalnız kaldı.

Birden ayağa kalkıp odada volta atmaya başlıyor. Bir yandan Dana'nın yasında boğulurken bir yandan David Paley'nin söyledikleriyle paniğe sürükleniyor. Dana öldü! Ve avukat onun yaptığını düşünüyor. O öyle düşünüyorsa, polis de öyle düşünecektir.

Odada bir ileri bir geri yürürken boğazından yükselen hıçkırığı bastırıyor. Avukata Dana'yla kavga etmediklerini söyledi ve şimdi bunun bir hata olduğunu düşünüyor. Dana'yla kavga ettiler; yaklaşan düğünün gerginliğiyle eften püften bir sebepten tartıştılar. İkisi de çok stresliydi.

Dana yine konuyu annesine getirmiş, onu hiçbir zaman onaylamadığından, yeterince iyi bulmadığından yakınmıştı. Dana bazen –son zamanlarda sık sık– böyle duygusal patlamalar yaşıyor, biraz özgüvensiz davranıyordu. Ona bakan, ara sıra özgüvensiz hissettiğine ihtimal vermezdi ama Dana bu tarafını bazen ona gösteriyordu. Matthew bundan rahatsız olmuyordu; varlıklı ve nüfuz sahibi ailesinin insanların –arkadaşlarının ve kız arkadaşlarının– gözünü korkutmasına alışkındı.

Elbette Dana'ya karşı bunu inkâr etmişti. Ona fazla hassas olduğunu, annesinin elbette onu onayladığını söylemişti. Öte yandan aynı şeyi tekrar tekrar söylemek zorunda kalmaktan usanmıştı. Özellikle de tam olarak doğru olmadığı için. Annesi gerçekten de daha iyi bir eş seçebileceğini düşünüyordu ve bunu yüzüne söyleyecek kadar da küstahtı. Ayrıca bir kereyle de kalmamıştı. Dana'dan sıkılacağı, sadece güzelliğine kapılıp gittiği ve hislerinin değişeceği düşüncesiyle onu beklemeye ikna etmeye çalışıyordu. Matthew ise dediğim dedik, varlıklı ve güçlü bir kadın olan annesine Dana'yı sevdiğini ve onunla evleneceğini çok açık bir şekilde bildirmişti. Ne var ki sürekli iki kadını da memnun edemeden –ya da yatıştıramadan– ikisi arasında sıkışıp kalmak çok yorucuydu. Dün gece bitkinliğine teslim olmuştu Matthew.

Birdenbire acaba tartışmalarını duyan oldu mu diye düşünmeye başlıyor.

11

Cumartesi, 08.00

Misafirler, bazıları ellerinde hâlâ kahve kupaları, yavaş yavaş yemek salonundan çıkıp merdivenden uzak durarak lobiye geçiyor.

Henry şansına sövüyor. Gece kar yağışı buz fırtınasına çevirmeseydi harikulade bir kışlık tatil yeri olacaktı burası. Bütün gün kayak yapabilir, üstündeki bu berbat gerginliği atabilirdi. Şimdi lobinin ön tarafa bakan pencerelerine yakın bir noktada durmuş, sıkıntılı bir ifadeyle dışarıdaki her şeyin üzerini cam gibi kaplamış buza bakarken kendini aldatılmış hissediyor.

İçi çok huzursuz. Öne doğru eğilip burnunu soğuk cama yapıştırıyor. Bahçedeki kocaman, yaşlı bir ağacın kocaman bir dalının kırılıp düştüğünü görüyor. Işıl ışıl beyazlığın üzerinde kahverengi ağaç paramparça yatıyor. Karısının arkasından yaklaştığını hissediyor. "Bu havada dışarı çıkmayı düşünmüyorsun, herhalde?" dediğini işitiyor.

Düşünmüyordu ama şimdi karısı bunu garantiliyor. "Düşünüyorum."

"Saçmalama" diyor karısı, aptalca bir fikir yüzünden çocuklarından birini azarlıyormuş gibi.

Henry kapının yanındaki vestiyere doğru gidiyor. Misafirlerin çoğu dün gece paltolarını askıya asmış, botlarını da altındaki paspasın üzerinde bırakmıştı. Paltosunu bulup çekip alıyor, eğilip koşu ayakkabılarını çıkarıyor, gelirken giydiği botlarını giyiyor.

"İyi bir fikir olduğuna emin misin?" diyor Ian, ama Henry'nin karısının sesinde sıklıkla sezdiği o histeri ve kontrol etme ihtiyacı tınısı olmadan.

"Fazla uzaklaşmam" diyor Ian'a, beresini başına geçirirken. "Biraz temiz hava almak istiyorum sadece."

"Elektrik tellerinden uzak durmayı unutma" diye tavsiye ediyor Ian.

Herkes durmuş, sanki ortam koşullarını test eden bir kanaryaymış gibi onu izliyor.

Henry dönüp kapıyı açıyor. Soğuğu yüzünde, diğerlerinin bakışlarını sırtında hissediyor. Bir adım atıp verandaya çıkıyor ve kapıyı arkasından kapıyor. Rüzgârı ve ne kadar şiddetli ve gürültülü olduğunu ancak şimdi fark ediyor. Oteldeyken rüzgâr sanki kesintisiz ve tekdüze bir uğultu, ara sıra da uzaklardan bir çığlık gibi gelirken şimdi, dışarıda kanlı canlı bir canavarı andırıyor ve çok daha yakında. Bahçenin bitimindeki ormana bakınca rüzgârın ağaçların dallarını nasıl bir o yana bir bu yana salladığını görüyor. Sesiyse tıpkı bir ağıt gibi. En kötüsüyse, rüzgâr önünde duran ağacı tüm şiddetiyle sarstığında çıkan, buz kaplı dallarının gıcırdayıp çatırdama sesi. Bir an için gözlerini kapayıp seslere kulak kabartıyor. Fırtınalı havada denize açılan eski, ahşap bir gemiden çıkacak sesler gibi geliyor duydukları ona. Sonra gözlerini açıp başka dal düşecek mi diye bakışlarını ağaca doğru kaldırıyor.

Birkaç dakikadır kıpırdamadan duruyor ve diğerlerinin onu izlediğini biliyor. Verandanın tırabzanına tutunup aşağı bakıyor. Ahşap merdivenin üzerini kalın bir buz tabakası kaplamış. Dikkatle, tırabzana sımsıkı tutunarak bir adım atıyor. Basamaklar çok kaygan ama kazasız belasız üçünü de inmeyi başarıyor. Merdivenin dibinde öylece dikiliyor. Orada ne işi olduğunu düşünürken yürümeye başlıyor. Aslında yürümek imkânsız, ayağını buzun üzerinde kaydıra kaydıra, dengesini kaybetmemeye çalışarak ilerliyor. Teddy küçükken buz hokeyi pistinde onun arkasından yürümeye benziyor ama pist dümdüzken burada bütün zemin engebeli.

Verandadan daha ancak beş metre uzaklaşmışken Henry'nin ayağı beklenmedik bir şekilde kayıveriyor ve sırtüstü yere yapışıp nefesi kesiliyor. Orada öylece uzanıp hırıltılı nefesler alarak soluklanmaya çalışırken yukarıdaki bulutlara bakıp kendini aptal gibi hissediyor. Arkasında kapının açıldığını duyuyor. Karısı gelip ona içeri girmesini söyleyecek, muhakkak.

Ama bir şey söyleyemeden yukarıdan korkutucu bir çatırtı duyuluyor. Henry başını ağaca doğru çeviriyor. Ne olacağını anladığında kalbi göğsünden fırlayacak gibi oluyor. Gözlerini kapatıyor ve bir dal parçası kopup birkaç adım ötesine düşüyor. Yavaşça gözlerini açıyor şimdi Henry.

O dal yüzünden ölebilirdi.

Ayağa kalkamaz halde, dört ayak üstünde emekleyerek verandaya geri çıkıp tırabzana tutunuyor, kendini kaldırıp basamakların üzerinde duruyor.

Otelin kapısı ardına kadar açık, herkes telaş içinde ona bakıyor. Onu neredeyse yakasından tutup sürükleyerek içeri çekiyorlar.

Kendine geldiğinde, karısı, "İlle bir şeyler yapmak istiyorsan gidip Bradley'nin buzhaneye giden yolu açmasına yardım edebilirsin" diyor. Henry ona ters ters bakınca da, "o tarafta ağaç olmadığını söyledi. Görece daha güvenli olur" diye ekliyor.

Candice, Henry'nin haline çok üzülüyor; belli ki burada mahsur kaldığı için çok bunalmış. Misafirlerin çoğu bunalmış görünüyor. Ya Henry gibi dışarıya çıkmayı hayal ediyor ya da Ian ve Lauren gibi huzursuzluk içinde dolanıyorlar.

Onunsa yapacak çok şeyi –bilgisayarının pili yettiği müddetçe– var, ayrıca burada ilgisini çeken de çok şey var. Dana'nın cesedinin yanına gidip bir kez daha bakıyor. Çarşafı kaldırırken diğerlerinin kınayan bakışlarını hissedebiliyor. Bu kez Dana'nın başındaki yaraya, sonra merdivendeki kan izine daha dikkatli bakıyor ve gördükleri karşısında kalbi biraz daha hızlı atmaya başlıyor. Şömine başına dönüp ellerini ısıtırırken düşüncelere dalıyor. Bu hadisenin dikkatini dağıtmasına izin verirse sonuçları onun için ağır olacak. Ne var ki birilerinin bu zavallı kızı öldürdüğünden şüpheleniyor.

"Ne tür bir kitap üzerine çalışıyorsun?" Lauren'ın sorusuyla düşünceleri bölünen Candice irkiliyor.

Candice kaçamak bir tebessüm ediyor. "Ah, bunu konuşmaktan pek hoşlanmıyorum. İşim bitene kadar üzerinde çalıştığım şeyden bahsetmiyorum" diyor mahcup bir tonla. "Projenin bütün enerjisi dışarı dökülüyormuş gibi geliyor."

"Ah" diyor Lauren. "Yazarlar hep yazdıkları şeyden bahsetmeye bayılır sanıyordum."

"Ben onlardan değilim" diyor Candice.

Aralarındaki bu trajedi yüzünden etrafta ruh gibi dolaşan misafirler yavaş yavaş lobiden başka yerlere dağılmaya başlıyor. Bradley daha önce gaz lambaları ile kibritler getirip sehpanın üzerine bırakmıştı ama çoğu karanlık merdivende ya da koridorlarda yürürken iPhone'larının fenerini kullanmayı tercih ediyor. Gündüz vakti ön tarafa bakan pencerelerden ışık alan zemin kattan yukarısı zifiri karanlık.

İşe koyulma vakti. Candice cesedin kenarından geçip üçüncü kattaki odasına çıkıyor. Koridoru yalnızca iki ucundaki oldukça küçük pencerelerden gelen ışık aydınlatıyor; koyu renk halı ile iç bayıcı duvar kâğıdı koridorun karanlık ve kasvetli havasını tamamlıyor. Candice bütün yatak odalarının penceresi olduğunu –kendisininkinin kesinlikle var– tahmin ediyor. Eğer perdeler açılırsa büyük ihtimalle rahat rahat okumaya değilse de etrafı görmeye yetecek kadar ışık girer diye düşünüyor.

Yukarısı daha soğuk. Lobideki büyük şömine sayesinde orası en uygun yer, şayet cesedi görmezden gelebiliyorsan. Ama misafirlerin çoğu ürküp yukarı çıkmışa benziyor.

Odası Candice'a fazla soğuk, fazla kasvetli, fazla karanlık geliyor. Dizüstü bilgisayarını alıp tekrar aşağı iniyor ve kütüphaneyi buluyor. Bradley'yi arıyor, onu yemek salonunda etrafı toplarken yakalıyor, kütüphanedeki şömineyi yakmasını rica ediyor. Bradley biraz rahatsız ve tükenmiş görünüyor. Elektrik kesintisi sırasında personel yetersizliği varken bir oteli çekip çevirmek zor olmalı, diye düşünüyor Candice.

"Buzhaneye giden yolu kürekle temizlediğini duymuştum sanki" diyor, kütüphaneye girerlerken.

Bradley hafif bir tebessüm ediyor. "Temizliyordum ama şimdi Henry yardım ediyor. Ağır ilerliyor ama kar makinesi işe yarıyor."

Candice, Bradley'nin peşinden kütüphaneye giriyor. Elektrik kesintisinin onu ne kadar zor durumda bıraktığından şikâyet etmek istese de ona daha fazla yüklenmek istemiyor. Ayrıca aralarında ölü bir genç kadın ve bu fırtınada dışarıda hayati tehlike içinde olabilecek insanlar varken bunun ne kadar çirkin olacağının da farkında.

Yine de gerçek bu. Elektrik kesintisinin onu büyük bir sıkıntıya soktuğu doğru. Buraya çalışmaya geldi ve bilgisayar çalışmazsa o da çalışamaz. Olsa olsa birkaç saatlik pili kaldı. Bir battaniyeye sarınıp tükenmez kalem ve kâğıda kalabilir sonunda. Oysa hiç böyle hayal etmemişti. Yatalak annesini düşünüyor, kız kardeşlerinin ona gerektiği gibi bakıp bakmadıklarını merak ediyor.

Çıtırdayıp kıvılcım saçan ateşin önündeki rahat bir koltuğa yerleşiyor, Bradley'ye içten teşekkürlerini iletiyor ve ondan uygun olduğunda ona bir fincan sıcak çay getirmesini rica ediyor. Bilgisayarını yeniden açıyor. Ne var ki Dana'yı düşünmeyi bırakıp işe koyulması biraz zaman alıyor.

Cumartesi, 09.15

Gwen için yemek salonundaki kahvaltı –broşürde vaat edilen krallara layık sofrayla kıyaslamadan edemiyor– işkence gibiydi. Hiç tat almadan bir kekin ancak yarısını yiyebildi.

David yanına gelmedi, ne de olsa Riley o korumacı tavrıyla dibinden ayrılmadı. Ya da belki Dana'nın başına gelenler aklını meşgul ediyor, o yüzden gelmedi. Gwen onun Matthew için endişelediğini biliyor. Riley'nin ne düşündüğü hiç umurunda değil ama şimdi kalkıp David'in yanına gidecek olursa Riley'nin onu kolundan tutup rezalet çıkaracağı düşüncesi de hoşuna gitmiyor. Riley'nin ne yapacağını kestirmek zor. David yemek salonundan çıktığında Gwen daha sonra, biraz mahremiyete kavuştuğunda gidip onu bulmaya karar veriyor.

Onu düşünmeden edemiyor. Daha birkaç saat önce David ona dokunuyor, onu seviyordu.

Sonra bütün misafirler lobide Henry'nin buzlu bahçeye çıkıp kendini rezil edişini izledi. Ardından Riley otelde keşfe çıkmalarını önerdi. Gwen ona kütüphaneyi gösterdi, sonra bitişiğindeki oturma odasına gittiler. Basma kumaş kaplı kanepeler, sandalyeler, alçak masalar ve şöminenin yukarısında yağlıboya kadın tablosuyla çok hoş bir yerdi burası.

"Burada kalalım mı?" diye sordu Gwen, ısınmak için kollarını ovuşturarak. Ama Riley yerinde duramıyordu, biraz daha gezinmek istedi. Lobinin yanındaki küçük koridora gidip barı buldular.

"Burası güzel" diyor şimdi Riley, beğeniyle bara göz gezdirerek. "Şömineyi yakarım."

Elbette ateş yakabiliyor, diye düşünüyor Gwen, onu izleyerek. Irak'ta ve Afganistan'da, olabilecek en zor koşullarda yaşadı. Acaba Riley onun yapamadığı başka neler yapabiliyor diye merak ediyor. Manuel vites araba kullanmak. Bir yarayı tedavi etmek. Bir istihbarat kaynağını korumak. Teröristlerle pazarlık yapmak. Riley'nin ona hiç bu tür detaylardan bahsetmediğini fark ediyor; muhtemelen Gwen'in başa çıkamayacağını düşündüğü için. Etkileyici özellikleri ve yılmaz cesaretinin yanı sıra artık hiç geçmeyecekmiş gibi gelen bir kırılganlıkla tam bir muammaya dönüştü Riley.

Barın arkasındaki şişeler Gwen'in gözüne batıyor; daha biraz önce kahvaltı ettikleri halde Riley'nin alkole dadanacağından endişeleniyor. Bara sırtını dönüp odada geziniyor, duvarlardaki rafları dolduran kitapların sırtlarına bakıyor, tabloları inceliyor.

Birdenbire kendini gazetecilik bölümündeki son yılını düşünürken buluyor. Her şey o zaman değişmişti onun için. Riley ne olduğunu biliyor, yanındaydı. Gwen'in neden mutlu olmayı hak etmediğine inandığını biliyor. Ama Gwen eğer David'le mutlu olmak için bir şans istiyorsa, geçmişiyle yüzleşmesi gerektiğini biliyor. Ne yapıp edip geçmişiyle yüzleşmeli ve gerçekleri kabullenmeli.

Bir gece dışarı çıkmış, bir partiye gitmişlerdi. Yıl sonuydu ve kısa süre sonra mezun olacakları için herkes kendini salmış, durmadan içiyordu. Gwen o gece korkunç bir suça şahit olmuştu. Gözlerinin önünde üç adam genç bir kadına tecavüz etmişti. Ve Gwen bu konuda bir şey yapmamıştı. Hiçbir şey.

Önceki gece bir ödev başında sabahladığını hatırlıyor şimdi. Çok içmişti ve biraz uzanmaya ihtiyaç duymuştu. Bir yatak ile yerde misafir yatağı olan bir yatak odası –bir ev partisindeydiler– buldu. Yataktaki örtünün altına kıvrılıp yattı. Sonra bir kız paldır küldür odaya girince uyandı. İçerisi karanlıktı, dışarıdaki sokak lambasının içeri sızan ışığından başka aydınlık yoktu. Gwen kızı tanıdı; bazı dersleri ortaktı. Kız bir adamı üzerinden atmaya çalışıyordu ama herif umursamıyordu. Kızın kıyafetlerini çıkarmaya başladı. Gwen tam ayağa kalkıyordu –ikisinin birlikte herifi durdurabileceklerini düşünmüştü– ki iki adam daha gelip kapıyı arkalarından kapadı. Adamlardan biri kimse açamasın diye kapı tokmağının altına bir sandalye dayadı. Gwen korkudan olduğu yerde donakaldı.

Kız çığlık attı ama müzik o kadar yüksek sesliydi ki kimse duymuş olamazdı. Adamlar kızı yatağa yapıştırıp ona tecavüz etti. Kahkaha atıyorlardı. Her şey bir çırpıda olup bitti. Gwen orada olduğunu bilmelerini istemedi. Ona da saldıracaklarından korkuyordu.

Adamlar giderken kız yatakta hıçkıra hıçkıra ağlıyordu. Onlar çıktıktan sonra Gwen istifra etti. Durumuna bakmaya gittiğinde kız bayılmıştı. Kusmuğunda boğulmaması için Gwen onu yan tarafına döndürdü, sonra Riley'yi bulmaya gitti. Mücadele etmesi gerekirdi, Riley ona böyle söyledi.

O zamandan beri, artık öyle düşünmediğini de söyledi Riley. Gwen partide onu bulup olanları anlattığında birlikte kızın yanına çıkmışlardı. Gwen ona, o sırada odada olduğunu söyledi. Kız bir şey demediyse de Gwen tiksintisini gözlerinden okuyabiliyordu. Gwen'e ona tecavüz eden adamları görüp görmediğini ve şahit olarak ifade verip veremeyeceğini sordu. Daha önce Riley'ye adamları tanıyabileceğini söylemişti ama kız ondan bunu istediği an Gwen paniğe kapıldı. O sorumluluğu üstlenmek istemiyordu. Odanın çok karanlık olduğunu, izlemenin çok acı verici olduğunu, örtünün altına saklandığını söyledi. Adamların kimliklerini tespit edemezdi. Ona yardım edemezdi.

Kız dava açmak istemişti ama bunu Gwen'in yardımı olmadan yapmak istemiyordu. Gwen ise, Riley onu teşvik ettiği halde, yardım etmedi. Ona şahitlik edemeyeceğini söyledi. Onun bir suçu yoktu. Mezun oldu ve uzaklara taşınıp hadiseyi unutmaya çalıştı. Ne var ki o üniversiteli çocukların –her kimlerse– şimdi birer yetişkin olduğu düşüncesi yakasını bırakmıyordu. Bunu bir kez yapan bir daha yapabilirdi. Gwen kızın olaydan kısa süre sonra intihar ettiğini duydu. O zamandan beri de bunun suçluluğunu duyuyor.

Bu onu değiştirdi, hayatına şekil verdi. O korkağın teki, doğru olanı yapamamış biri. Artık hayatın bahşettiği güzellikleri hak etmediğini biliyor.

Riley bu yüzden onu hep yargıladı. Şimdi bile, yıllar sonra, Riley'nin her zamanki erdem timsali havası asabını bozuyor. Bazen acaba Riley o savaş bölgelerinde üzerine düşen her şeyi yaptı mı diye merak ediyor. Her yaptığı ahlaki olarak kusursuz muydu? Acaba Irak ve Afganistan'da geçirdiği onca zaman içinde hiç hata yapmadı mı, hiç korkuya kapılmadı mı?

Düşüncelere dalıp gitmişken birdenbire Riley yüksek sesli, ani bir nefes alıyor. Gwen irkilerek arkasını dönünce Riley'nin şöminenin önünde bir koltukta oturduğunu görüyor; yüzünün rengi atmış.

"Ah, olamaz" diyor Riley.

"Ne oldu?" Riley'deki gözle görünür değişiklik Gwen'i telaşlandırıyor. "İyi misin?"

"Adının tanıdık geldiğine emindim."

Gwen rahatsız olmuş gibi uzaklaşıyor.

"Buraya gel. Beni dinle."

Gwen ona bıkkın bir bakış atıyor ve istemeyerek yanına gidip karşısına oturuyor.

"Kim olduğunu şimdi hatırladım." Öne doğru eğilip Gwen'e ciddiyetle bakarken Riley'nin yüzünden içten bir endişe okunuyor.

Gwen şimdi endişelenmeye başlıyor. David'de hiçbir terslik yok. Olamaz.

Riley konuşuyor. "Karısını öldürdüğü şüphesiyle tutuklanan avukat o."

12

Cumartesi, 10.00

James mutfaktaki büyük lavaboda kızartma tavasını ovalarken elektrik olmadan misafirlerine nasıl doğru dürüst yemek yapabileceğini düşünüyor. Buzdolabı çalışmıyor. En azından gazlı ocakta yemek pişirebiliyor. Ama bulaşık makinesi de çalışmıyor. Kahvaltıyı yumurta ve hamurişleriyle kolay atlattı; zaten zavallı kızın merdivenden düşmesinden sonra kimse pek bir şey yemek istemiyor gibiydi.

Kendi iştahı da kaçtı. O genç adamın kaybına çok üzülüyor. Ayrıca bu hadise yüzünden o kadar gerildi ki kendini halsiz hissediyor. Her otel sahibinin uykusunu kaçıracak türden bir hadise bu; kendi otelinde ölümcül bir kaza. Bu tür durumlara karşı sigortası var ama ne korkunç bir şey bu başlarına gelen. Onun suçu olmadığını biliyor. Oteldeki halılar gevşek değil; ilk fırsatta sahanlığa çıkıp halıyı bizzat kontrol etmişti. Her şey yerli yerindeydi. Kızcağız durduk yere düşmüş olmalıydı. Hiç kimse onu ya da oteli suçlayamazdı.

Önceki gece genç kadının ne kadar alkol aldığını düşünüyor yeniden. Daha önce mutfakta kahvaltı hazırlarlarken Bradley'ye sormuştu.

"Sence sarhoş muydu?" dedi alçak sesle. "O yüzden mi düştü dersin?"

Bradley başını iki yana salladı. "Merak etme, baba. Sarhoş değildi. İçkileri ben servis ettim, hatırlarsan?"

"Ama senden odalarına şampanya koymanı istemiştim, hatırlarsan? İçip içmediklerini biliyor musun?"

Bradley tekrar başını iki yana salladı. "Bilmiyorum. Bu sabah odaya uğramadım, David içeri girmemi istemedi."

James dudağını ısırdı; endişeli olduğu zamanlarda ortaya çıkan, bırakmaya çalıştığı kötü bir alışkanlıktı bu. Kendisi odadayken şampanya şişesini kontrol etmek aklına gelmemişti.

"Baba, endişelenme" diye tekrarladı Bradley emin bir ses tonuyla. "Endişelenmeni gerektirecek hiçbir şey yok. Alkollü olduğu için düşmedi."

Ama Bradley'nin de olanlar yüzünden epey sarsıldığı James'in dikkatinden kaçmadı. Oğlu yorgun görünüyordu; sanki gözüne uyku girmemiş gibi gözlerinin altı halka halka olmuştu.

"Sen geç vakitte ayakta mıydın?" diye sordu James.

"Hayır" dedi Bradley, tepsileri toplarken. "Bunları götürmem lazım." Sonra kek ve kruvasanları yemek salonuna götürdü.

James temizlediği kızartma tavasını bulaşıklığa koyuyor şimdi. Keşke elektrik gelse. Kahrolası bulaşık makinesini özlüyor James. Polisin gelip cesedi götürmesini istiyor. Elektrik olmadan neredeyse on kişiyi ağırlamak zorunda olduğuna, canım otelinin ana merdiveninin dibinde bir ceset yattığına ve elinden hiçbir şey gelmediğine inanamıyor.

Cumartesi, öğlen

Lauren peşinde Ian'la merdivenlerden lobiye inip içi bulanarak Dana'nın bedeninin etrafından dolaşıyor. Hepsinin önünde korkunç bir seçim var: Ürkütücü arka merdiveni mi yoksa dibinde bir ceset yatan ana merdiveni mi kullanacaklar? Başını kaldırıp bakınca lobide Candice'ten başkası olmadığını görüyor. Candice aceleyle elindeki kitabı bir sehpanın üzerine bırakıyor. Lauren'ın kitabı bu.

"Benim kitabım o" diyor Lauren. "Ben de burada bıraktım diye düşünmüştüm."

Candice, "Bradley'nin nerede olduğunu biliyor musun? Ondan çay istemek için çıkmıştım ben de" diyor.

"Görürsem ona söylerim, istersen."

"Ah, zahmet olmayacaksa? Bir de öğle yemeğimi kütüphaneye

getirmesini söyler misin? Teşekkürler. Mutfağa gidip babasını rahatsız etmek istemedim." Candice aceleyle lobiden ayrılıyor.

Lauren arkasından bakıyor.

Lobideki büyük taş şöminenin önüne oturup Ian'ı da yanına çekerek öğle yemeği için diğerleri gelene kadar ısınmaya çalışıyor. Lauren karşıdaki pencerelere bakıyor. Hadiseyi aklından bir türlü atamıyor. Dana ölü, merdivenin dibinde yatıyor. Elinden geldiğince o tarafa bakmamaya çalışıyor. "Çok korkunç bir durum bu" diye fısıldıyor Ian'a.

"Bence de" diye katılıyor Ian. Elini tutup avucuna alıyor. "Sana bir şey olsa ne yapardım, bilemiyorum."

Lauren yanağına hafif bir öpücük kondurup fısıldıyor: "Cesedin neden kaldırılamadığını anlamıyorum. Ne diye adli tabibi beklemek zorundayız ki?"

"Onu öylece orada bırakmak çok korkunç" diye katılıyor Ian. "Sence birileri onu itmiş olabilir mi?"

"Hayır, tabii ki olamaz. Kaza olmalı. David avukat, sadece protokolü uyguluyor." Lauren'ın saçının bir tutamını kulağının arkasına atıp, "Avukatlar hep her şeyi bildiklerini düşünür" diye ekliyor. Omzunun üzerinden cesede bir bakış atıyor. "Ama polis yakında buraya gelmezse onu daha fazla orada bırakamayacağımız kesin. İnsanın tüyleri ürperiyor."

Misafirler sanki görünmez bir zil çalmış gibi teker teker lobide belirmeye başlıyor. Herkes acıkmıştır, şüphesiz, diye geçiriyor aklından David, yemekte ne olduğunu düşünerek.

Matthew'yla konuştuktan sonra David bütün sabahı odasında geçirdi. Merdivenin dibinde yatan Dana'yı düşündü. Olayın nasıl gerçekleşmiş olabileceğini, odasına tıkılıp kalmış, kaçınılmaz polis sorgusunu bekleyen acılı genç adamı.

Gwen'i düşündü. Bol bol Gwen'i düşündü.

Şimdi David lobide ona bakıyor. Gwen bu sabah kahvaltıda olduğundan da gergin görünüyor. Lobiye girdiğinden beri de ondan tarafa bakmadı. Şöminenin yanında oturmuş, ellerini ısıtmak için ateşe uzatmış, ona hiç bakmıyor. David yanına gitmek istese de Gwen'in bunu istemediğini seziyor. Durumu anlamaya çalışıyor. Bir gecelik ilişkiden fazlasını istemeyen kadınlardan olamaz Gwen. Öyle birine benzemiyor. David bundan adı gibi emin. Herkes Dana'nın ölümü yüzünden rahatsız, elbette.

Ayrıca arkadaşı Riley baş başa kaldıklarında ona kim bilir ne söyledi. Ondan uzak durması için Gwen'i uyardığına şüphe yok.

Hiç kimseye bulaşmamalıydı David. Gwen'e de Matthew'ya da yaklaşmamalıydı. Yeterince bela almıştı başına. Şimdi tek istediği huzur. Ne var ki görünüşe göre korktuğu gibi huzura kavuşmayı biraz daha beklemesi gerekecek.

Gwen, David'in ona baktığını görüyor ve bakışlarını kaçırıyor. Riley'nin onun hakkında söylediği şey... *doğru olamaz.* Belki Riley sadece aralarındaki güç dengesini eski haline çevirmek için böyle bir şey söylemiştir. Belki kasıtlı olarak hayatını baltalıyordur. Gwen'in kesin olarak bilemediği şey bu. Onu hafta sonu boyunca David'den uzak durması için uyarmakla amacına ulaşması ne kadar da kolay. Medeniyete dönüp Google'a David Paley yazınca muhtemelen hiç de düşündüğü kişi çıkmayacak. Karısını öldürmek suçundan tutuklanan adamla tek ortak noktası, ikisinin de avukat olması olacak. Riley ise sadece gülüp geçecek ve *Ah, çok emindim halbuki. Üzgünüm,* diyecek. Ama çok geç olacak. David'le birlikte olma şansı uçup gitmiş olacak. Gwen otuz yaşında ve başka kimseyle tanışmayabilir. Kızgınlıkla Riley'yi inceliyor, sonra başını çeviriyor.

Ya da belki hiç kasıtlı değildir; Riley'nin paranoyası her şeye bulaşıyordur yalnızca.

Henry karısının yanında, yüzüne bakmadan oturuyor. Buzhane yolunu temizlemekten yorulan kolları tatlı tatlı sızlıyor, karnı da acıktı. Öğle yemeği birazdan çıkacak olsa gerek.

Beverly'nin gözucuyla ona baktığını hissediyor. Bu hadise olmasaydı şimdi ne yapıyor olurlardı diye merak ediyor. Otelin bir köşesinde, ellerinde soğumuş kahve fincanları, ortak hayatlarını lime lime ediyor olurlardı diye düşünüyor. Kaza akıllarını dağıttığı için neredeyse minnettar olduğunu fark ediyor.

Avukatın sözlerini düşünüyor. *Kararı adli tabip verecek.* Şimdi başını karısına doğru eğip fısıldıyor: "Sence onu biri mi itti?" Karısı endişeli bir ifadeyle bakıyor.

Beverly tedirginlik içinde "Bilemiyorum" diyor. Dana ile Matthew arasındaki tartışmayı duyduğundan bahsetmeli mi? Beni ilgilendirmez, diyor kendine.

Bir şey söylememeye karar veriyor, en azından şu an için. Kimse başkalarının ilişkilerinde ne olup bittiğini bilemez ya da ilişkilerinin nasıl olduğunu. Belki sık sık tartışıyorlardı ve büyütülecek bir şey yoktu.

Şimdi Henry'ye bakınca, çoğunlukla onun aklından ne geçtiğini de bilmediğini fark ediyor. Varsayımlarda bulunuyor, o kadar. Ve gerçek olduklarına inanıyor. Bunca yıldır onu çok iyi tanıdığını sanıyordu ama tanıyor mu gerçekten? Dün gece Henry evliliklerini onarmak için çok geç olduğunu söylediğinde nasıl derinden sarsılmıştı. Gerçek şu ki, Henry'nin ne düşündüğüne dair en ufak fikri yok.

Belki de başka bir kadın var. İlk defa aklına geliyor bu düşünce. İnanması o kadar zor bir şey de olmayabilir aslında. Beverly çok uzun süredir seksten uzak duruyordu. Belki Henry başkasını bulmuştu ve bu yüzden onu terk etmek istiyordu. Yoksa böyle zor bir şeye kalkışmazdı, diye düşünüyor Beverly. İşte bu, diyor içinden, öyle duygusuzca bombayı patlatmasının sebebi bu olmalı. Sırf ondan uzaklaşabilmek için ailelerini dağıtmak istiyor olamaz; araları o kadar da kötü değil. Finansal bir çöküşü ve zavallı bir apartman dairesinde tek başına yaşamayı, çocuklarından ayrı kalmayı sırf ondan uzaklaşmak için iple çekiyor olamaz. Hayır. Başka biri olmalı. Onu ve çocuklarını bırakıp gitmenin eğlenceli, kaygısız, tasasız, seks dolu bir macera olacağını düşünmesine sebep olan biri. Kim olduğunu merak ediyor; tanıdığı biri olup olmadığını düşünüyor.

Otelde wi-fi olmadığını anlayınca Henry'nin ne kadar bozulduğunu hatırlıyor. Belki de kız arkadaşıyla görüşebileceğini umuyordu; belki de Beverly'nin şimdi gerçekten var olduğundan korktuğu o kız arkadaşı onunla irtibatta kalmasını istemişti.

Yıllar içinde kazanılan güven ne kadar çabuk, nasıl da büsbütün kırılabiliyor. Beverly'nin emin olması gerek. Kocasının cep telefonuna bakması gerektiğini fark ediyor ama Henry telefonunu hep yanında ya da yakınlarında tutuyor. Ayrıca Beverly'nin şifrenin ne olduğuna dair en ufak fikri yok; tahmin bile edemiyor. Ama şimdi cep telefonunu ele geçirebilirse gerçeği öğreneceğine hiç şüphesi kalmadı.

O zaman neyle karşı karşıya olduğunu bilecek.

13

Lauren, yan yana oturan Henry ile karısını izliyor. Birbirleriyle doğru dürüst konuşmuyorlar.

Riley ile Gwen birbirlerinden uzak oturuyor; Lauren aralarında bir anlaşmazlık olduğunu sezinliyor. Bir süredir özellikle Riley'yi dikkatle izliyor. Önceki gece onları çukurdan kurtardıkları zaman dikkatini çeken o isterik hali hiç değişmemiş, hatta şimdi daha bile şiddetlenmişe benziyor. Riley sürekli kıpırdanıyor; işaretparmağındaki gümüş yüzüğü çevirip duruyor, gözleri sanki bir şey, bir tehlike arıyormuş gibi sürekli etrafı tarıyor. Gwen'in Riley'den uzak durması da tuhaf geliyor. Dün gece Gwen oldukça tedirgindi ve Riley'nin tavırlarını idare etmek için elinden geleni yapıyordu, şimdiyse umurunda değil gibi. Bir şey olmuş olmalı. Lauren dün gece David ile Gwen arasındaki kurlaşmanın yemek salonunda aniden kesildiğini fark ettiğini hatırlıyor. Acaba Riley'nin bununla bir ilgisi var mı, eğer varsa sebebi ne olabilir diye merak ediyor. Muhtemelen kıskançlıktır.

Riley, Gwen'in ona kızgın olduğunun farkında. Öte yandan yaptığını yapmaya mecburdu. Şimdi David'i incelerken davayla ilgili bildiklerini hatırlamaya çalışıyor. Üç dört yıl önce karısı vahşice öldürüldüğünde cinayet zanlısı olarak tutuklanan –ve salıverilen– New York'lu avukatın o olduğuna neredeyse emin. Detayları hatırlamaya çalışıyor. Kadın vahşi bir saldırıya uğramıştı ve öyle kötü darp edilmişti ki beli kırılmıştı. New York'un pahalı banliyölerinden birindeki evlerinin mutfağında ağır bir objeyle başına vurulmuştu. Cinayet silahı hiç bulunamamıştı. Kocası işten eve geç vakitte geldiğini ve onu ölü bulduğunu iddia etmişti. 911'i arayan oydu. Ne var ki vakanın detaylarında avukatın lehine olmayan bazı tutarsızlıklar vardı. Anlatılanlara uymayan bir zaman dilimi söz konusuydu. Komşuları adamın arabasını, 911'i aramasından epey önce gördüğünde ısrarcıydı. Avukat bunun üzerine eve girer girmez mutfağa girmediğini söylemişti. Pek olası görünmüyordu.

Riley, öğle yemeğini beklerken şömine yakınlarında ayakta dikilen David'in iki yanında duran ellerine bakıyor. Güçlü, erkeksi eller bunlar. O ellerin neler yapabileceğini merak ediyor Riley. Bakışlarını yukarı kaldırınca David'i ona bakarken buluyor. Başını çeviriyor.

Vakada başka şüphe çekici detaylar da olduğunu hatırlıyor Riley. Çiftin evliliği sallantıdaydı, boşanma olasılığı masaya yatırılmıştı. Bu her ne kadar evliliklerin yarısı için geçerli olabilecek bir şey olsa da bu vakada büyük ödemeli bir sigorta söz konusuydu. Ayrıca eve zorla girildiğini gösteren bir delil de yoktu.

Riley'nin hatırladığı kadarıyla avukat hakkındaki suçlamalar düşmüştü. Ne kanlı kıyafetler ne de cinayet silahı bulunmuştu. Avukatın cinayetle ilişkisini gösteren herhangi bir fiziksel kanıt olmadığı gibi avukatın başta söylediği vakitten daha erken eve geldiğini iddia eden komşudan başka şahit de olmadığından avukatı salıvermişlerdi. Riley yanlış hatırlamıyorsa vaka sonuçsuz olarak kalmıştı.

Şöminenin yanında duran David'in yüzünü incelerken bu bir katilin yüzü mü, diye soruyor Riley kendine. Gwen'le ikisini yatakta canlandırıyor gözünde; David yumruklarını Gwen'in yüzüne tekrar tekrar indiriyor...

Riley fazla hızlı solumaya başlıyor. Böyle şeyler düşünmeyi bırakması gerek. Düşüncelerini zapt etmesi gerek. Keşke buradan defolup gidebilseydi.

James ile Bradley nihayet lobiye çıkıp herkesi yemek salonuna davet ediyor. Masaya kocaman tabaklar dolusu sandviç koymuş, bolca yeni kahve demlemişler.

Henüz öğle vakti olmasına rağmen Gwen'in canı daha sert bir içki istiyor. Lauren'ın Bradley'e, "Candice sakıncası yoksa yemeğini kütüphaneye getirmeni istediğini söylememi rica etti. Ah, bir de çay istiyor" dediğini işitiyor.

Bradley, "Evet, tahmin etmiştim" deyip tabaklara doğru eğiliyor, gümüş bir maşayla birkaç sandviç alıp daha küçük bir tabağa yerleştiriyor ve kütüphanenin yolunu tutuyor.

Gwen, isteksizce yemeklerini yiyen misafirleri izliyor. Buradan gitmek istiyor. Bu otelde, neredeyse insanı yutacakmış gibi gelen zifiri karanlıkta, ısınma olmadan bir gece daha geçirmek istemiyor.

Gözucuyla David'e bakıyor. Riley'nin bu sabah onun hakkında söylediklerinin doğru olduğuna inanamıyor bir türlü. Doğru olamaz bu. David karısını öldürmüş olamaz. Bir katil olamaz. Absürt bir düşünce bu. Riley yanlış biliyor olmalı.

Herkes yemeğini bitirdikten sonra hep birlikte şöminenin sıcaklığına, lobiye doğru ilerliyorlar.

"Sizi bilmem ama bir içki bana çok iyi gelir" diyor Gwen.

Ian birilerinin içkiden bahsederek onu bu dertten kurtardığına memnun. Bunu ortaya atanın sağlam içen, rehabilitasyon merkezinden kaçmış gibi görünen Riley değil de açık tenli, güzel arkadaşı Gwen olmasına şaşırıyor.

"Evet, ben gidip servis arabasını getireyim en iyisi" diyor şimdi Ian, izin ister gibi Lauren'a bakarak. Bradley yok ve James de mutfağa dönmüş. "Biraz içki hepimize iyi gelir diye düşünüyorum, şu durumda."

Ian kalkıp servis arabasını yanlarına getiriyor ve içki servisine başlıyor. Bir süre için bardaklardaki buzların tıkırtısı ile binanın etrafında esen rüzgârın uğultusundan başka ses duyulmuyor.

Ortama sessizlik çöküyor; sanki kimse ne diyeceğini bilemiyor.

Cumartesi, 13.30

Riley şöminenin yakınlarındaki sehpanın etrafına toplanmış diğerlerinden uzakta, tek başına oturuyor, ara sıra lobinin öbür tarafındaki pencerelerden dışarı bakıyor. Ama bir kulağı onlarda; hepsi sehpanın üzerindeki kutu oyununa doğru eğilmiş, konuşuyorlar. Ian kitaplıkta birtakım oyunlar bulmuş, Scrabble oynamalarını öneriyor.

Riley, Bradley'nin lobiye dönüp ateşi körüklediğini görüyor.

Konuyu açan Ian oluyor. Avukata açık açık Dana'nın ölümünün neden kaza olmayabileceğini söylediğini soruyor.

"Ah, lütfen bunu konuşmayalım!" diyor Gwen; belli ki oyuna odaklanmayı tercih ediyor. Hep çok iyi bir Scrabble oyuncusu olmuştur. Ayrıca yüzleşmek istemediği şeyleri yok saymakta da çok başarılıdır.

"Neden ki?" diyor Ian. "Hepimizin düşündüğü tek şey bu. O bir savunma avukatı, ben de ne düşündüğünü bilmek istiyorum."

"Ben de fikrini bilmek isterim" diye katılıyor Henry.

Riley şimdi dönüp doğruca köşeye sıkışan David'in yüzüne bakıyor.

"Siz ne biliyorsanız ben de o kadarını biliyorum" diyor avukat, net bir cevap vermekten kaçınarak. "Sadece ne olduğuna adli tabibin karar vermesini beklememiz gerektiğini söyledim, o kadar."

"Ne *bildiğini* sormuyorum ben, ne *düşündüğünü* soruyorum" diye ısrar ediyor Ian.

"Pekâlâ" diyor David, sanki ne diyeceğini düşünüyormuş gibi, tek tek diğerlerine bakarak. Derin bir nefes alıp veriyor. "Dana'nın ölümünün bir kaza olduğunu sanmıyorum." Duraksıyor, ardından ekliyor: "Aslına bakarsanız, ittirildiğini düşünüyorum. Sonra da başının kasten ve şiddetle en alt basamağa vurulduğunu."

Riley neredeyse içkisini döküyor. Ian'ın kaşlarının şaşkınlıkla yukarı fırladığına tanık oluyor.

"Ciddi misin?" diyor Ian. "Birinin onu öldürdüğünü mü düşünüyorsun?" Koltuğunda huzursuzca kıpırdanıyor. "Ben sanmıştım ki..." Ama cümlesinin sonunu getirmiyor.

Riley son derece sakin, normal görünmek için elinden geleni yapıyor. Şimdiden devirdiği iki kadeh şarabın da yardımı oluyor. David'in Gwen'e baktığını görüyor; Gwen bakışlarını kaçırıyor. *Korkmuş minik Gwen'cik*, diye geçiriyor Riley içinden, *gerçeklerden kaçmak için yapmayacağı şey yok*.

"Bana kalırsa bu şüphe götürmez bir olasılık" diyor avukat kati bir dille.

Riley koltuğunun kolçaklarını sımsıkı kavrıyor. Sessiz odada artan gerginlik bariz şekilde hissediliyor. Riley birden herkesin aklındakini dile getiriveriyor: "Onu Matthew mu öldürdü?"

Etrafındaki misafirlerden birkaçının şaşkınlıkla ani nefesler aldığını duyuyor. Kabalık etti. Umurunda değil. Nasılsa hepsi onun umutsuz vaka olduğunu düşünüyor.

David ona dönüp, "Hiçbir fikrim yok" diyor.

Ian soruyor: "Avukatı olarak mı konuşuyorsun?"

"Hayır, avukatı değilim. Halihazırda elimde yeterince dava var" diye yanıtlıyor David, rahatsızlığını bildiren bir tonla. "Odasında kalmasını tavsiye ettim yalnızca." Kadehinde kalanı içip bitiriyor. "Polis geldiğinde, ki umarım gelmeleri yakındır, bütün bunları çözecektir." Ardından ekliyor: "Ama şimdilik, kimse cesedi yerinden kımıldatmayacak."

14

"Bana kalırsa" diyor Henry o hafif kibirli edasıyla, "eğer bu bir *cinayetse*, çözmek neredeyse imkânsız olacaktır. Görünüşe bakılırsa olay gecenin bir yarısı gerçekleşmiş. Hepimiz yataklarımızda mışıl mışıl uyuyorduk. Hiç şahit yok. Suçunu itiraf etmek isteyen çıkmadıkça ya da gece birilerinin etrafta sinsice dolaştığını görmek gibi faydalı bir bilgi paylaşan olmadıkça vakayı çözüme götürecek pek bir ipucu göremiyorum."

Beverly onu dinliyor, tedirginlikle dudaklarını yalıyor, bekliyor. Başka kimse bir şey söylemiyor.

Nihayet, "Muhtemelen söylesem iyi olacak" diye söze giriveriyor.

Bütün gözler ona dönüyor. Neredeyse cesaretini kaybediyor. Dana ile Matthew arasındaki tartışmanın hadiseyle bir ilgisi olup olmadığını bilmiyor ama lehine olmayacağı kesin.

"Neyi?" diyor David sakince, Beverly tereddütle duraksarken.

"Tartıştıklarını duydum, dün gece."

"Dana ile Matthew'nun tartıştığını mı duydun?" diyor David, sanki buna hiç ihtimal vermemiş gibi.

"Evet."

"Ne hakkında tartıştıklarını biliyor musun?"

Beverly başını iki yana sallıyor. "Bağırdıklarını duydum ama sözcükleri seçemedim. Odaları bizimkinin yanında, koridorda aynı hizada." Kocasına bakıyor. "Tartışma sırasında Henry uyuyordu."

"Ne zaman oldu bu?"

"Bilmiyorum ama saat geçti."

"Duyduklarından... işin içinde şiddet var gibi miydi?" diye soruyor David.

"Bilmiyorum. Sadece sesleri yükselmişti. Ağlama benzeri bir ses duymadım. Kapı çarpma gibi bir şey de yoktu, kastettiğin buysa."

İşte sonunda söyledi. Eğer Matthew'nun bir suçu varsa söylediği de iyi oldu.

David, diğerlerinin artan rahatsızlığını hissedebiliyor. Beverly'nin söyledikleri hoşlarına gitmedi, huzursuzluklarını artırdı. Akıl almaz olanı akıllarına getirmek bile istemiyorlar. Hepsinin olayı, tartışmayı, birinin birini merdivenlerden itmesini gözünde canlandırdığı yüzlerinden okunuyor.

Rahatsızlık duydukları için üzgün ama David gördüklerini söylüyor yalnızca. Dana'nın merdivenlerden düşerek öyle yaralanması mümkün görünmüyor, ayrıca cesede dokunmalarını da istemiyor. Derken bu yeni bilgi ortaya çıkıyor; Matthew ona Dana'yla kavga etmediklerini söylemişti. Beverly'nin sözüne inanılırsa, Matthew ona yalan söyledi.

Bu durum David'in canını sıkıyor. Matthew ne kadar harap halde, ıstırabı ne kadar içten görünüyordu. Ne var ki David kendine pek çok katilin –özellikle de tutku yüzünden cinayet işleyen birinin– yaptığına bin pişman olduğunu ve yine de suçlu olduğunu hatırlatıyor.

Belki de durumu Matthew'nun lehine yorumlamasının biraz daha kişisel bir sebebi vardır; kendisi de karısını öldürmekle suçlanmıştı ve nasıl bir his olduğunu biliyor. Belki de sırf bu yüzdendi.

Belki de yanılıyordu, Matthew gerçekten Dana'yı merdivenlerden ittirmiş, sonra da işini tamamına erdirmişti. David inanmak istemiyordu sadece.

Gwen birdenbire ayağa kalkıp şömine başındaki küçük gruptan uzaklaşıyor. Daha fazla orada oturmaya dayanamıyor. Odanın ön tarafına gidip pencerelerin önünde bir ileri bir geri yürüyor. Ara sıra onları kurtarmaya gelen birilerini görürüm umuduyla buz tutmuş garaj yoluna bakıyor.

Omzunun üzerinden arka taraftaki misafirlere bir göz atıyor; hâlâ şömine başında oturuyorlar. O yokken kimse Scrabble oynamaya devam ediyormuş gibi yapmıyor. David'in söyledikleri, üstüne Beverly'nin biraz önce söylediği şey herkesi fena halde rahatsız etti.

David'in yakınlarında daha fazla kalamıyor. Dün gece aralarındaki o hoş gerginlik bambaşka bir şeye dönüştü. Şimdiyse ona bakınca ne hissedeceğini şaşırıyor; arzu ile korku arasında, karmakarışık bir duyguya kapılıyor.

Tırnaklarını avuçlarına batırıyor. David nasıl olup da, sevdiğini iddia ettiği bir kadını öldüren bir adama karşı –bir yabancı olsa bile– bu kadar kayıtsız davranabiliyor?

Bir süre sonra Riley de yanına gelip pencerelerin önünde duruyor. Gwen ona bakıp tekrar önüne dönüyor. Riley'nin gözleri kocaman açık ve dikkat kesilmiş. Kısa bir süre için yan yana durup birlikte onları buraya hapseden buzlu manzaraya bakıyorlar.

Nihayet Gwen, Riley'ye yaklaşıp sessizce soruyor: "Sence David haklı mı? Dana öldürülmüş olabilir mi?"

Riley kocaman gözlerini ona çeviriyor: "Ne düşüneceğimi şaşırdım ben."

Gwen, Riley'yi yakından inceliyor. Yüzü bembeyaz kesilmiş ve terliyor, sanki ateşi varmış gibi görünüyor. Belki bunu onunla konuşması bile iyi değil. Riley şarap kadehini de yanında getirmiş, elleri gözle görünür denli titriyor.

"İyi misin sen?" diye soruyor Gwen.

"Hayır, iyi falan değilim" diyor Riley. "Sen iyi misin?"

"Hayır. ben de iyi değilim" diyor Gwen alçak sesle. "Ama kendini toparlaman gerek, Riley. İçkiyi fazla kaçırma."

Riley gözlerini kısarak bakıyor. "Sen kendi işine bak."

"Ah, sen kendi işine bakıyorsun çünkü, öyle mi?" diye tersliyor Gwen. Birdenbire, buradan çıktıktan sonra Riley'nin hayatında kalacağından şüphe ediyor. Pek umurunda da değil.

Riley biraz yumuşuyor. "Özür dilerim. Bana ne doğru geliyorsa onu yaptım. Ama David Paley'nin söylediğim kişi olduğunu düşünüyorum."

"Eh, ben düşünmüyorum."

"Ona sorsana?"

"Ona sormayacağım."

Riley, "O zaman ben sorarım" deyip, dönüp gidiyor.

"Dur!" diye tıslıyor Gwen, ardından Riley'yi kolundan tutuyor. "Bekle."

Riley dönüp ona bakıyor. "Neden? Bence bu işi açıklığa kavuşturlarsak iyi olur, katılmıyor musun?"

"Bir dakika... bekle" diyor Gwen yalvarırcasına.

Riley tereddüt ediyor.

"David hakkında bir şey söyleme. Yanılıyor olabilirsin." Gwen, Riley bunu değerlendirirken tedirginlikle onu izliyor.

"Peki" diyor Riley. "Bir şey söylemeyeceğim. Şimdilik." Şarap kadehini dudaklarına götürüp kana kana, uzun bir yudum alıyor.

15

Beverly, Dana'nın çarşafın altındaki bedenine bakmak zorunda kalmamak ve daha fazla kocasının yanında oturmamak için yer değiştiriyor.

Hafta sonu gezileri için ne umutlar beslerken neler oldu. Evliliğinin yıkılması an meselesi. Ölümcül bir buz fırtınası yüzünden elektriksiz, lobisinde ölü bir kadının yattığı ıssız bir otelde mahsur kaldılar. Ölen kadın varlıklı nişanlısı tarafından merdivenlerden itilmiş olabilir de olmayabilir de. Ama öyleyse kadın için ne büyük bir şok olmuştur.

Beverly yanlarına dönen Gwen ile Riley'yi izliyor. Gwen tekrar daha önceki yerine, David'in karşısındaki koltuğa oturuyor ama ona hiç bakmıyor. David temkinli bir şekilde gözucuyla Gwen'e bakıyor. İkisinin arasında bir şeyler olmuş, Beverly buna çok emin. Dün gece aralarındaki elektrik dikkatini çekmişti; bugünse o elektriğin yerini adını koyamadığı bir şey almış. Aralarında bir tuhaflık, nedense bir gerilim var gibi.

Riley gergin gergin parmağındaki yüzüğü çevirirken birdenbire David'e, "Bence hemen bir çıkarıma varmasan iyi olur" diyor.

"Anlayamadım?" diyor David kibarca, ona dönerek.

"Doğru söylüyor" diyor Henry suçlayıcı bir tonla, David'e ters bir bakış atarak. "Ne olduğunu bilmiyorsun; şayet onu sen öldürmediysen, ki hiç sanmıyorum."

Beverly kocasını izliyor, kibirli tavrı karşısında yüzü ekşiyor. Henry'nin bazen tam bir pislik gibi davrandığını biliyor. Muhtemelen kendini kapana kısılmış hissettiği için saldırganlaştı. Tıpkı Border Collie cinsi köpeklere benziyor; hep meşgul olması gerek.

Sıkıştırılan avukat ılımlı bir tonla konuşuyor. "Ne olduğunu *bildiğime* dair hiçbir şey söylemedim. Ne düşündüğüm soruldu, ben de fikrimi söyledim. Uzman görüşü bildirmeye kalkmıyorum."

Ama o bir uzman aslında, diye düşünüyor Beverly gerilerek, diğerleriyse değil.

Lauren, kırılmış tırnağını incelerken yanında törpü getirip getirmediğini hatırlamaya çalışıyor. Gözucuyla etrafındaki sıkkın yüzlere bakıyor. Kimse keyifli görünmüyor; neşelenmek isteseler de yakışık almazdı zaten. Candice'in hiçbir şey olmamış gibi kütüphaneye gidip çalışması biraz duyarsızca geliyor. Ah, buradan çekip gitmek için nasıl da sabırsızlanıyor! Üstelik daha akşamüzeri bile olmadı. Daha ne kadar bu otelde mahsur kalacaklarını merak ediyor.

David olayın kaza değil cinayet olduğunu düşünüyor. Lauren bunun sinirini bozmasına izin vermemeye çalışıyor.

Yukarıdaki Matthew'yu düşünüyor; avukatın tavsiyesini dinleyip odasından ayrılmıyor. Beverly, çiftin tartıştığını duymuş. Bunun doğru olup olmadığını ve eğer doğruysa da bunun Matthew'yu zan altında bırakıp bırakmadığını merak ediyor. Avukatın ne düşündüğünü bilmek isterdi.

Bradley her zamanki gibi iyi bir gözlemci, babasının otelinin lobisindeki değişken havayı dikkatle takip ediyor. Hizmet sektöründeki başarısının sebeplerinden biri de bu gözlem yeteneği. Bütün misafirler şimdi önceki geceye kıyasla oldukça farklı davranıyor.

David dalgın ve kaygılı, Gwen ise sıkkın görünüyor. Ian'ın dün geceki rahat, keyif düşkünü halinden eser yok, kız arkadaşı Lauren ise sessizce diğerlerini gözlemliyor. Dün gece Henry ile Beverly'nin ne derdi vardıysa şimdi daha kötü bir hal almışa benziyor. Yalnızca Riley değişmemiş görünüyor; geldiğinde de sinirleri gergindi, şimdi de gergin.

David, Dana'nın öldürüldüğünü düşündüğünü dile getirdiğinde bütün misafirler şaşkın görünüyordu ama Bradley aynı zamanda korktuklarını sezdi.

Bradley işe koyulurken düşünceler zihninde dönüp duruyor.

Cumartesi, 14.00

Herkes hâlâ lobide. Beverly kara kara kendi durumunu düşünüyor. Henry'nin bir başkasıyla ilişkisi olduğu düşüncesinden kurtulamıyor. Kendine bunun absürd olduğunu söylüyor. Henry pek de öyle macera adamı değil, yasak ilişki sürdürecek biri değil. Beverly bu sabaha kadar aklından bile geçmeyen bu sevimsiz düşünceyi aklından atmaya çalışıyor.

David'in, otel işlerine koşturan Bradley'yi izlediğini fark ediyor. "Biz de bir şeylere el atıp Bradley'nin yükünü azaltalım mı, ne dersiniz? Henry, zahmet olmayacaksa şömine için odun getirmeye odunluğa gelir misin benimle? Belki mutfaktaki kuzine için de lazım olur" diyor David.

"Zahmet etmenize hiç gerek yok" diyor Bradley, kızararak.

"Lafı olmaz" diyerek onu rahatlatıyor David. "İşin başından aşkın olmalı."

Beverly, kaliteli hırkasını koltuğunda bırakıp David'in peşinden vestiyerdeki paltosunu alan Henry'yi izliyor. Bradley onlara bir adet el feneri verip, şarjlı pillerinin muhtemelen çok uzun süre dayanmayacağını sölüyor. David el fenerini alıyor, ikisi odunluğa doğru yola koyuluyor.

Beverly diğerlerine bakıyor; hepsi kendi dünyalarına dalıp gitmiş görünüyor. Beverly'nin gözü ise kocasının şömineye yakın koltuktaki hırkasına dalıp gidiyor. Cep telefonunun hırkanın cebinde olduğuna emin. Diğerlerine fark ettirmeden telefonu alması gerek.

Ayağa kalkıp şömineye yakın olan koltuğa oturuyor. Hırka altında kalıyor. Kimse ona bakmıyor. James ile Bradley'nin mutfaktan gelen hafif tıkırtılarını duyabiliyor.

Beverly usulca eliyle hırkayı yokluyor, Henry'nin cep telefonunu bulunca avucuna alıp kendi cebine atıyor. Telefona burada, herkesin önünde bakmak istemiyor. Ayrıca kocası odunluktan dönünce onu koltuğunda otururken bulmasını da istemiyor.

Kalkıp huzursuzca etrafta dolanıyor, sanki lobideki dergiler arasında yeni bir tane arıyormuş gibi yapıyor. Henry cep telefonunun yokluğunu bir süre fark etmeyebilir. Yanlarında el feneri var ve telefon çekmediğinden, başka bir amaçla telefonunu kullanmıyor. Beverly sadece eski mesajlarını görmek istiyor. Henry telefonunun kaybolduğunu fark ederse Beverly'de olduğunu düşünmesi için bir sebep de yok; kendi telefonunda da el feneri uygulaması var.

Beverly elini cebine sokuyor. Çok umutlanmamayı telkin ediyor kendine; Henry'nin telefonunun şifresini bilmiyor ne de olsa.

Henry ile David kollarında odunlarla gelip onları şöminenin önüne bırakıyor. David ateşe bir kütük daha atınca kıvılcımlar saçılıyor. Ardından David demir maşayla odunları itip çekerek ateşi harlıyor. Sonra ikisi biraz daha odun getirmeye gidiyor. Kocası Beverly'nin yüzüne bile bakmıyor.

"Ben biraz odama çıkıyorum" diyor Beverly.

Lauren da Ian'a, "Biz de çıksak iyi olabilir" diyor. Kanepenin ucundaki küçük sehpadan kitabını alıyor.

Görünüşe göre kimse daha fazla lobide kalmak istemiyor, diye düşünüyor Beverly. Şimdiden birbirlerinden sıkılmaya başladılar. Beverly odasının mahremiyetinde kocasının telefonunu açmayı denemek için sabırsızlanarak merdivene doğru gidiyor. Sahanlığa çıkıp aşağı bakınca Gwen ile Riley'nin de ağır ağır yukarı çıktığını görüyor.

Kendi telefonunun ışığıyla ikinci kattaki odasına çıkması uzun sürmüyor. Anahtarıyla kapıyı açıp içeri giriyor, kapıyı arkasından kapatıyor.

Karanlık odada yatağın üstüne oturup kocasının telefonunu cebinden çıkarıyor ve ekrana bakıyor. Henry'nin telefonunu kullandığına sayısız kere şahit oldu. Her seferinde işaretparmağıyla aynı deseni çiziyor; hızlıca iki kere aşağı, bir kere yana. Böylece ilk akla geleni, Henry'nin H'sini deniyor. Ama işe yaramıyor. Henry'nin telefonunu kullandığını en son gördüğü zamanı hatırlamaya çalışıyor ve muhtemelen şifresini değiştirdiğini fark ediyor. Saklayacak bir şeyi olmasaydı bunu yapmazdı. Hüsran içinde ekrana bakıyor. Farklı rakam kombinasyonları deniyor ama hiçbiri işe yaramıyor. Sonra parmağıyla kocasının en sevdiği çocuğu Teddy'nin T'sini çiziyor ve telefon açılıyor. Bir an için Beverly'nin içi sevinçle doluyor. Kocasının bazen ne kadar aptal olduğunu ve sık sık onu nasıl da hafife aldığını düşünüyor.

Çabucak e-postaları gözden geçiriyor ama uzun ve sıkıcı iş yazışmalarından başka bir şey yok; aralarına bir metres sakladıysa Beverly onu asla bulamaz. Sonra mesajlara bakıyor. Listenin başından başlayıp ismini bildiği kişileri atlayarak ilerliyor, sonra tanımadığı bir kadın ismine rastlıyor. Mesaj dizinini açıyor, karşısına kadının bir fotoğrafı çıkıyor. Kalbi duracak gibi olan Beverly en alttaki en son mesajdan başlayıp yukarı doğru çıkıyor.

> Bilmiyorum. Dırdırcıyla hafta sonu bir yere gitmek zorundayım.
> Seni tekrar ne zaman göreceğim?

Dırdırcı. Henry kız arkadaşına Beverly'den böyle bahsediyor. Acısı yüreğine oturuyor. Beverly ona ve çocuklara dırdır ettiğini biliyor. Söz dinlemedikleri için söyleniyor. İlk söylediğinde kendilerinden bekleneni yapsalar dırdır etmek zorunda kalmazdı. Gözyaşlarını tutup okumaya devam ediyor.

> Seni çok özlüyorum!
> Sen beni özlüyor musun?

Mesaja kadının üstsüz, yüzünde arsız bir gülümsemeyle çekilmiş bir fotoğrafı iliştirilmiş. Beverly şaşkınlıktan ağzı açık bakakalıyor. Genç ve çok güzel. Bir yuva yıkıcı. Hayat hakkında hiçbir şey bilmiyor.

Bu kızın kocasında ne bulduğunu anlayamıyor. Eğer para peşindeyse hüsrana uğrayacak. Beverly'nin ona yapacaklarından sonra kocası meteliksiz kalacak. Sonra kendini toparlayıp derin bir nefes alıyor.

Beverly onu boşamayacak. Bunun geçici bir heves, bir tür orta yaş krizi olduğuna şüphe yok. Henry bir hata yaptı. Telafi edebilecekleri bir hata. Beverly onu kaybetmek istemiyor. Ona ihtiyacı var.

Bu işin ne zamandır sürdüğünü öğrenmek için sabırsızlıkla mesaj dizininin başına doğru yukarı çıkıyor. Sadece bir ay kadar olmuş. Barda tanışmışlar.

Beverly bir klişeyle evli.

Eh, artık bunu biliyor.

Kendisi de bu kaltağa bir mesaj göndermek için yanıp tutuşuyor ama tereddüt ediyor. Sonra zaten telefonun çekmediğini hatırlıyor. İsabet oldu. Nihayet telefonu tekrar cebine atıyor. Çabucak aşağı inip telefonu gizlice hırkanın cebine geri koyacak. Ne yapacağına karar verene dek bekleyecek. Bu durumu doğru şekilde ele alması gerek. Kapıyı açıp koridora çıkıyor.

16

Cumartesi, 14.20

Matthew ikinci kattaki odasında tek başına oturuyor. Bradley'nin getirdiği öğle yemeği tepsisi bir kenarda olduğu gibi duruyor. Babasıyla konuşmaya çok ihtiyacı var ama ona ulaşması mümkün değil. Babası olsa ne yapılacağını bilirdi. Kriz anlarını hep çok iyi yönetirdi babası.

Matthew koltuğundan kalkıp huzursuzca pencereye doğru gidiyor. Aşağıdaki buz kaplı manzaraya bakıyor. Bu havada araba kullanamaz. Şehir merkezine dönmesi imkânsız. Dönebilse bile, polis gelmeden çekip gitmesi nasıl görünecek?

Polis gelene kadar buraya hapsoldu.

Henry şöminenin yanında uyurken bir sesle irkilip gözlerini açıyor. O sırada karısı merdivenden iniyor. Basamakların yarısına kadar tırabzanı tuta tuta inip Dana'nın aşağıdaki cesedinin etrafından dolaşmak üzere duvar tarafına geçiyor. Yüzünde Henry'yi huzursuz eden bir ifade var.

Henry telefonunun hırkasının cebinde olmadığını biliyor. Bir yerde düşürdüğünü sanmıyor, ayrıca gezdiği yerlere dönüp baktı ama hiçbir yerde bulamadı. Ama şimdi karısının yüzündeki ifadeyi görünce telefonunun onda olduğunu anlıyor.

Bu da yalnızca karısının Jilly'yle ilişkilerinden şüphelendiği anlamına gelebilir. Acaba telefonunun şifresini çözebildi mi diye merak ediyor.

Tanrım, diyor içinden korkuyla, karısı yaklaşırken. Belki her şeyin açığa çıkması daha iyi olur. Beverly artık onu bırakması gerektiğini anlar. Başta acıyla biraz sert çıkacaktır ama o başkasına âşık. Beverly'nin iyi bir işi var, hayatını sürdürebilir. İkisi için de zor –elbette, Beverly için biraz daha zor– olacak ama Henry yeniden düze çıkacak ve hayat yeniden güzel olacak.

Çocukları bir süre ondan nefret edebilir ama atlatırlar. Ted'in de Kate'in de ebeveyni boşanmış arkadaşları var. Bugünlerde son derece olağan bir şey bu. Çocuklar artık ebeveynlerini suçlamıyor bile; boşanmaları bekledikleri bir şey. Hatta istedikleri şeyleri elde etmek için anne babalarının suçluluklarını kullanıyorlar. Beverly ciddi ifadesini takınmış, karşısına otururken kendini hazırlıyor Henry.

Lobide oturmuş, onu bekliyormuş gibi duran Henry'yi görünce Beverly'nin yüreği hopluyor. Telefonu gizlice geri koyması mümkün olmayacak. Pekâlâ. Nasılsa eninde sonunda bunu konuşmaları gerekecekti, şimdi olsa da olur. Bundan kaçış yok. Belki böylesi daha iyidir.

Henry'nin karşısındaki sandalyeyi ona doğru çekip otururuyor ve "Söylemem gereken bir şey var" diye söze başlıyor Beverly.

Kocası ona çok ters bir bakış atıyor. "Telefonumu sen mi aldın?"

Beverly bir an için önüne bakıyor, cesaretini topluyor, sonra yeniden başını kaldırıyor. "Evet."

"Biliyordum" diyor Henry duygusuz bir tonla.

"Sadakatsizlik edip etmediğini öğrenmek istedim." Beverly bir an bekleyip devam ediyor. "Şifreni çözmeyi başardım." Henry'ye bakıyor; şaşkın görünüyor. "Eminim çözebileceğimi düşünmüyordun, değil mi?" Gülümsemeye çalışsa da Henry'nin yüzündeki ifade yüzünden beceremiyor. Yine de devam etmek zorunda; bu işi çözmek zorunda. Henry bu yasak ilişkinin ne kadar gülünç olduğunu anlar belki. Ayrıca biraz canını yakmak da istiyor, hiç değilse ne kadar incindiğini göstermek için. Onu utandırıp o kızdan vazgeçmeye zorlamak istiyor da olabilir. "Mesajlarınızı gördüm. Sen ve o... kız arkadaşın arasındakileri." Henry cevap vermeyince öfkesini zapt edemiyor. "Çok aşağılayıcıydı! Kızın fotoğraflarını gördüm. Çıplak halini bile biliyorum." Henry taş kesilmiş otururken gözlerini ondan ayırmadan, usulca söylüyor bunları. "Senden epey de genç, değil mi?" Tiksintisini bastırmaya çalışıyor. "İki aşk böceği bir olup bana taktığınız lakaba inanamıyorum." Öfkesini kontrol etmek için ne kadar uğraşsa da sesine yansıyor şimdi. "Dırdırcı. Bana dırdırcı diyorsunuz." Henry'nin gözlerinin içine bakmaya çalışıyor ama o bakışlarını kaçırıyor. Ödlek. "İkinizin gizli gizli sevişip arkamdan bana dırdırcı dediğinizi bilmek nasıl bir his, fikrin var mı? *Dırdırcıyla hafta sonu bir yere gitmek zorundayım.*" Henry hâlâ yüzüne bakmıyor.

"Bunu burada yapmasak olmaz mı?" diye soruyor Henry şimdi gergin bir tonla. "Eve dönene kadar bekleyemez miyiz?"

"Aslına bakarsan, hayır. Neden bekleyelim ki? Neden rol yapalım? Bunu içimden atmak bana iyi geliyor." Artık hızını alamıyor Beverly. "Ben sana ne diyorum, biliyor musun? Koca bebek. Çünkü yetişkin bir erkek olarak sen de diğerlerimiz gibi yaşlılık, ölümlülük ve hayal kırıklığı gibi hazin gerçeklerle karşı karşıyasın ama orta yaşlı pek çok erkek gibi çocukça, bencilce tepki veriyorsun. Yazık. Gereksiz ve yazık." Bir an için durup aklını topluyor. "Onu sevmiyorsun, Henry; sadece zor bir dönemden geçiyorsun." Bunu sindirmesi için bekliyor. En azından sindirebilmesini umuyor. "Bu genç kadınla kaçıp mutlu mesut yaşayacağını sanıyorsun. Onun dairesine taşınacaksın, belki kendine bir üstü açılır araba alacaksın. Artık haftanın üç akşamı minivanla çocukları futbol antrenmanına götürmek yok! Çocukları hafta sonları göreceksin, o da canın isterse. Çoğu erkek gibi nafakadan da yırtmaya çalışacaksın. Hayatın seks, dışarıda akşam yemekleri, tatillerle dolu, sorumluluktan tamamen yoksun olacak. Eh, bence bir daha düşün çünkü hiç de öyle olmayacak." Bir an bunu da sindirmesi için bekliyor, sonra biraz daha sessiz kalıp ardından daha ılımlı bir tonla konuşuyor. "Bir yere varmaz. Ondan sıkılırsın. O da senden sıkılır. Beni ve çocukları özlersin. Parasız kalırsın. Pişman olursun. Hiç şüphem yok." Kocası bakışlarını nihayet yüzüne çeviriyor. "Henry, hayatımızı mahvetme. Unut onu."

Bunun onu seçmesi için bir şans olduğunu düşünüyor Beverly. Nefesini tutup bekliyor. Ne var ki Henry tek kelime etmiyor. O zaman Beverly'nin yüreği bin parçaya bölünüyor.

Birdenbire önceki gece, otele geldikleri zaman nasıl hissettiğini hatırlıyor. Sanki çok uzun zaman önceymiş gibi geliyor. Yalnızca birbirlerinden uzaklaştıklarını, baş başa vakit geçirseler birbirlerini neden sevdiklerini hatırlayacaklarını sanmakla ne aptallık etmiş meğer. Henry'nin nasıl onunla birlikte yukarı çıkmayıp lobide kaldığını, düşünecek ya da konuşacak vakit bırakmamak için etkinlik arayıp durduğunu hatırlıyor.

Üstünde yeni geceliğiyle ona nasıl baktığını hatırlıyor Beverly. Başından beri başkasına âşık olduğunu biliyordu.

Eh, Beverly kabul etmeyecek bunu. Sevda, sevgiyle aynı şey değil. Henry'nin aklının başına gelmesi için biraz zaman gerekiyor sadece. Bir tür orta yaş çılgınlığı bu. Ona geri dönecek. Her şey yoluna girecek. Sabretmesi gerekiyor, o kadar.

"İyi düşün, Henry" diyor Beverly şimdi. Henry'yi şöminenin yanında bırakıp odasına dönmek üzere yavaşça kalkıyor.

Cumartesi, 15.30

Candice'in dizüstü bilgisayarının pili bitmek üzere. Boş kütüphanede yüksek sesle bir küfür savuruyor. Dosyasını yeniden kaydediyor, sonra da hâlâ şansı varken bilgisayarını kapamaya karar veriyor. Ola ki dönüp taslakta bir değişiklik yapması gerekirse diye biraz pil ömrü bırakması gerek. Çalışmasının çıktısını alıp yanında getirmesi gerekirdi. *Siktir*. Bir daha asla yapmayacak bu hatayı. Şu andan itibaren, diye kendine söz veriyor, her zaman metnin çıktısını alıp nereye giderse yanında götürecek. Rahatsız edilmeden çalışma fırsatını çok nadiren bulabiliyor Candice.

Kapalı bilgisayarına bakıp şimdi ne yapacağını düşünüyor. Eliyle yazması gerekecek, herhalde. El yazısının okunaklı olmaması çok yazık; kendisi bile okumakta zorlanıyor. Elbette yanında kâğıt da getirmedi. Kâğıtsız toplum. Hah! Başını kaldırıp odaya göz gezdiriyor. Şöminenin yanındaki rahat koltuğundan kalkıp kapının yanında, köşedeki çalışma masasına doğru gidiyor. Masa otelin kuruluşundan beri orada olmalı, o kadar antika görünüyor. Yüzeyinde neredeyse tek çizik yok. Üzerinde yalnızca eski moda bir deri sümen ile bir mektup açacağı var. Candice en üst çekmeceyi çekip kolayca açıyor. İçinde yalnızca bir başına duran bir ataş var. Hüsranı arttıkça umudunu yitiren Candice öbür yandaki çekmeceye bakıyor. *Bir kalem kâğıt için dünyaları veririm,* diye mırıldanıyor. Çekmece bomboş. *Kahretsin.*

Sonra odasındaki yazı masası aklına geliyor. Masanın üstünde, içinde otel logolu bir tomar A4 kâğıdının bulunduğu bir dosya vardı. Tabii ya! Çoğu otel not kâğıdı ile kalem bulundurur. Kâğıdı bitecek olursa da diğer misafirlerden isteyebilir. Başka kimsenin ihtiyacı olmayacaktır. Bu antika otelde mürekkep ile tüylü kaleme kalmayacağını umuyor Candice.

Bilgisayarını kucaklayıp aceleyle kütüphaneden çıkıyor. Bilgisayarın hâlâ sıcak olmasına sevinerek sağa dönüp lobideki ana merdivene doğru yürümeye başlıyor ama sonra mutfağın yakınlarında bir hizmetli merdiveni olduğu aklına geliyor. Merakı kabarıp geri dönüyor, otelin arka tarafı boyunca uzanan koridoru buluyor. Koridorun sonunda, kapalı mutfak kapısının önünde hizmetli merdivenine açılan kapı var. Kapıyı itip açıyor.

Merdivenin ne kadar karanlık olduğuna hayret ediyor. Buradan inip çıkmak bir kuyunun dibine düşmek gibi. Geri dönmeyi düşünüyor ama sonra cebinden telefonunu çıkarıp fenerini açıyor ve cep telefonunun pilinin de tükenmek üzere olduğunu fark ediyor. Dar, sade ahşap basamakları ağır ağır çıkarken tedirgin hissediyor. Belki de lobiye dönüp, dibinde üzeri çarşaf örtülü bir ceset olsa da ana merdivenlerden çıksa daha iyi olurdu. Sonunda üçüncü kata varıp kapıyı açıyor. Dar pencereden gelen ışıktan başka aydınlatması olmayan loş koridora girince rahatlıyor. 306 No'lu odası koridorun karşı tarafında. Aceleyle anahtarını sokup odaya giriyor, kapıyı kapamaya gerek duymuyor; alacaklarını alıp doğruca kütüphanedeki şöminenin başına dönmek niyetinde. Odasının soğuğu kemiklerini sızlatıyor.

Odanın karşı tarafında, pencerelerin altındaki yazı masasına bakıyor. Gözleri kâğıt dosyasını arıyor. Bütün sesleri yutacak denli kalın halının üzerinden masaya gidip hevesle dosyayı açıyor. İçinde birkaç sayfa kaliteli, kırık beyaz A4 kâğıdı ile bir kalem bulunca rahatlayıp gülümsüyor Candice.

17

Cumartesi, 16.00

Misafirler saat dört civarı, çay vaktinin sabırsızlığıyla yeniden lobide toplanmaya başlıyor. Merdivenin dibindeki cesedi görmezden gelmek için ellerinden geleni yapıyor, yemek salonuna giderken çabucak etrafından dolaşıyorlar. James çay ve kahvenin yanına çörek yapmış; herkes çörekleri leziz buluyor.

Gwen ellerini ısıtan fincana minnettar, dumanı tüten çayını yudumlarken acaba bir daha David'le konuşacaklar mı merak ediyor.

"Hep birlikte gidip buz bara bir bakalım diyorum. Yol tamamen temizlendi, ayrıca şöyle bir baktım; görülmeye değer bir yer" diye öneride bulunuyor Henry.

"Kar makinesiyle harıl harıl çalışman sayesinde" diyor Bradley.

Gwen de diğerleriyle birlikte otelin ön tarafından ceketini ve botlarını almaya gidiyor, sonra hepsi Bradley'nin peşinden arka koridora, oradan mis gibi, yeni kesilmiş odun kokan odunluğa gidip kar kıyafetlerini donanıyorlar. Bradley kapıyı açınca sert bir rüzgâr esiyor. Henry'yle ikisi önden çıkıyor, Lauren ile Ian onları takip ediyor. Arkasından David çıkıyor ve Beverly, Gwen'in önüne geçip David'in peşinden gidiyor.

En son Riley'nin peşinden çıkan Gwen odunluğun kapısını arkalarından kapatıyor. Gökyüzü kasvetli ve rüzgâr tüm şiddetiyle esiyor. Gwen tek sıra halinde, iki yanı kar kaplı patikadan ilerlerlerken önündeki Riley'nin sırtından başka bir şey göremiyor. Ama başını kaldırıp bakınca rüzgârın ağaçları bir o yana bir bu yana savurduğu ormanı görebiliyor. Riley omzunun üzerinden ona bir şey söylüyor ama sözcükler Gwen'e ulaşamadan rüzgâr onları alıp götürüyor. Burnunun ucu şimdiden buz kesti. En azından odunluk ile buzhane arasında üzerlerine devrilebilecek büyük ağaçlar yok. Nihayet duruyorlar ve patika genişleyip buzhanenin önündeki kardan temizlenmiş geniş bir alana açılıyor. Gwen ancak o zaman yapıyı görüyor.

Bir igloya ya da kardan yapılmış bir askeri çelik barakaya benziyor. Ön tarafı geniş buz blokları kesilip birleştirilerek inşa edilmiş. Bir çift kanatlı ahşap kapı nasılsa buza geçirilmiş. Gwen ilgiyle yapıyı inceliyor.

"Buz ya da kardan yapılmamış tek kısmı kapısı" diyor Bradley, ağzından dumanlar çıkararak. "Her kış yeniden inşa edilmesi gerekiyor, sonra eriyor."

"Eriyip gidecek bir şey için çok meşakkatliymiş" diyor Beverly, yüzü soğuktan gerilerek.

"Ama işin güzel yanı, her yıl farklı görünüyor olması" diyor Bradley. "Farklı tasarımlar, farklı heykeller yapıyorlar her yıl. Bir de içeriyi görün asıl."

"Yani bunu kendiniz yapmıyorsunuz?" diyor Ian.

"Tabii ki hayır."

Bradley kapıyı açıyor, herkes içeri giriyor.

Gwen'in nefesi kesiliyor. Işıl ışıl bir peri masalı diyarına girmiş gibi hissediyor. Kubbeli çatısının altındaki kıvrımlı bar şeffaf buzdan yapılmış. Önündeki birkaç bar sandalyesi de yine buzdan oyulmuş. Barın arkasındaki buzdan raflarda içki şişeleri içerisinin alışılmadık aydınlığında ışıldıyor.

Bradley barın arkasına geçiyor; başındaki kırmızı şapkası bembeyaz alanda göze çarpıyor. "Votka martiniyi şiddetle tavsiye ediyorum."

Gwen içkisini beklerken etrafa bakınıyor. Bardan ayrı, yine buzdan yapılmış yuvarlak sandalyeli yuvarlak masalar var. Ama asıl nefesini kesen barın yukarısındaki heykel. Kanatlarını kocaman açmış, ayaklarını –hatta pençelerini– sanki avının üstüne konmak üzereymiş gibi uzatmış bir yırtıcı kuş heykeli. Kocaman, barı boydan boya kaplıyor ve sanki martinileri hazırlarken Bradley'nin tepesinde havada süzülüyormuş gibi görünüyor.

Yanında beliriveren David, eldivenli eliyle geniş martini kadehini uzatıyor. Gwen şimdi onu karşısında bulunca geriliyor. "Kar montum olmadan burada olmak istemezdim."

Riley'nin bakışlarını üzerinde hissedebiliyor ama umurunda değil.

"Çok güzel" diyor David.

"Öyle, değil mi?" diye katılıyor Gwen.

"Buzhaneden bahsetmiyordum" diye fısıldıyor David.

Gwen'in içi eriyor, bu soğukta bile. Riley yanılıyor. David onun sandığı kişi olamaz. Riley onu biriyle karıştırıyor. Riley pek çok şeyi birbirine karıştırıyor zaten.

David martinisinden koca bir yudum alırken onu izliyor. Kızaran Gwen daha yüksek sesle "Candice'in bunu görmesi lazım" diyor.

"Kütüphanede" diyor Bradley, barın arkasından. "Rahatsız edilmek istemediğini söyledi."

"Bence buz barı kaçırdığına üzülecektir" diyor Gwen. "Harikulade bir yer."

Bradley gülümsüyor. "Size katılıyorum. Gidip onu oradan çıkmaya ikna edebilir miyim, bir bakayım" deyip barın arkasından çıkıyor.

"Gevşe biraz" diyor David usulca. Gwen yüzünde tedirgin bir tebessümle ona bakıp votkasını yudumluyor. David sesini alçaltarak konuşuyor: "Bence bir zaman ve yer belirleyip konuşsak iyi olur. Baş başa."

Gwen başını sallıyor. Şu anda, bu kapalı alanda bunca insan varken konuşamayacakları ortada. Riley ikisini gözetlerken. Ama yakında konuşmaları gerek. Gwen hem sabırsızlıkla hem de korkuyla bekliyor.

Bradley gürleyen rüzgârda dışarı çıkıp, başı önünde, yakası dik, odunluğa doğru ilerliyor. Yüzündeki zoraki gülümseme silinip gidiyor. Otel sahibi olunca insanın sürekli yapacak bir sürü şeyi oluyor, diye düşünüyor bitkinlikle. İşlerin sonu gelmiyor. Sürekli oradan oraya koşturup insanlara nazik davranmak zorunda. Bu grup gayet sevecen olsa da sonsuza dek bu otelde çalışmak istemiyor. İçki ve yemek servis edip insanların arkasını toplamak, her isteklerine koşmak istemiyor. Babası ileride otelin başına geçmesini istiyor ama Bradley kırsalda, her şeyden uzaktaki bu yerde sıkışıp kalmak istemiyor. Bradley oteli –ve babasını– ne kadar severse sevsin buradan gitmek için yanıp tutuşuyor. Buraya hapsolup kendisinden daha çok parası, istedikleri yere gidecek özgürlüğü olan insanlara hizmet etmek istemiyor. Babasının aksine, yemek yapmayı da sevmiyor üstelik.

Ne var ki ne zaman gitmeyi düşünse suçluluk duygusu çöküveriyor üstüne. Babasını burada yalnız bırakıp gidemez. Endişelendiğini biliyor; her zaman endişelidir babası. Oteli satıp emekli olsa, o zaman Bradley özgür olurdu.

Kütüphaneden içeri bakınca Candice'i göremiyor. Çabucak zemin katı kolaçan ediyor ama onu bulamıyor. Odasında kestiriyor olmalı diye düşünüyor ama emin olmak için iki kat merdiven çıkmayı canı hiç istemiyor. Bir an için Candice'i unutuyor. Bradley'nin büyük planları var. Biraz para toplayıp...

Babasının mutfaktan seslendiğini duyuyor. "Bradley, sen misin?"

Bradley mutfağa giriyor. "Evet."

"Yemek hazırlığında yardımına ihtiyacım var. Doğranacaklardan başlayabilir misin?"

"Hayır, başlayamam" diye tersliyor Bradley. Babası başını kaldırıp şaşkınlıkla ona bakıyor. "Buzhanede içki servis ediyorum."

"Neyin var senin?" diye soruyor babası, şimdi ona daha dikkatli bakarak. "Umarım misafirlerimizle münasebetinde çizgiyi aşmaman gerektiğini hatırlatmama gerek yoktur" diye uyarıyor.

Bu da Bradley'nin katlanamadığı bir başka şey; yerinin hatırlatılması. Öfkesinin kabardığını hissediyor. Cevap vermeden kapıyı çarpıp çıkıyor.

David, Gwen'in üstünde kırmızı kayak montu, başında pembe-kırmızı çizgili beresiyle ne kadar çekici göründüğünü düşünürken Bradley yanlarına dönüyor.

"Kütüphanede yoktu" diyor Bradley. "Nerede olduğunu bilmiyorum."

Şimdiye dek herkes içkilerini bitirmiş, üşümeye başlamış. İçeriye dönmeye karar veriyorlar. Buzhaneden çıktıklarında hava kararmak üzere. Gün batımında inleyen rüzgâr eşliğinde patikadan yine tek sıra halinde odunluğa doğru giderlerken David, Gwen'den fazla uzaklaşmıyor.

"Everest Dağı'nda da rüzgâr böyle" diyor Riley, odunluğa girdiklerinde.

"Çıktın mı Everest'e?" diye soruyor Henry.

"Hayır, ama belgeselini izledim."

Hepsi minnetle lobideki ateşin başına dönüyor. Bazıları ısınmak için berelerini ve eldivenlerini çıkarmıyor. Gwen alevlerin önünde durup ellerini ovuşturuyor. David onunla gelmesini, konuşabilecekleri bir yere gitmelerini istemeyi düşünüyor. Bara gidebilirler. David şömineyi yakar, orada baş başa kalabilirler. Bradley tekrar kütüphaneye, Candice orada mı diye bakmaya gidiyor. Lauren resepsiyon masasının üzerinden sarkmış, bulmaca çözmek için kalem arıyor.

Bradley lobiye dönüp başını iki yana sallıyor. "Hâlâ yok. Bu katı dolaşmıştım, odasında olmalı. Gidip bakayım."

David huzursuzluğa kapılıyor. Candice'in neden söylediği yerde olmadığını merak ediyor. "Ben de seninle geleyim" diyor.

"Ben de gelirim" diyor Gwen.

Başka kimse o karanlık merdivenden çıkmaya hevesli değil. Bradley sehpanın üzerinden alevi titreşen gaz lambalarından birini alıp yollarını aydınlatıyor. Hava artık iyice karanlık, pencerelerden hiç ışık girmiyor.

David ile Gwen, lambayı yukarıda tutan Bradley'nin peşinden merdiveni çıkıyor. Gaz lambası koyu renk duvar kâğıdı kaplı duvarlara gölgeler düşürüyor. David'in cep telefonunun feneri de açık, basacakları yeri aydınlatıyor. Ama fazla şarjı yok.

Ağır ağır yukarı çıkarlarken Bradley, "Onu öğle yemeğinden sonra tepsiyi almaya gittiğimde gördüm. Saat dörtte çay servisimiz olacağını söyledim. Çay isterse geleceğini, aksi halde rahatsız edilmek istemediğini söyledi" diyor. Ardından ekliyor: "Buz barı görme fırsatını kaçırması gerçekten yazık oldu. Ama sonra yine gidebiliriz."

Üçüncü kata varıyorlar ve David buranın alt katlardan daha da karanlık ve kasvetli olduğunu düşünüyor. Buz gibi de soğuk. Candice'in odası merdivenin sol tarafında, malzeme dolabının karşısında. Bradley kapıyı tıklatıyor. İçeriden cevap gelmiyor. Bradley kapıyı tekrar çalıyor. David'in huzursuzluğu hafif bir telaşa dönüştüyse de belli etmemeye çalışıyor.

Bradley yüzünde endişeli bir ifadeyle ona dönüyor. "Kapıyı açmalı mıyız sizce?"

David tereddüt ediyor. "Başka bir yerlerde olamaz mı?"

"Her yere baktım."

David başını sallıyor. Bradley lambayı ona verip oda anahtarları arasından uygun olanı çıkarıyor. Anahtarı kilide sokup ağır ağır kapıyı açıyor. David lambayı yukarı kaldırıyor.

Candice'i fuları boynuna sımsıkı dolanmış, yerde yatarken buluyor.

Cumartesi, 17.35

Gwen gaz lambasının kızıl ışığında, yüzü bembeyaz, güzel fuları boynuna dolanmış, yerde uzanan Candice'i görünce çığlık atıyor. David güçlü koluyla onu çekip Candice'i görmesin diye çabucak göğsüne bastırıyor ama çok geç. Midesini yakan asidi, safranın boğazına yükseldiğini hissediyor Gwen.

David'in göğsüne yaslanmış, titrerken başı dönüyor, istifra etmemeye çalışıyor. Dana en azından kaza kurbanı gibi görünüyordu. David'in söylediklerine rağmen Gwen olayın kasıtlı bir cinayet vakası olduğunu düşünmek bile istememişti. İnanmak istememişti. Ne var ki bu sahne apaçık. Candice kendi fularıyla boğularak öldürülmüş.

Dehşet içindeki Gwen, karanlık merdivenden koşarak yukarı çıkan ayak sesleri duyuyor.

18

Gwen'in çığlığını duyan Riley kendi korkusuna rağmen merdiveni koşarak çıkıyor. Diğerleri de hemen arkasından onu takip ediyor. Candice'in odasının açık kapısına vardığında önce yüzünü David'in göğsüne gömmüş olan Gwen'i, sonra arkalarında, yerde yatan cesedi görüyor. Boğazından boğuk bir hıçkırık yükseliyor; sanki bedenindeki bütün hava uçup gitmiş gibi geliyor.

Diğerleri etrafına toplanmış, içeriyi görmeye çalışıyor. Candice'in ölü olduğuna şüphe yok. Kapı ağzındakiler içeri akın ederken Riley kenara çekilip yol veriyor. Zihni telaş içinde bunun ne anlama geldiğini çözmeye çalışırken kaygısının şiddetlendiğini hissediyor. O sırada Gwen'in David'den uzaklaştığını görüyor. David gaz lambasını masanın üstüne bırakıyor. Lambanın alevi Candice'in etrafına sanki sahnede, spot ışıkları altında bir aktrismiş gibi bir ışık halesi düşürüyor. Gerçek gibi görünmüyor.

Cesede daha fazla bakamayan Riley dikkatini diğerlerine veriyor.

Bradley dengesini kaybetmemek için masanın kenarına tutunmuş, Candice'e sanki hayalet görmüş gibi bakıyor.

David yüzünde kederli bir ifade, dudaklarını sımsıkı bastırmış.

Yanındaki Gwen elini ağzına kapamış, kusmamaya çalışıyor.

Ian, "Aman Tanrım" diye mırıldanıp olduğu yerde yalpalarken Lauren yanından geçip cesede doğru ilerliyor. Uzanıp fuları gevşetiyor ve Candice'in boynuna dokunuyor.

"Uzak durun, millet" diyor David sertçe. "Onun için yapabileceğimiz bir şey yok."

Lauren topukları üzerinde doğrulup başını kaldırıyor; ne kadar sarsıldığı bembeyaz yüzünden okunuyor.

Riley bir hıçkırık duyunca arkasını dönüp bakıyor ve kapı ağzında durmuş, Candice'e bakan Henry ile Beverly'yi görüyor. Beverly'nin kendini zapt etmeye çalıştığı belli oluyor. O sırada uzun boylu, üstü başı berbat haldeki Matthew da karanlık kapı ağzında beliriyor; arkasında da nefes nefese kalmış James duruyor.

Riley tekrar cesede dönüp kendini bakmaya zorluyor. Candice karınüstü yatıyor, başı sola dönük. Yüzü koyu renk halının üzerinde iyice kansız görünüyor. Gözleri şaşkınlıktan kocaman açılmış. Görüntüsü... dehşet verici.

Ölümden dönüş yok.

Riley o tanıdık panik duygusunu hissetmeye başlıyor, gözlerini bir an için kapayıp derin nefes alarak paniğe teslim olmamaya çalışıyor. Tekrar gözlerini açtığında herkes odanın içinde; David'in uyarısını kimse umursamıyor. Bir an için aklından şimdi grupta düzeni sağlamak kime düşecek diye geçiriyor. Kontrolü kaybetmenin ne kadar kolay olduğunu biliyor; daha önce şahit olmuştu.

Riley şimdi Gwen'e bakıyor; hâlâ David'e yakın duruyor ve o da ölü kadına bakıyor. Yüzü ağlayacakmış gibi büzüşmüş. Gwen bunun için fazla hassas, diye düşünüyor Riley.

"Onu olduğu gibi bırakmamız gerek" diyor David usulca. "Polis geldiğinde gereğini yapacaktır."

"Ne zaman olacak ki bu?" diyor Lauren, gergin bir ses tonuyla.

"Bilmiyorum" diyor David.

"Nasıl bu kadar sakin olabiliyorsunuz?" diyor Lauren, acı acı bağırarak. "Kadın öldürülmüş! Polise ulaşmamız gerek!"

"Nasıl ulaşacağız ki ama?" diye bağırıyor Henry.

"Bilmiyorum!" diye çıkışıyor Lauren. "Ama bir yolunu bulsak iyi olur."

Manzaradan fena halde rahatsız olan Henry cesede daha fazla bakamıyor. Bu yüzden Dana'nın cesedinin bulunduğu o sabahın erken saatlerinden beri görmediği Matthew'yu incelemeye koyuluyor; onu inzivasından Gwen'in çığlığı çıkarmıştı. Bazıları, diye düşünüyor Henry, Matthew'nun nişanlısını merdivenden ittiğinden şüpheleniyor. Ama bu olay durumu değiştiriyor. Gözucuyla David'e bakıyor; o sakin mizacından eser kalmamış.

Candice'in öldürülmesi otelde kesinlikle bir katil olduğu anlamına geliyor. Ve polis daha gelmiyor.

Henry küçük grubun geri kalanına bakıyor ve hepsinin aynı durumda olduğunu görüyor. Ortamdaki korku, hissedilebiliyor.

Beverly'nin yanı başında burnundan hızlı hızlı soluduğunu duyabiliyor. Henry onları nasıl bir tehlikenin beklediğini düşünürken birdenbire aklında korkunç bir düşünce beliriyor. Boğularak öldürülen, Candice yerine Beverly olsaydı bütün problemleri çözülmüş olacaktı. Karısının ölümüyle özgür olacağını fark ediyor Henry ilk kez. Bu düşünce onda tuhaf, karmaşık hisler uyandırıyor. Karısını odalarında boğularak öldürülmüş olarak bulduğu kısacık bir fanteziye kapılıp gittiği sırada David düşüncelerini bölüyor.

"Aramızdan biri olabilir" diyor David.

Odaya berbat bir sessizlik çöküyor.

Ardından, duyduklarına inanamayan Beverly başını iki yana sallayarak, "Olacak şey değil" diyor. David cevap vermeyince isyan etmeye başlıyor. "*Birimizin* katil olduğunu mu düşünüyorsun yani?"

"Olasılık dahilinde" diyor David.

"Ama bu çok saçma" diye üsteliyor Beverly. "Herkesin cinayet işleyebileceğini düşünüyor gibisin. Katiller normal insanlar olmuyor." Çaresizce diğerlerine bakıyor.

Henry içinden karısına katılıyor. Aralarından birinin katil olduğu düşüncesi saçmalık, ancak bir romanda olacak bir şey. Matthew'nun nişanlısını bir anlık bir öfkeye kapılarak öldürmüş olabileceğine ihtimal vermeye hazırdı ama gözünü kırpmadan Candice'i de öldürmüş olabileceğini sanmıyor.

David suçlularla fazla haşır neşir olmuş, diye düşünüyor. Yanındakilerden hiçbirinin o genç kadını merdivenden aşağı itip sonra da kafasını basamağa vurduğunu hayalinde canlandıramıyor. Ne de herhangi birinin Candice'i boğduğunu hayal edebiliyor. Burada başka biri olmalı. Titreşen loş ışıkta tedirginlikle etrafına bakınıyor.

Cumartesi, 17.45

Candice'in cesedinin tepesinde dikilen David, "Otelde arama yapsak iyi olacak" diyor.

Diğerleri şaşkınlıkla ona dönüyor.

David hepsinin şok geçirdiğini ve muhtemelen sağlıklı düşünemediklerini biliyor. "İki kişi öldü. Öldürüldü. Burada biz bize olmayabiliriz" diyor lafını sakınmadan.

Karanlıkta korkmuş yüzler ona bakıyor.

"Bunu yapan her kimse deli olmalı" diye fısıldıyor Lauren.

"Otelde kalan başka biri yok" diyor James kekeleyerek.

"Bizim bilmediğimiz başka bir personel yok mu?"

James başını iki yana sallıyor. "Hayır. Ben ve Bradley'den başka kimse yok. Fırtına yüzünden. Diğerleri gelemedi."

"Varlığından haberimizin olmadığı birileri olabilir" diyor David.

"Hayır" diyor Bradley de başını iki yana sallayarak. "Odalar kilitli tutuluyor."

"Bu oda kilitliydi" diyor David, "ama içeride bir ceset var. Nasıl oldu bu?" Hepsi bir an için suspus oluyor.

Matthew, şüphesiz, kendi odasının dışında ölü bulunan Dana'cığını düşünerek, "Belki kapıya cevap vermiştir" diye fikir belirtiyor.

"Olabilir" diyor David yüksek sesle düşünerek. "Ama cesedin duruşuna bakılırsa boğazlandığı sırada masanın önünde sırtı kapıya dönük, ayakta duruyormuş. Ya tanıdığı ve güvendiği, en azından aşina olduğu birine –belki de aramızdan birine– kapıyı açtı ve bu kişiyi içeri alıp ona sırtını dönecek kadar rahattı ya da birileri o farkına bile varmadan kapının kilidini açtı."

"Ama bu mümkün değil" diyor James. "Anahtarlar resepsiyonun arkasında tutuluyor." Sonra sanki argümanının zayıflığını fark etmiş gibi kızarıyor.

"Ama resepsiyonda sürekli biri durmuyor" diye belirtiyor David. "Bu hafta sonu için."

Henry konuşuyor: "Biri anahtarı almış olabilir, lobide kimse yokken."

"Ama Candice kapının açıldığını duymaz mıydı?" diye soruyor Ian.

David bir elini kaldırıp herkesi sessizliğe davet ediyor. Dışarıdaki rüzgârın şiddetli uğultusu Ian'ın sorusuna cevap veriyor.

"Tanrım" diyor Lauren, dehşet ve ümitsizlik içinde.

Riley sinir krizini güçbela gizleyerek, "Bu otelde başka birinin olduğunu mu ima ediyorsun? Bir katil? Odalarımıza girebilen biri?" diyor. Gözleri odada dört dönüyor.

Tedirginlikle Riley'ye bakan Gwen, "Belki de kapı açıktı. Kapıyı açık bırakmıştı. Sadece bir şey almaya gelmişti belki de" diyor.

"Olabilir" diyor David.

Herkes içinde bulundukları durumu değerlendirirken uzun bir sessizlik oluyor.

Ardından David yeniden konuşuyor: "Bütün oteli aramamızı öneriyorum, kendi odalarımız da dahil. Tabii itirazı olan yoksa?" Herkesi dikkatle inceliyor. Aralarından herhangi birinin saklayacak bir şeyi olup olmadığını öğrenmek istiyor. Tek istediği otelde başka birinin olup olmadığını bulmak. Varlığından haberdar olmadıkları birinin.

Misafirler huzursuzluk içinde birbirlerine bakıyor ama itiraz eden çıkmıyor.

"Üzerini örtelim mi?" diye soruyor Bradley, sesi titreyerek.

"Hayır, olduğu gibi bırakalım" diyor David. Ardından, "Birkaçımız arama yaparken diğerleri aşağıda, şöminenin yanında dursa daha iyi olur muhtemelen. James ile Bradley'nin benimle gelmesi lazım" diye ekliyor.

"Ben aşağı inerim" diyor Riley çabucak.

"Ben de seninle gelirim" diyor Lauren. "Karanlıkta buralarda dolaşmak istemiyorum."

"Ben de seninle kalıyorum" diyor Ian korumacı bir tonla. "Seni gözümün önünden ayıramam."

"Ben aramaya yardım etmek istiyorum" diyen Henry karısına dönüp, "sen diğerleriyle birlikte aşağı inip ateşin yanında bekle" diyor.

"Hayır, senin yanında olmak istiyorum" diyor Beverly; kocasının yanında olmazsa güvende hissetmeyecek. Kocası burada onu tanıyan tek kişi.

David, Matthew'ya dönüyor. "Ya sen?"

"Arama ekibine katılırım" diyor Matthew kararlı bir tonla.

David, Gwen'e, "Sen de Riley ve diğerleriyle aşağı insen nasıl olur?" diyor. Onun için endişeleniyor; çok korkmuş ve hassas görünüyor.

Gwen başını sallayıp ondan uzaklaşıyor. David, lobiye inmek üzere odadan çıkarlarken Lauren, Gwen ve Riley'ye eşlik eden Ian'ı dikkatle izliyor.

Riley de Ian ile Lauren ve Gwen'in peşinden Candice'in odasından çıkıyor. Gwen'e o kadar yakın duruyor ki az kalsın topuğuna basıyor. Koridora çıktıklarında, Ian'ın cep telefonunun fenerinden gelen ışığa rağmen etraf zifiri karanlık, öte yandan Riley grubun en gerisinde duruyor. Üçüncü kattan sessizce inerlerken Riley, Candice'in ölü bedeninin görüntüsünü zihninden atmaya çalışıyor. Ne var ki düşüncelerine söz geçiremiyor. Hayal gücüne teslim olup, Candice'in son anlarının nasıl olduğunu düşünüyor. Biri gelip onu o soğuk, karanlık odada buldu ve onu boğazlayarak hayatına son verdi. Riley o fuların boynuna nefes alamayacağı kadar sıkı bağlanmasının nasıl bir şey olduğunu hayal ediyor. Mücadele vermiş olmalı...

Riley kendi nefesinin hızlanıp sığlaştığını hissediyor. Omzunun üzerinden tedirginlikle karanlığa doğru bakıyor; tıpkı siyah kadifeden kalın bir perde gibi, arkasını görmek mümkün değil. Diğerlerinin gerisinde kaldığını, ayaklarının basamaklara onlarınki kadar sağlam basmadığını fark ediyor Riley. Tırabzanı sımsıkı tutuyor. Daha biraz önce merdivenleri son hızla çıkmıştı ama şimdi –Candice'in cesedini gördükten sonra– sanki balçığın içinde yürüyormuş gibi yavaş ve ağır adımlarla ilerliyor. Aklı başında değil. Acele edip diğerleri sahanlıkta köşeyi dönüp küçük ışık huzmesi gözden kaybolmadan onlara yetişmeye çalışıyor.

Otelde her hareketlerini izleyen bir yabancı olduğu hissinden kurtulamıyor bir türlü. Bu kişi Candice'i gözetliyor olmalıydı ve Candice şimdi ölü. Belki şimdi de Riley'yi izliyordur. Belki de merdivende, sürünün geride bıraktığını avlamak için hemen arkasında, pusuda bekliyordur. Birdenbire onu izlediğini hissediyor Riley; arkasında olduğunu, o siyah perdenin arkasından ona uzanan ölümü hissedebiliyor.

O sırada merdivenin yukarısında, arkasında bir hareketlilik sezinliyor, birtakım sesler işitiyor. Paniğe kapılıp tırabzana sıkıca tutunarak tökezleye tökezleye aceleyle diğerlerine doğru koşuyor. "Bekleyin!" diye bağırıyor. Önündeki Gwen'e çarpıyor; demek o kadar uzakta değilmiş. Gwen ona sarılıyor.

"Buradayım, Riley" diyor.

"Sanırım yukarıda biri var!" diyor Riley nefes nefese.

Cep telefonunun ışığı bir an suratına çevirilip gözünü alıyor, ardından basamaklara ve Riley'nin arkasına yöneliyor. Herkes başını kaldırıp bakıyor. Fazla ötelerini göremiyorlar.

"Burada başkası olduğunu sanmıyorum, Riley" diyor Ian emin bir şekilde.

Gwen, "Hadi gel" deyip elinden tutuyor. "Neredeyse geldik."

David diğerlerine dönüyor. "Bu kattaki boş odalardan başlayalım."

David bu kez Bradley'nin babasına kıyasla daha perişan göründüğünü fark ediyor. Bradley'nin bariz şekilde titreyen ellerinden anahtarları alıp içinden uygun olanları ayıran James'i izliyor. Candice'in odasının yanında, Lauren ile Ian'in odasının karşı tarafında kalan odadan başlıyorlar. James anahtarı kilide sokarken David de görebilsin diye gaz lambasını yukarı kaldırıyor. Omzunun üzerinden geriye, karanlık koridorda bekleyen diğerlerine bakıyor. Kapı açılınca içeri elinde lambayla ilk David giriyor. Diğerleri onu takip ediyor; bazıları iPhone'larının fenerini etrafa tutuyor.

İçeride hiç kimse yok. Oda tertemiz ve bir sonraki misafirine hazır. Banyoya, dolaplara, düzgünce yapılmış yatağa bakıyorlar. Hiçbir şey yok burada.

Odadan çıkıp sıradaki, Candice'in odasının öbür tarafındaki odaya geçiyorlar. Orası da boş.

O hizadaki son boş odaya, koridorun karşı tarafında Gwen ile Riley'nin kaldığı odanın karşısındaki odaya girdiklerinde rahatsız edici bir manzarayla karşılaşıyorlar. David yanında ona ışık tutarken James anahtarı sokup kapıyı açıyor ve yüzü şaşkın bir ifadeye bürünüyor. David bakışlarını otelin sahibinden ayırıp odaya dönüyor. İlk önce yatağın kullanılmış olduğu dikkatini çekiyor.

"Kimse kıpırdamasın" diyor David. Kıpırdamadan durup etrafa kulak kabartıyor. Gözleri banyo kapısına yöneliyor; kapı açık. Biri bu odaya girmiş. Hâlâ orada, banyoda olabilir. Yine de bir şeyler, belki işitme ya da koku duyusu, bilincinin ayırdına varamayacağı bir şey, ona odada başka kimse olmadığını söylüyor. Çabucak banyoya girip içeri bakıyor, içeride kimse yok.

"Neler oluyor?" diye soruyor Beverly koridordan tiz bir sesle.

David, "Bir şey yok" diyor.

Diğerleri de boş otel odasına giriyor. David bozulmuş yatağı görenlerin rahatsız soluklarını işitiyor.

"Tanrım" diyor Henry, gergin bir sesle.

David yatağa daha yakından bakıyor; örtüler gelişigüzel açılmış. David odada gezinip gaz lambasının titrek ışığında etrafı inceliyor. Odada valiz yok, kıyafet yok, herhangi birinin varlığından hiçbir iz yok. Sanki misafir çıkış yaptıktan sonra oda temizlenmemiş gibi görünüyor. Öte yandan yastığın ya da masanın üzerinde oda hizmetlisine bırakılmış bir bahşiş yok. David dolabın kapaklarını açıyor ama boş askılardan başka bir şey göremiyor. Tekrar banyoya girip bu kez daha dikkatli bakıyor. Lavabonun etrafına su sıçramış, banyo tezgâhına bir havlu bırakılmış ama kişisel bir eşya yok. Diğerleri de tedirginlik içinde odada geziniyor.

"Anlamıyorum" diyor James, besbelli umutsuzluğa kapılarak.

"Oda hizmetlilerinin bu odayı atlamış olmaları mümkün mü? Önceki misafir çıkış yaptıktan sonra oda yeniden hazırlanmamış olabilir mi?" diye soruyor David.

"Öyle bir şey asla olamaz" diyor James, kendinden emin. "Burası küçük bir otel. Odaları takip etmek zor değil."

"Bradley?"

"Bilemiyorum" diyor Bradley. Sarsıldığı sesinden anlaşılıyor. "Bence pek olası değil. Daha önce hiç böyle bir şey olmadı."

"Pekâlâ, ya böyle oldu ya da birileri bu odayı kullanıyor ve olasılıkla biz fark etmeden otelde geziniyor" diyor David. Oda tam Gwen ile Riley'ninkinin karşısında. Birdenbire Gwen için duyduğu korku yüreğini sıkıştırıyor. Bir araya toplanmış diğerlerinin asık yüzlerine bakıyor.

"Devam edelim" diyor David.

19

Henry hangisi daha kötü bilemiyor: küçük gruplarındaki insanlardan birinin bir katil olması ihtimali mi, yoksa otelde gizlice gezinen, halihazırda iki kişiyi öldürmüş başka birilerinin olması ihtimali mi?

Gwen ile Riley'nin odasını araştırırlarken Henry ne aradıkları bile belli değil diye düşünüyor. David'in neden sadece boş odaları değil misafirlerin odalarını da aramalarını önerdiğine ya da herkesin neden buna katıldığına anlam veremiyor. David ne bulmayı bekliyor ki? Sanki bütün ışıkları kapayıp katilin kim olduğunu bulmaya çalıştıkları bir tür salon oyunu oynuyorlarmış gibi geliyor Henry'ye. Ne var ki burada kimse eğlenmiyor.

Beverly, Riley'nin çantasında bir ilaç bulup ışığa doğru kaldırıyor.

"Nedir o?" diye soruyor Henry herkes adına.

David ilaca bakıp, "Kaygı giderici" deyince Beverly şişeyi Riley'nin küçük valizine geri koyuyor.

Üçüncü kattan devam edip merdivenin yanındaki oturma odasına, ardından malzeme dolabına bakıyorlar. Lauren'ın odasında güçlü bir uyku hapı olan Ambien kullandığını öğreniyorlar. Ama başka ilginç bir şeye rastlamıyorlar.

Sonunda üçüncü katı bitirip diğer misafirlerin odalarının bulunduğu ikinci kata iniyorlar. Kuzeybatı köşede, Gwen ile Riley'ninkinin hemen altında, oturma odasının yanındaki oda David'in odası. Oturma odasının karşı tarafında, David'inkinin çaprazında Dana ile Matthew'nun odası var. Onun yanında, David'in odasının karşısında ise bir boş oda daha var.

Aramaya bu boş odadan başlıyorlar; temizlenip hazırlanmış bir otel odası gibi görünüyor.

Sonra David onları karşı taraftaki kendi odasına götürüyor. Henry orada hiçbir şey bulmayacaklarına emin. Karanlıkta iPhone'larının cılız ışığıyla etrafta dolanıyor, banyo dolabını, komodin ve şifonyerin çekmecelerini açıp bakıyorlar. Matthew şöminenin mazgalındaki soğumuş külleri maşayla karıştırıyor. Oda –bütün otel– soğuk. İçinden, keşke daha kalın bir hırka ya da mont giymiş olsaydım, diye geçiren Henry karyolanın altına bakıyor. David izlerken Beverly onun valizini açıp içindekileri –boksör şortları ve çoraplar, kıyafet, kitaplar– karıştırıyor ve fermuarlı küçük cepleri kontrol ediyor. Bu sırada Henry ergenliğinde porno dergilerini yatağının altına sakladığını hatırlayarak yatağı kaldırıp altına bakıyor.

Nihayet bu odadaki işleri bitip hepsi kapıdan çıkarken Henry endişeyle pencereden dışarı bakıyor. Gökyüzü kapkara. Rüzgâr otelin dört bir yanında uğulduyor. Pencerelerin önünde rüzgârla savrulan buz kaplı dalların çıtırtısını duyuyor. İçini berbat bir his sarıyor; olacaklardan ölesiye korkuyor Henry.

Herkes odadan çıkınca David kapısını kapatıyor. Diğerleri Matthew'nun odasına doğru ilerlemeye başladı bile. David valizleri karıştırıp çekmeceleri açma, halıları kaldırıp altına bakma, külleri karıştırma işini onlara bırakıp, Dana ile ikisinin odaları ve özel eşyaları araştırılırken Matthew'nun tepkisini izliyor. Eşyalarının incelenmesinden duyduğu rahatsızlık dışında bir şeye işaret eden bir ifade yok yüzünde.

Henry bir tabanca buluyor ve David o zaman dehşete kapılıyor. Kilidi kapalı tabanca ile mermiler Matthew'nun valizinden çıkıyor.

Matthew, "Ruhsatım var" diyor, biraz fazla sertçe kendini savunarak. "Normalde yanımda taşımıyorum. Evde komodinimde tutuyorum, davetsiz misafirlere karşı önlem olarak. Ama buralarda kayak ya da doğa yürüyüşü yaparsak lazım olabilir diye düşündüm. Bu bölgede ayılara rastlanıyor. Tedbirli olmakta fayda var." James'e dönüyor. "Silah sesiyle ayıları kolayca korkutup kaçırabiliyoruz, değil mi?"

James gergin bir şekilde başını sallıyor. "Evet."

David de başını sallıyor ve bunun üzerine Henry tabancayı dikkatle küçük valize, valizi de yere geri koyuyor.

Matthew eğilip valizi kendine doğru çekiyor ve yatağın üzerine koyuyor. Tabancayı çıkarıp ustalıkla dolduruyor. David donup kalıyor. Herkes elindekini bırakmış, Matthew'yu izliyor. Matthew bir elinde tabanca, kimseye bakmadan fazladan mermi alıp ceplerine dolduruyor. Bu sırada David bir şey söylemeli miyim, müdahale etmeli miyim diye düşünüyor.

Sanki zaman durmuş gibi. David'in kalbi güm güm atıyor. Herkes hipnotize olmuş, Matthew'nun tabancasını hazırlamasını izlerken sanki katilin Matthew olduğundan ve hepsini tek tek öldüreceğinden korkuyorlarmış gibi bakıyorlar ona. Ama sonra, Matthew başını kaldırdığında, karşılarında sadece Matthew duruyor.

Matthew, "Güvenlik için işimize yarayabilir" diyor. Ve zaman yeniden ilerliyor.

Boş malzeme dolabının karşısında, Matthew'nun odasının yanındaki oda Henry ile Beverly'nin odası. Orada bir şey bulamıyorlar. Artık David bile ne aradıklarını bilemiyor. Misafirlerin odalarını araştırmakla boşuna uğraştığını düşünüyor. Koridorun ucunda, arka merdiven yakınlarındaki karşılıklı iki oda boş, gelecek misafirler için temizlenip hazırlanmış.

Cumartesi, 18.30

"Otelin kalanını araştırsak iyi olur" diyor James. "Zemin katın tamamı ile mahzenler kaldı." 302 No'lu odanın durumu James'i çok rahatsız ediyor. Daha önce hiç böyle bir şey olmamıştı. Otelde farkına varmadıkları biri olabilir mi gerçekten, diye soruyor kendine, bir davetsiz misafir olabilir mi aralarında? Ama James'in hiç düşmanı yok. Aklına kimse gelmiyor. Otelde sakladıkları kaçık akrabaları yok. İşinden şikâyetçi personeli yok. Keşke otele güvenlik kameraları yerleştirmiş olsaydı ama bu eski moda otelinde kamera istememişti. Şimdiyse keşke koridorlara kamera koymuş olsaydım diye düşünüyor. O zaman Dana'ya ne olduğunu görebilirlerdi; elektrik kesintisinden önce olduysa şayet. Derken, elektrik olmadan videoyu zaten izleyemeyeceklerini fark ediyor.

James gözucuyla Bradley'ye bakıyor. Bradley diğerleriyle birlikte koridorda dikilmiş, izlendiğinden bihaber, yere bakıyor. Yüzünde katıksız bir korku ifadesi var. James'in tam olarak anlam veremediği bir şey daha var ifadesinde; daha önce gördüğü bir şey...

James'in içine bir kurt düşüyor, yüreği ağzına geliyor. Oğlu hakkında her şeyi bilmiyor aslında. Hiçbir ebeveyn bilmez ya. Bradley'nin geçmişte kanunla başı derde girmişti. James o günleri geride bıraktıklarını sanıyordu. Tanrım, diye geçiriyor içinden, umarım boyundan büyük işlere kalkışmamıştır Bradley. Ama sonra Bradley bir şeylere bulaşmış olsa bile bu olaylarla bir ilgisi olamayacağını söylüyor kendine. Bradley yalnızca bir vakitler kötü insanlarla haşır neşir olmuş, iyi huylu bir çocuk. Yine de James fırsat bulunca onunla bir konuşacak.

Oğlunun yanına gidip, "İyi misin?" diye fısıldıyor.

Bradley irkilerek başını kaldırıyor. "Evet, iyiyim." O ifade yüzünden silinmiş, her zamanki gibi görünüyor ve James kendine yok yere endişelendiğini söylüyor. Bradley'nin bunlarla hiçbir ilgisi yok. O da diğer herkes gibi korktu sadece.

"Bradley" diyor James, "lamba sende, istersen yolu göster?"

Bu kez arka merdivenden iniyorlar. Beverly burayı ilk kez görüyor; basamaklar dar ve halı yok. Tek sıra halinde aşağı inerlerken adımları yankılanıyor.

"Burası hizmetli merdiveniydi" diyor Bradley.

"Kontrol edilecek bir tavan arası var mı otelde?" diye soruyor David.

"Hayır" diyor James.

Merdivenin dibine geldiklerinde önlerindeki kapı, otelin arka tarafı boyunca uzanan koridora açılıyor. Hemen solda mutfak var.

"Mutfağı ve mahzeni en sona bırakalım" diyor James. "Gidip odunluğa bakalım."

Odunluğa açılan kapı koridorda, mutfağın ilerisinde. Bradley önden gidiyor. Beverly daha önce odunluğa geldiğinde, diğerlerinin peşinden aceleyle buzhaneye giderken etrafa pek dikkatli bakmamıştı. Ama şimdi dikkatle inceliyor. İçerisi çok soğuk. Küf kokuyor. Duvarlar tamamen ahşap. Yalıtım yok. Toprak zeminin ortasında, üzerine bir balta saplanmış genişçe bir kütük var. Her yer nizami dizilmiş kütük ve çırayla dolu, birkaç da bahçe aleti var ama saklanacak bir yer yok burada.

Otelin arka tarafındaki koridorda ilerlemeye devam edip, lobiye doğru sola dönüyorlar. Kütüphane sağ tarafta kalıyor. Herkes camlı kapıyı açan James'in peşinden içeri giriyor. Burada da saklanacak bir yer yok.

Sonra oturma odasına geçiyor, orada da bir şey bulamıyorlar.

Lobiden tarafa döndüklerinde koridordan bara doğru ilerliyorlar. Hiçbir şeye rastlamıyorlar. Koridorun daha ilerisinde James ile Bradley'nin dairesinin kapısı var. Daire küçük ama derli toplu ve güzel döşenmiş. Orada da kimse yok. Tekrar lobiye çıktıklarında Beverly bir yandan rahatlarken bir yandan ümidini kaybediyor. Endişeyle ne yapacaklarını, katili nasıl bulacaklarını düşünüyor.

"Mutfak ve mahzenden başka yer kalmadı" diyor Bradley.

Mahzene inme düşüncesi Beverly'yi huzursuz etse de diğerlerinin peşinden mutfağa geri dönüyor.

"Buyurun" diyor Bradley. O lambayı yukarıda tutarken herkes kocaman mutfağa giriyor. Yarı *country* yarı endüstriyel tarzda döşenmiş bir mutfak bu. Yaklaşık iki buçuk metrelik devasa buzdolabı Beverly'nin dikkatini çekiyor; içi şimdi bayatlayıp çürüyen şeylerle dolu olmalı. Tam ortada kocaman bir mutfak adası var; çoğu günler işlek bir çalışma alanı olduğu belli. Duvarlar dolaplarla dolu ve genişçe bir çift gözlü lavabo ile bir endüstriyel bulaşık makinesi var.

Beverly, büyük buzdolabını açıp içine bakan James'i izliyor. Hiçbir şey yok. Sonra James kileri açıyor ve hepsi gaz lambasının ışığında içeriye bakıyor. Orası da boş.

James onlara dönüp, "Bir tek mahzen kaldı" diyor. Eski bir ahşap kapıyı açıyor ve eli alışkanlıktan ışık anahtarına gidiyor, sonra hatırlıyor. Bradley'ye "Şunu bana versene" deyip lambaya uzanıyor.

Bradley, "Hayır, ben önden gideyim" diyerek elinde lambayla babasının yanından geçiyor.

Eğri büğrü, gıcırdayan ahşap basamakları inmeye başlıyorlar. Tırabzan yok, basamakların arkaları da boş. Beverly dengesini kaybetmemek için elini pürüzlü taş duvara koyarak ilerliyor. Aşağı indiğinde başka bir yüzyıla adım atmış gibi hissediyor. Tepelerindeki binayı kalın, ağır tavan kirişleri destekliyor. Temel duvarları taştan dikilmiş.

"Altmış santim kalınlığında" diyor Bradley, alelade bilgi verir gibi.

Beverly bu bilgiden etkilenmiş gibi kireç boyalı duvarlara bakıyor. Boya dökülmeye başlamış.

"Fare var mı buralarda?" diye soruyor. Muhtemelen vardır. Beverly fareden çok korkuyor. Burası kırsal, ayrıca mahzen mutfağın tam altında.

"Çaresine bakıyoruz" diyor Bradley. "Merak etmeyin."

"Nasıl?" diye soruyor Henry.

"Fare zehriyle" diye kestirip atıyor James. Beverly'nin huzursuzluğu artıyor.

James misafirlerinin bu köhne mahzeni görmelerinden rahatsız olmuşa benziyor; olasılıkla fareleri de göreceklerinden endişeleniyor. Burası yukarıdaki şık otele hiç benzemiyor. James önlerinde donuna kadar soyunmuş gibi hissediyordur, diye geçiriyor Beverly içinden.

Taş duvara gömülü, binanın inşaatından beri oradaymış gibi duran eğri büğrü ahşap bir raf gözüne ilişiyor. İçinde bir şey yok. Bradley bakışlarını yakalıyor.

"Bodrumu pek kullanmıyoruz" diye açıklıyor Bradley. "Her şeyi yukarıdaki kilerde tutuyoruz."

Beverly geniş açık alana göz gezdiriyor. Beton zemin engebeli. Duvarın yukarısında taşa gömülü küçük pencereler var. Modern bir elektrik paneli temiz ve yeni görünümüyle göze batıyor. Kalorifer ocağı da görece yeni duruyor.

"Burada kimse yok" diyor David, ocağın arkasına göz atarak.

"Daha bitmedi" diyor Bradley. Mahzenin arkasına doğru ilerleyip sağa doğru bir başka açıklıktan içeri giriyor. "Su depoları burada" derken sesi uzaktan geliyor.

Beverly geride kalmak istemeyerek diğerlerinin peşinden gidip eğreti kapı eşiğinden başını içeri uzatıyor. Sağ tarafta kare biçimli iki büyük beton su deposu var.

"Şu an depolar boş" diyor Bradley.

Beverly'nin içi ürperiyor. Su depolarının olduğu odaya girmiyor. Kapı ağzında durup, lambayı yukarıda tutarak su depolarından içeri bakan Bradley'yi izliyor. David de yanına çıkıp ona eşlik ediyor.

Bradley başını iki yana sallıyor. "Temiz" diyor.

"Bakın" diyor David tiz bir sesle.

Beverly, David'in baktığı yere bakıyor. Karşı duvarda tavana yakın bir pencere var.

"Kahretsin" diyor Bradley.

Bradley gidip pencereyi incelerken Beverly tedirginlik içinde izliyor. Camın kırık olduğunu görebiliyor; aşağısındaki zeminde cam kırıkları var.

"Pencere hâlâ kilitli" diyor David, Bradley'nin yanında durmuş, pencereyi inceleyerek.

"Öyleyse sadece kırılmış bir pencere olabilir" diyor Bradley.

"Ya da kasten kırılıp kilidi dışarıdan açılmış olabilir. Biri içeri girip pencereyi tekrar kilitlemiştir."

Beverly bayılacak gibi oluyor.

David konuşuyor: "Dışarı çıkıp baksak iyi olur. Ayak izi var mı, bir bakalım. Bradley'yle ikimiz gideriz. Herkesin gelmesine gerek yok."

Matthew, "Ben gelirim" diyor.

Cumartesi, 19.10

Matthew kar montunu ve botlarını giyip David ile Bradley'nin peşinden verandaya çıkıyor. Kızgın ve gürültülü rüzgârın şakası yok; ağaçlar korkudan sinmiş, önünde eğiliyorlar sanki. Zemin kattaki bütün pencere ve kapıları içeriden kontrol etmişlerdi ve hepsi de kapalıydı. Şimdi bakmaları gereken bir tek bodrumdaki kırık pencere var. Dışarısının ne kadar kaygan göründüğünü düşününce pencereyi kontrol etmek için otelin doğu tarafına nasıl ulaşacaklarını merak ediyor Matthew.

Kimse karda yürümeye çalışırken bir yandan gaz lambasını tutmaya çalışmak istemeyeceğinden lambayı içeride bırakıyorlar. Onun yerine Matthew'nun iPhone'unun el fenerini kullanıyorlar. David'in şarjı tükenmek üzere ve kalanı da saklamak istiyor. Ama yol gösterecek kişi o olmadığından Matthew telefonunu Bradley'ye veriyor.

"Beni takip edin" diyor Bradley.

Yürümekten ziyade kayarak ağır ağır otelin ön tarafına gidip köşeyi dönüyorlar. Dengelerini kaybetmemek için ellerini duvara koyarak otelin yan tarafı boyunca ilerliyorlar. Bodrum penceresine yaklaştıklarında önünde fırtına sırasında yakınlardaki bir ağaçtan kopup düşmüş kırık bir dal görüyorlar. Eğilip bakarlarken Bradley feneri pencereye doğru tutuyor.

Ama pencereyi düşen dal mı kırdı yoksa birileri camı dalı kullanarak mı kırdı, anlayamıyorlar. Zemin buz kaplı olduğundan hiç ayak izi de bulamıyorlar.

Pencereyi ve önündeki dağılmış dalları inceleyen Matthew "Ne düşünüyorsun?" diye soruyor.

Endişeli görünen David, "Bilemiyorum" diyor.

20

Cumartesi, 19.30

Lobiye döndüklerinde David, Bradley ve Matthew'yu içeride bekleyen diğerlerinin tedirgin yüzleri karşılıyor.

David şömine yakınlarındaki bir koltuğa yığılıp bulduklarını diğerlerine anlatıyor. "Yani elimizde kullanılmış gibi duran bir oda ile esrarengiz şekilde kırılmış bir pencere var. Onun dışında otelde bir başkasının bulunduğuna ya da birilerinin girip çıktığına işaret eden hiçbir ize rastlamadık" diye bitiriyor sözlerini bitkinlikle.

Hepsi sessizlik içinde, sanki bu bilgiye bir türlü anlam veremiyormuş gibi birbirlerine bakıyorlar. Herkes sinir krizinin eşiğinde.

"Şimdi burada başka biri var mı yok mu yani?" diye soruyor Riley telaşlı bir tonla.

"Bilmiyorum" diyor David. "Olabilir de olmayabilir de."

Ian söze giriyor. "Dana ve Candice'i aramızdan birinin öldürmüş olabileceğini mi ima ediyorsun cidden?" Sesi şaşkınlıkla yükseliyor. "İkisini de kim ne diye öldürsün ki? Onları tanımıyoruz bile."

"Bunu bilmiyoruz. Burada kimsenin Dana ya da Candice'i tanımadığını bilmiyoruz" diyor David sakinlikle. "Ben buradaki kimse hakkında hiçbir şey bilmiyorum." Sanki konuşsunlar diye meydan okurcasına onlara bakıyor. "Bildiğim kadarıyla –birbirimize gösterdiğimiz kadarıyla– hepimiz birbirimize yabancıyız. Ama belki de değilizdir." Bir araya toplanmış misafirlere tek tek bakıyor. "Her halükârda polis geldiğinde bir soruşturma yapılacak. Dana'nın ve Candice'in geçmişlerini didik didik edecekler; bizimkileri de."

David bunun nasıl bir şey olacağını biliyor. Huzursuzluk içinde birbirlerine bakan diğerlerini izliyor. "Diyelim ki katil aramızdan biri. Bu akşamüzeri herkesin nerede olduğunu bilmemiz gerek. Bradley kütüphaneden öğle yemeği tepsisini alırken Candice'i gördü, o sırada Candice hayattaydı. Ne zamana denk geliyor bu, Bradley?"

"Bir buçuk sularıydı" diyor Bradley.

David devam ediyor. "Saat iki gibi Henry'yle ikimiz odun almaya gidene ve herkes bir yerlere dağılana kadar James ve Bradley hariç hepimiz lobideydik. Saat dörtte hepimiz burada buluştuk. James hariç hepimiz buzhaneye gidip hep birlikte buraya döndük." Duraksıyor, ardından ekliyor: "Tabii, Bradley, sen biz buzhanedeyken onu aramak için buraya döndün." Tek tek herkesin yüzüne bakıyor. "Ama şimdilik saat ikiden dörde kadar herkesin nerede olduğuna odaklanalım. Ben tek başıma odamdaydım."

Gwen: "Riley ve ben de odamızdaydık."

Lauren: "Ian ve ben de odamızdaydık."

Matthew: "Odamdaydım, çıkmamamı sen söylemiştin. Sadece siz Candice'i ölü bulduğunuzda çığlığı duyunca çıktım."

Henry: "Ben burada, lobideydim. Koltuğumda biraz kestirdim. Sonra saat dörde doğru elimi yüzümü yıkamak için odaya çıktım."

Beverly başını sallıyor. "Ben de odamızdaydım. Kısa süreliğine aşağı inip Henry'yle konuştum ama sonra tekrar odaya döndüm. Henry de dörde doğru geldi."

James: "Ben mutfaktaydım, Bradley de bana yardım ediyordu."

David, "Öyleyse bu bilgilerin pek bir faydası olmuyor, değil mi?" diyor bitkinlikle.

"Eğer katilin bizden biri olduğunu düşünüyorsan" diyor Henry çöken sessizliği bozarak, "bir tahminde bulunacak olsam ben Matthew derim."

Matthew dehşet içinde ona bakıyor.

Henry bir süredir otelde yaptıkları uzun, soğuk aramayı düşünüyor. Katilin onlardan biri olması olasılık dahilindeyse ortalığı biraz karıştırma vakti gelmiş olabilir. Henry şeytanın avukatlığına soyunmaya karar veriyor. "En olası şüpheli sensin" diyor usulca, Matthew'ya dönerek. "Belki de tartışmanızdan sonra Dana'yı öldürdün ve Candice bunu anlayınca susturmak için onu da öldürmek zorunda kaldın."

Diğerleri telaş içinde izliyor ama kimse Matthew'yu savunmaya kalkmıyor.

Lauren, "Nasıl anlamış olabilir ki?" diyor.

"Bilmiyorum. Bana biraz meraklı biri gibi geldi. Ya da belki..." –yüksek sesle düşünüyor– "... belki de Candice ünlü ve zengin işadamı Matthew hakkında bir kitap yazıyordu. Ya da onunla evlenmek üzere olan Dana hakkında. Dana'yla merdivenin tepesinde tartışıyorlardı ve Candice de onu aşağı itti. Matthew, Dana'yı öldürenin Candice olduğunu biliyordu, bu yüzden onu boğazladı."

"Kulağa pek olası gelmiyor" diyor Ian.

"*Cinayet* de pek olası değil zaten" diyor Henry. "Normal bir durumla karşı karşıya değiliz. Burada bir katil var. Dana ile Candice'i öldürmek için yeterince iyi bir sebebi olan birileri var burada. Ben sadece sebepleri çözmeye çalışıyorum."

Lauren, Matthew'ya dönüp tereddütle, "Dün akşam yemekte Candice gerçekten de Dana ile seni inceliyordu" diyor.

Matthew kaşlarını çatarak ona dönüyor. Koltuğunda huzursuzca kıpırdanıyor. "Öyle mi? Ben... iş dünyasında tanınan biriyim. Nişanımız sosyete sayfalarında ilan edildi. O nedenle, evet, beni tanımış olması, kim olduğumu biliyor olması mümkün."

"Kim olduğunu biliyordu zaten; bu sabah kahvaltıda bize söyledi" diyor Lauren.

"Ama ben *onu* tanımıyordum" diye tersliyor Matthew, "Dana da onu tanımıyordu. Hakkımızda bir kitap yazıyorsa bundan haberimiz yoktu. Ayrıca ikimizin de saklayacak bir şeyi yok, o yüzden umurumuzda olmazdı."

Bunun üzerine Riley, "Ama belki Dana'nın saklayacak bir şeyi vardı, senin bilmediğin bir şey. Belki Candice biliyordu ve bunu yazacaktı, o yüzden merdivenin tepesinde Dana'yla tartıştılar ve Candice onu ittirdi" diyor.

"Ama ben bunu bilmiyorsam neden Candice'in onu merdivenden aşağı ittiği çıkarımını yapıp onu öldüreyim ki?" diyor Matthew alay edercesine.

"Belki de *biliyordun"* diyor Henry. "Senin sözlerinden başka bir şey yok elimizde."

Matthew öne doğru eğilip üstüne basa basa, "Ben kimseyi öldürmedim" diyor.

Riley gergin bir ses tonuyla devam ediyor: "Yanında tabanca getirmişsin. Belki Candice'in burada olacağını biliyordun. Belki başından beri onu öldürmeyi planlıyordun ama Dana'nın ölümü araya girdi."

"Bunları dinlemek zorunda değilim" diyor Matthew.

Beverly araya giriyor. "Durun bir dakika. Candice'in de ölü olması Matthew'nun Dana'yı öldürmediği, bu olaylarla bir ilgisi olmadığı anlamına geliyor olabilir, bunu hiç düşündünüz mü?" Henry'ye dönüyor. "Suçlu olma olasılığını *düşürmez* mi bu?"

"Olasılıkla" diyor Henry.

"Aslında ben de bunu düşünüyordum" diye katılıyor Gwen. "Eğer sadece Dana ölmüş olsaydı, o zaman, üzgünüm ama Matthew, ilk akla gelen şüpheli sen olurdun. Özellikle de... Beverly dün gece geç saatlerde tartıştığınızı duyduğu için." Diğerlerine dönüyor. "Ama bir ölüm daha gerçekleştiğine göre katilin Matthew olması daha az olası gelmiyor mu?"

"Hakkı var" diyor Ian.

Henry herkesi dikkatle inceliyor. Kesin bir bilgiye sahip olmasa da gözünü açık tutacak.

"**Birbirimizi suçlamayı bırakabilirsek**, gündeme getirmek istediğim başka bir şey var" diyor Matthew. Biraz saldırgan davrandığının farkında ama umurunda değil. Onu resmen cinayetle suçladılar ne de olsa.

"Nedir?" diyor David.

"Bence James ve Bradley bir şeyler saklıyor."

James afallamış görünüyor. Bradley'nin yüzü kıpkırmızı kesiliyor. "Nasıl yani?" diyor James kekeleyerek.

Matthew koltuğunda, yan yana oturan James ile Bradley'ye doğru eğiliyor. "Burası sizin oteliniz. Belki bizim bilmediğimiz bir şey biliyorsunuzdur."

"Ne gibi?" diyor James, kendini savunurcasına.

"Bilemiyorum. Ama ikinizin fısır fısır konuştuğunuzu gördüm. Ne konuşuyordunuz?"

"Fısır fısır konuşmuyorduk" diyor James, kızararak.

"Evet, konuşuyordunuz, sizi gördüm."

"Ah, Tanrım" diye araya giriyor Ian, "otel işletiyorlar burada."

David yüzünde ciddi bir ifadeyle James'e dönüyor. "Size ya da otelinize zarar vermek isteyebilecek birileri var mı?"

Matthew, James'i dikkatle inceliyor. Gözucuyla Bradley'nin başını iki yana salladığını görüyor.

James de başını sertçe iki yana sallıyor. "Hayır. Öyle bir olasılık olduğunu düşünsem söylerdim."

İkna olmayan Matthew, hoşnutsuzluk içinde koltuğunda geri yaslanıyor. "Size inanmıyorum." Bir James'e bir Bradley'ye bakıp duruyor. "Hâlâ bize söylemediğiniz bir şeyler olduğunu düşünüyorum."

David, huzursuzca koltuğundan kalkıp pencerelere doğru giden Gwen'i izliyor. Pencerelerin orası daha karanlık ama loş ışıkta onu görebiliyor. Gwen boş yere yolu gözlüyor; gelen yok. David koltuğundan kalkıp yanına gidiyor. Diğerlerinin izlediğini hissedebiliyor ama umursamıyor.

Yaklaştığında Gwen yüzünü ona dönüyor. Sıkıntısı bakışlarından okunuyor.

"Sana sormam gereken bir şey var" diyor alçak sesle, doğrudan konuya girerek.

İşte geliyor, diye düşünüyor David. Ona karısını soracak. Riley ona bir şeyler söylemiş, David bundan emin. Gwen'e geçmişinden kendisi bahsetmeliydi. Dün gece ona anlatmalıydı. Ama... doğru zaman değildi. Çok çekici bulduğu bir kadına geçmişte cinayetten tutuklandığını söylemezdi insan.

"Her şeyi sorabilirsin" diyor David yüzünde dürüst bir ifadeyle, alçak sesle. Ona gerçeği söyleyecek. İnanıp inanmamak Gwen'e kalmış. David meseleyi saklayamaz; haberi internette kolaylıkla bulunabilir.

Gwen şömine başındaki diğerlerine bir göz atıyor. "Şimdi olmaz" diye fısıldıyor. "Ama bir ara konuşmamız gerek, baş başa."

David başını sallıyor. Ona ne söyleyeceğini düşünmek için zamanı olacak. Nasıl anlatacağını tasarlamak için. Onu korkutup kaçırmak istemiyor.

Beverly'nin tek istediği eve dönmek. Çocuklarını görmek istiyor. Bu otel artık gözüne hoş, lüks bir yer gibi gelmiyor; karanlık, soğuk ve berbat bir yer burası. Mahzeni hatırlayınca içi ürperiyor. Bir korku filmi setine benziyor orası. Beverly de bir korku filminin içinde *yaşıyormuş* gibi hissediyor zaten. Bunun başına, onun gibi birinin başına geldiğine inanamıyor. Son derece normal, hatta sıkıcı bir hayat süren son derece normal bir kadın Beverly. Başına sıra dışı hiçbir şey gelmez onun. Ve hayatının böyle olması da içten içe hoşuna gidiyor.

Dana'nın cesedinin hâlâ merdivenin dibinde yatıyor olması korkunç geliyor. Bu kadarı çok fazla. Gözlerinin dolduğunu hissediyor, yaşları tutmaya çalışıyor.

O cesedin oradan kaldırılmasını istiyor. Kokmaya başladığını düşünüyor. Dün geceden beri orada; çürümeye başlamış olmalı. Burnuna çarpan o kokunun kaynağı bu olmalı. Başka kimse almıyor mu kokuyu? Beverly'nin burnu hep çok hassas olmuştur. Genel olarak hassas biri; hep öyleydi. Teddy de öyle. Kıyafetlerinde etiket olmasını istemez, çorapları konusunda çok titizdir. Beverly bileğini burnuna dayayıp kendi parfümünün kokusunu içine çekiyor.

Zaman ilerlerken, Dana'nın o ürkütücü çarşaf örtülü cesedine dalıp gittiğini fark ediyor. Daha önce bakamazken şimdi gözlerini ondan alamıyor. Çünkü ceset onu korkutuyor. Ona sırtını dönmek istemiyor. Mantıksız da olsa öyle hissediyor. Sinirleri bozulmaya başladı.

Karanlıkta, cesedin yakınlarında bir şeyin hareket ettiğini görür gibi oluyor. Sanki karanlık bir siluet görüyor, bir hışırtı duyuyor.

Şimdiyse Dana'nın bedeni çarşafın altında hafifçe kıpırdıyormuş gibi görünüyor. Beverly insan bedeninin ölümden sonra kıpırdadığını duymuştu, vücuttaki gaz nedeniyle. Daha dikkatli bakıyor.

Ne o? Fare mi? Çığlığı basıyor.

Henry koltuğundan fırlıyor.

"Fare var orada, cesedin yanında!" Beverly bağırıyor, ayağa fırlayıp eliyle işaret ediyor. Herkes işaret ettiği yöndeki karanlığa kısık gözlerle bakıyor.

"Mümkün değil" diyor James savunmacı bir tonla, ayağa fırlayarak.

"Otelde fare olduğunu itiraf etmiştiniz" diye belirtiyor Lauren huzursuzca, ayaklarını kanepenin üstüne çekerek.

"Yukarıda yok!" diyor James.

"Ama burada bir ceset var" diyor Lauren, "o... fareleri buraya çekiyor olabilir." Gözle görünür şekilde titriyor. "Ah, Tanrım, kaldıramayacağım bunu!"

Beverly de Lauren'a katılıyor; o da kaldıramıyor bütün bunları. Sarsıla sarsıla hıçkırıklara boğulurken kaç yıllık alışkanlıktan dönüp yüzünü kocasının göğsüne gömüyor. Henry kollarını ona doluyor ve Beverly hâlâ ona çok kızgın olsa da kollarında teselli buluyor.

"O cesedi buradan çıkarmamız gerek!" diyor Henry sinirle.

"Gerçekten onu kıpırdatmamamız gerek" diye söze giriyor David.

"Gerekse gerek" diye haykırıyor Henry. "Burada bir ceset var ve çürüyor, fareleri buraya çekiyor, ayrıca bu durum karımı korkutuyor!"

Beverly başını Henry'nin göğsünden kaldırıp Matthew'ya bakıyor. Matthew'nun benzi atmış. Beverly yaygara kopardığı için birden pişman oluyor.

"Üzgünüm..."

Ne var ki Matthew onu duymazdan gelip sehpanın üzerinden gaz lambasını alıyor ve Dana'nın cesedinin yanına gidiyor. Lambayı tepesinde tutup etrafında fare arıyor. Dehşet verici bir manzara ama Beverly gözlerini alamıyor.

"Ben hiç fare göremiyorum" diyor Matthew, yüzünü buruşturarak. "Fare falan yok burada. Hayal görmüş olmalısın."

Ian kalkıp yanında dikiliyor. "Yine de onu kaldırsak iyi olabilir" diyor nazikçe. Dönüp David'e bakıyor.

David ortamın nabzını ölçercesine etrafa bakıyor. Nihayet sanki sayıca mağlup olduğunun farkındaymış gibi başını sallıyor. Cebinden telefonunu çıkarıyor, çarşafı açıyor ve birkaç fotoğraf çekiyor. Sonra hüsranını belli eden bir tonla, "Telefonum tamamen kapandı" diyor. Başını kaldırıp diğerlerine bakıyor. "Pekâlâ. Onu nereye koyabiliriz?"

"Odunluk?" diye öneriyor Bradley çekinerek.

"Hayır!" diyor Matthew. "Orada... fareler onu rahatsız edebilir."

Farelerin Dana'yı kemirdiği düşüncesi Beverly'nin midesini bulandırıyor.

"Buzhane nasıl?" diye öneriyor James. "Orası soğuk. Dört tarafı sımsıkı kapalı. Orada... hiçbir şey onu rahatsız edemez."

Nihayet Matthew yutkunup başını sallıyor. Beverly, Matthew'nun haline çok acıyor. Çarşafı kaldırıp cesedin yanına seren David'i izliyor. Sonra David Dana'yı ayaklarından, Matthew da koltuklarının altından tutuyor ve beceriksizce onu çarşafın üzerine yatırıyorlar. Dana'nın başı birden yan tarafına düşüyor. Onu daha kolay taşıyabilmek için çarşafı etrafına sımsıkı sarıyorlar.

Bradley, Matthew ve David montlarını ve botlarını giyip cesedi yükleniyor ve buzhaneye doğru tuhaf ve üzücü yolculuklarına çıkıyorlar.

Gözden kayboldukları anda Beverly gözyaşlarına boğuluyor.

21

Cumartesi, 20.30

Buzhaneden döndüklerinde David ateşe iki odun daha atıp güzelce harlıyor. Sonra gönülsüzce şömine etrafında oturan, yüzleri ateşle aydınlanan diğerlerine katılıyor. Matthew kederinden ve diğerlerinin ondan şüphelenmesi yüzünden onlardan ayrı duruyor.

İçerisi oldukça karanlık; şömine ateşi ile tek gaz lambasının tıslayan alevinden başka ışık kaynağı yok. Diğer lambanın gazı bittiğinde Bradley mahcubiyetle gazlarının kalmadığını söyledi. Gaz lambası kullanacaklarını düşünmemişlerdi.

Riley tedirginlik içinde işaretparmağındaki yüzüğü çevirip duruyor. Bu da onun stres tiki, diye düşünüyor David.

"Ne yapacağız?" diyor Riley.

David birileri Riley'ye bir içki daha verse iyi olur, diye düşünüyor. Ya da yukarıda buldukları haplarından bir tane. "Bir arada kalacağız. Geceyi atlatacağız" diyor David. Fırtına alay edercesine binanın etrafında gürleyip pencereleri dövüyor. "Sabah olup hava ağardığında da anayola çıkmaya çalışsak iyi olur diye düşünüyorum."

Karanlıkta birkaç kişinin baş salladığını görüyor.

"Burada, lobide kalacağız. Birinin tuvalete gitmesi gerektiğinde de birlikte, gruplar halinde gideceğiz" diye yapılması gerekenleri bildiriyor David. "Sonra, şafak vakti yola çıkarız. Belki o zamana kadar yolları temizlemeye çıkmış olurlar. Yardım çağırırız. Ama bir arada kalmamız gerek. Bir arada kalırsak kimseye bir şey olmaz, anlaşıldı mı?"

Dikkatle ona bakan diğerleri şimdi birer birer başlarını sallıyor. Tedirginlikle dudaklarını yalayan Riley bile başını sallıyor.

"Burası hâlâ soğuk" diye devam ediyor David. "Isıyı korumamız lazım. Ateşi körüklemeye devam etmeliyiz." Bir an durup düşünüyor. "Odalardan battaniye getirsek iyi olur."

"Ben yukarı çıkmam" diyor Gwen dehşetini vurgulayan bir tonla.

Tedirginliği bir an için David'in dikkatini dağıtıyor. Öte yandan hepsi korkuyor. David hayatlarını korumak için hepsini bir arada ve sıcak tutup karınlarını doyurmaktan başka ne yapacağını bilemiyor.

"Telefonlarımızın çok az pil ömrü kalmış olmalı, benimki tükendi" diyor David. Birkaç kişi başını sallıyor.

"Benimki şimdilik çalışıyor" diyor Matthew. "Ama çok uzun süre dayanmaz."

David, Ian ile Bradley'ye dönüyor. "Biz gidip yukarıdan battaniye getirelim derim?"

Ian ile Bradley başlarını sallıyorlar. Bunun üzerine üçü ana merdivene doğru yönelip, diğerlerine yalnızca şömine ateşini bırakarak Bradley'nin gaz lambasıyla aydınlattığı karanlığın içine giriyorlar.

Gwen arkalarından karanlığa bakıp dalıyor. Nedense aklına Hansel ile Gretel'in hikâyesi geliyor; ikisi karanlık ormanda kaybolmuş, istenmedikleri evlerinin yolunu bulmaya çalışıyordu. Peri masalı küçüklüğünde onu çok korkutmuştu, şimdiyse Gwen hikâyenin içindeymiş, sevdikleri tarafından o karanlık ormanda terk edilmiş gibi hissediyor. Hayal gücüne yenik düşüp tepeden tırnağa ürperiyor.

Riley etrafı gözetleyerek bekliyor. Kalbi tıpkı boğulmuş, alev almak üzere araba motoru gibi güm güm atıyor. Her sese kulak veriyor; pencereye vuran rüzgâra, ateşin çıtırtısına, şöminede aniden kıpırdayan odunların sesine. Ne var ki başka bir sese kulak kabartıyor; beklenmedik bir sese. Orada olmaması gereken bir şeylerin sesine kulak kesiliyor Riley.

Battaniyeye iyice sarınıyor. Sabaha kadar dayanmaları gerektiğini söylüyor içinden kendine; o zaman buradan defolup gitmeye bakabilirler. Aklını çalıştırmaya çabalıyor. Belki de David'in ortaya attığı gibi olaylar arasında bir bağlantı vardır. Önceden Dana ya da Candice'i tanıyan varsa da kimse söylemiyor. Matthew haklı olabilir; James ile Bradley bir şeyler saklıyor olabilir. O da ikisini fısıldaşırken görmüştü. Ya da Matthew dikkatleri başkalarının üzerine çekmeye çalışıyor yalnızca.

David Paley'ye biraz kafayı taktığının farkında. Karısını öldürmüş olabileceğini düşünüyor olsa da şimdi ondan pek korkmuyor.

Ama Gwen'in ondan uzak durmasını istiyor.

Cumartesi, 21.05

Herkes şöminenin etrafındaki koltuklara ve kanepelere yerleşiyor. James ile Bradley'nin yanlarında David'le birlikte mutfakta hazırladıkları yemekleri hızlıca yiyorlar. James koca bir demlik kahve daha demliyor.

Kimse bu gece uyumak istemiyor. Kimse gözünü kapamak bile istemiyor. Ağır bir sessizlik içinde hep birlikte oturuyorlar. Kimse konudan bahsetmiyor.

Gwen kanepede kıpırdanıp daha rahat bir pozisyon bulmaya çalışıyor. Katilin kim olduğunu da nerede olduğunu da bilmiyor. Artık bunu düşünmeye katlanamıyor. Gerginlikten boynu kasıldı. Sadece hayatta kalmak istiyor. Sabah ilk iş buradan gidecekler. Onu ayakta tutan şey bu.

Hepsi battaniyelere sarınmış, parmaklarını ısınmak için kahve kupalarına dolamış, oturuyorlar. Sehpanın üzerinde bir şişe Kahlua duruyor. Sırayla kahvelerine likör katıyorlar.

Sarhoş olmak pek iyi olmayabilir, diye düşünüyor Gwen ama Kahlua lezzetli ve yatıştırıcı geliyor. David'in kahvesine likör katmamasına seviniyor. Kurtarıcıları David aklını başında tutacak. Elinden tabancasını düşürmeyen Matthew'dan daha çok güveniyor ona. Matthew huzursuzca tabancasını evirip çeviriyor. Keşke tabancayı bir kenara bıraksa. Keşke David ona silahını bırakmasını söylese ya da elinden alıverse. Tabanca Gwen'in sinirlerini bozuyor.

Diğerleri şimdi önlerinde uzanan karanlık uzun geceyi unutturacak şeylerden sohbet açma çabası içinde, başka ülkelerde kaldıkları otellerden bahsediyorlar. Gece ilerledikçe bakışlarının giderek daha sık David'e yöneldiğini fark ediyor Gwen. Birlikte oldukları önceki geceyi düşünüp duruyor. Ara sıra, aslında sık sık, David ondan yana bakıyor.

David ateşin ve gaz lambasının cılız ışığında ciddi ve yıkılmaz görünüyor gözüne. Tıraş olmamış ama kirli sakalı ona yakışıyor; bir tutam saçının alnına düşmesi de hoşuna gidiyor Gwen'in. Uzanıp saçını geriye atmak istiyor. Keşke birbirlerine daha yakın, aynı kanepede otursalardı ama Gwen kanepede Riley'yle birlikte oturuyor.

Hakkındaki gerçeği bilse David onun için ne düşünürdü diye merak ediyor. Ona söylemeyecek. Henüz. Gerçeği, ne yaptığını bilen tek bir kişi var ve o da yanında oturuyor. Ama Riley bir şey söylemez.

22

Riley kahvesine diğerlerinden daha sık Kahlua katıyor. Zaten alkol problemi olduğunu düşünüyorlar nasılsa. Belki de vardır. Ama bu akşamki sorunlarının yanında bu önemsiz kalıyor. Sinirlerini biraz olsun yatıştırmak istiyor Riley.

Gwen ile David'in birbirlerine baktıklarını fark ediyor, yakınlaşmalarına izin vermeyecek. Bazen birkaç içkiden sonra biraz acımasız oluyor.

Sohbet açma çabasıyla "Pekâlâ" diyerek söze giriyor, "birbirimizi daha yakından tanısak iyi olabilir." Doğruca David'e bakıyor. Dün akşam yemeğinde masadaki tavrından, hakkındakileri bildiğini anladığına emin. Riley onun kim olduğunu biliyor.

Yanında oturan Gwen'in gerildiğini hissedebiliyor. Diken üstünde oturuyor Gwen.

Ama sonra Lauren, "Olur, neden olmasın?" diye söze giriyor. Sehpanın karşısından meydan okurcasına Riley'nin gözlerinin içine bakıyor. "Bize biraz kendinden bahsetsene, Riley. Mesela, bu kadar canını sıkan nedir?"

Gafil avlanan Riley dönüp ona bakıyor. Lauren'dan hoşlanmıyor. Daha önce gözlerini devirdiğini yakalamıştı. Şimdi de onu sıkıştırıyor. *Bu ne cüret?*

Lauren'a sinirlenen Riley tereddüt ediyor. Ardından, "Bilmek istemezsiniz" diyor, sesinde ikaz eden bir tınıyla.

"Ben kesinlikle isterim" diyor Lauren.

Israrcı sürtük, diye geçiriyor Riley içinden. Kısa bir duraksamanın ardından buz gibi bir sesle konuşuyor. "Benim gördüklerimi görsen dünyan başına yıkılırdı. O yüzden beni yargılamaya kalkma."

"Seni yargılamıyorum" diyor Lauren. "Seni anlamak istiyorum yalnızca. Hatırlıyorum da buraya ilk geldiğimizde sanki... bir rahatsızlığın var gibiydi. Daha bütün bunlar olmadan önce aşırı gergin görünüyordun." Lauren karanlıkta öne doğru eğiliyor. "Burada olanlar hakkında bildiğin bir şey mi var öyleyse? Çünkü *sana güvenmiyorum.*"

Riley koltuğunda donakalıyor; dili tutuluyor. Neyle suçlandığına inanamıyor.

"Ne ima ediyorsun sen?" Belli ki çok sinirlenen Gwen sert çıkıyor. "Olanlarla bir ilgisi yok onun!"

"Yok mu gerçekten? Cinayet işleyen o olmayabilir ama bir şeyler biliyorsa hiç şaşırmam! Baksana haline!"

Şimdi herkes dikkatle ona bakarken Riley saldırganlaşmaya başladığını hissediyor ve kontrolünü kaybetmemeye çalışıyor.

"Hakkı var" diyor Matthew da ona ters bir bakış atarak. "Buraya geldiğimizden beri çok tedirgindin. Kimsenin gözünden kaçmadı. Sende bir sıkıntı olduğunu düşünmüştüm. Aynı şekilde... Dana da öyle düşünüyordu."

"Hepimiz bir dursak, fazla üstüne gitmesek iyi olabilir" diyor Ian usulca.

"Burada olanlar hakkında hiçbir şey bilmiyorum ben!" diye karşı çıkıyor Riley.

Gwen de yanından "Söyle onlara" diyor, cüretkâr ve öfkeli bir sesle. "Neler yaşadığını anlat onlara. Anlat yoksa ben anlatırım!"

Riley, Gwen'e minnet dolu bir bakış atıp derin bir iç çekiyor ve ardından, dikkatle açıklamaya başlıyor. "Ben gazeteciyim." Biraz fazla uzun süre tereddüt ediyor. İçeceğinden bir yudum daha alıyor; artık kupasında kahveden çok Kahlua var.

"Ee? Ne olmuş?" diyor Henry tahrik edercesine. Riley, Henry'ye pek kafa yormamıştı ama şimdi ondan da nefret ediyor. Etrafına bakıyor. Gwen hariç hepsinden nefret ediyor. Buradaki tek arkadaşı Gwen.

"Afganistan'a gönderildim, çoğunlukla da Kâbil'deydim. Neredeyse üç yıl geçirdim orada. Korkunç şeylere şahit oldum." Sesi titremeye başlıyor. "Halktan bir sürü insanın, çocukların, bebeklerin öldürüldüğünü gördüm. Bombalarla kopan uzuvları öylece sokaklarda yatıyordu. Çok fazla zulüm..." Sesi artık ancak fısıltı gibi çıkıyor. Duruyor. Daha fazla konuşamıyor. Gwen bir kolunu omzuna atıyor. Riley, arkadaşının omzundaki koluna, onu yerinde tutan ağırlığına odaklanıyor. "Sonra esir alındım."

"Ne?" diyor Gwen apaçık bir şaşkınlıkla. "Bana bundan hiç bahsetmemiştin."

Riley önüne bakıyor. "Gizli tutulan bir şeydi. Altı gün boyunca, serbest bırakılmam için pazarlık yapılana kadar esir tutuldum. Her gün kafama silah dayayıp tetiği çekecekmiş gibi yapıyorlardı. Rasgele birini seçip oracıkta öldürüyorlardı." Artık bütün vücudu titriyor; utanacak bir şeyi olmadığını bilse de utanç duyuyor. "Yapabileceğimi sanmıştım. Bunlar önemli hikâyelerdi ve anlatılmaları gerekiyordu. O yüzden dayanabildiğim kadar dayandım. İnsan baş etmeye çalışıyor. Ta ki aklını kaçırana dek." Bir an duruyor. "Ama o olaydan sonra" derken fısıldayan sesi titriyor, "daha fazla katlanamadım."

Gwen şimdi geniş, dairesel hareketlerle sırtını sıvazlayarak onu yatıştırıyor. Diğerlerinin çıtı çıkmıyor.

Riley, sırtındaki sağlam elin hareketine odaklanıyor. Aslında iyi geliyor bunları içinden atmak. Herkes açıkça ona keçileri kaçırmış gibi bakarken iyiymiş gibi yapmaktan sıkıldı. Hiç değilse artık sebebini biliyorlar. Kendine bunun utanılacak bir şey olmadığını hatırlatıyor. Hastalığı, insanlığının bir göstergesi. Yeniden konuştuğunda sesini biraz daha sakin tutmaya çalışıyor.

"Eve dönmek zorundaydım. Şimdi iyileşmeye çalışıyorum. TSSB için ilaç kullanıyorum" diyor. "Korkunç görüntüler zihnimde belirip duruyor ve ne zaman ortaya çıkacaklarını hiçbir zaman kestiremiyorum. Bir ses duysam sanki kafamda bir şey tık ediyor ve oraya, kaosa, katliamın başlamasını beklediğim yere dönüyorum." Başını kaldırıp hepsine tek tek bakıyor; koyu renk battaniyelerinin yukarısındaki soluk yüzleri sanki kafaları bedenlerinden ayrılıp havada süzülüyormuş gibi görünüyor.

Gwen başını ona yaklaştırıp, "Ah, Riley... üzgünüm, hiç fark etmedim... başına gelenlerden hiç haberim yoktu" diye fısıldıyor.

Riley titreyen ellerini kavuşturuyor. "Dün gece, uykuya dalarken bir çığlık duydum sandım ama ciddiye almadım çünkü gerçek olmadığını düşündüm. Her gece uyumaya çalışırken çığlıklar duyuyorum." Sesini tekrar alçaltıp neredeyse fısıldıyor. "Ve her gece rüyamda da duyuyorum çığlıkları."

O sustuğunda, katıksız bir sessizlik çöküyor üzerlerine; ateşin çıtırtısından başka ses çıkmıyor. Rüzgâr bile bir an için diniyor.

Sonra Lauren, "Çok üzgünüm" diyor.

Henry bir şey söylemiyor.

Matthew gerginlik içinde tabancasını evirip çeviriyor.

Beverly kemiklerine işleyen soğukta büzüşüp battaniyesine sarınıyor. Riley'nin söyledikleri yüzünden fenalaştı. Arkadaşının sırtını sıvazlayan Gwen'i izliyor. Riley'nin dehşeti herkese tesir ediyor.

Beverly karanlıkta saklananlardan korkuyor. Katilin ateşin etrafında toplanmış bu insanlardan biri olduğunu sanmıyor. Katilin bir yerlerde pusuya yattığını düşünüyor. Kendini köşeye sıkışmış, gözleri ışıl ışıl, her nefesinde göğsü hızla inip kalkan bir fare gibi hissediyor.

Henry karanlıkta, şöminenin yanında oturuyor. Beverly çocukları Teddy ile Kate'i düşünüyor. Anne babaları eve dönmezse ne yaparlar? Tek istediği Henry'yle eve gitmek; kendine böyle söylüyor. Her şeyin eskisi gibi olmasını istiyor.

David, artık soğuduğu halde son zerresine kadar bütün kahvesini içiyor. Uyanık kalmalı. Dün gece çok az uyuduğundan gözleri kupkuru ve yanıyor. Küçük koyun sürüsüne bakıyor. Onları koyunlara benzetiyor çünkü korkuyorlar ve ne yapacaklarını bilemiyorlar.

Matthew onu huzursuz ediyor. Biraz saldırgan bir hali var. David tabancayı elinden almak istiyor ama zıtlaşmak istemiyor. Matthew'nun ne yapacağını kestiremiyor.

Hiçbirinin ne yapacağını kestiremiyor. Riley hakkında ortaya çıkanlar bazı şeylere açıklık getiriyor. Geçmişi ve yaşadıkları, dengesiz ruh halini, oradan oraya mekik dokuyan, sürekli etrafı tarayan gözlerini, gerginliğini, o kadar içmesini açıklıyor. Onun gazeteci olduğunu biliyordu ama son üç dört yılını Afganistan'da geçirdiyse belki de Riley onun hakkında hiçbir şey bilmiyordur. Belki de yalnızca David onunla değil de Gwen'le ilgilendiği için kıskanmıştır. Gwen de geçmişi hakkında hiçbir şey bilmiyor olabilir.

Öte yandan Gwen onunla konuşmak istediği bir şey olduğunu söyledi. Konunun karısının cinayeti olduğuna şüphe yok. Ya da, diye düşünüyor şimdi, belki Gwen'in kendisiyle ilgili bir şeydir. Belki hayatında biri vardır ve dün gece ona söylememiştir.

Bu geceyi atlatamazlarsa Gwen'le aralarında hiçbir şey olamayacak. Elindeki soruna kafa yorması gerek. Riley'nin de, ne bildiğini sanıyorsa onun da canı cehenneme.

David tıpkı bir vaka inceler gibi duruma analitik yaklaşmaya çalışıyor. En olası senaryoya göre Dana'yı nişanlısı Matthew öldürdü. Tartıştılar ve Matthew belki onu merdivenden ittirdi, belki de kazara oldu ama o noktada artık işini bitirmek zorunda olduğunu fark etti. Belki.

Ama Candice... belki o da Matthew ya da Dana hakkında bir şey biliyordu. Ya da belki Dana'nın ölümü hakkında bir şey biliyordu. Bir şey görmüş ya da duymuş olabilirdi. Dana ile Matt'i gizlice gözetliyor muydu acaba? Kim olduklarını biliyor olabilirdi. Kapılarından içeriyi dinlemiş, tartışmalarını duymuş, sonra da kapı açıldığında saklanıp Matthew'nun Dana'yı merdivenlerden ittiğini görmüş ya da duymuş olabilirdi. Öyleyse, neden bir şey söylememişti?

Belki polis gelene kadar bir şey söylemeye korkuyordu ve doğru zamanı bekliyordu. Ölümüne sebep olan buydu belki de.

Fikri sorulacak olsa Henry'ye katılırdı. O da katilin olasılıkla Matthew olduğunu düşünüyor. Tartıştıkları konusunda yalan söyledi; Dana'yı öldürmüş olma ihtimali en yüksek olan o. Candice bir şeyler biliyor olabilirdi ya da onlarla bir bağlantısı olabilirdi. Matthew da şüpheleri James ile Bradley'ye çekerek, otelde bir yerlerde başka birileri olabileceği fikrini destekliyor olabilirdi.

Ya da belki gerçekten de birileri, zevk için cinayet işleyen birileri vardı.

Ve eğer zevk için, sırf bunu yapabildiği için, canı istiyor diye birilerini öldürüyorsa, hiç kimse güvende değildi.

23

Cumartesi, 22.20

Gwen kanepeye gömülüp rahatlamaya çalışıyor. Burada, diğerleri etrafındayken görece güvende hissediyor. Bir gözü Matthew'nun üzerinde. Matthew tetikte; gözleri sanki bir tehlike arar gibi sürekli ötelerindeki karanlığı tarıyor. Ama bu uyanık hali hiç yatıştırıcı olmadığı gibi aksine daha da huzursuz ediyor. Gwen, David'e daha çok güveniyor. Varlığı ona kendini güvende hissettiriyor. Battaniyeyi boynuna kadar çekip kendi dünyasına dalıyor. Riley'nin hikâyesinin açığa çıkması onu rahatlattı. TSSB'si olduğunu, esir alındığını bilmiyordu ama bu bir şeyleri açıklığa kavuşturuyor. İnsanlar gerçeği öğrenince Riley'yi daha iyi anlar, ona destek olurlar diye düşünüyor. Gwen de daha fazla destek olmaya çalışacak.

Travma insanları değiştiriyor. Gwen kendinden biliyor bunu.

Karanlığa bakıp karanlık düşüncelere dalıyor.

Eğer buradan sağ çıkarlarsa –elbette sağ çıkacaklar buradan, şimdi hepsi bir arada ve hiçbir şey onları ayırmayacak, böyle söylüyor kendine– o zaman David'e kendi geçmişini anlatması gerekecek. Ama önce, *onun* kim olduğunu sormak istiyor. Riley'nin sandığı kişi olmadığını umuyor; bu umuda bu kadar sıkı sarılması onu korkutuyor. David'in bambaşka biri olduğunu, Riley'nin onu başkasıyla karıştırdığını umuyor. Öte yandan Riley genellikle haklı çıkar.

Önce buradan kurtulmaları gerek. Bir an için gözlerini kapayıp polisin gelmesi için dua ediyor.

Pazar, 00.05

Vakit gece yarısını geçtikten sonra esrar perdesi yavaş yavaş aralanmaya başlıyor. Lobi sessiz ama kimse uyumuyor.

Riley sessizliği katlanılmaz buluyor. Dehşet verici görüntüleri zihninden uzak tutmak için sohbete ihtiyacı var. Karanlığa, daha önce Dana'nın cesedinin bulunduğu yere bakıp bakıp o korkunç, ölü yüzünü hatırlıyor. Fuları boynuna sımsıkı dolanmış Candice'i düşünüyor. Cinayetleri düşünmek istemiyor, başlarına neler gelebileceğini düşünmek istemiyor artık. Böylece David Paley'yi düşünüyor. Bu aklını o kadar meşgul ediyor ki bir süre sonra tıpkı kaşımadan duramadığı bir yara haline geliyor. Riley artık kendini tutamıyor. Karşısında, sehpanın öbür tarafında oturan David de onun kadar uyanık. Riley ona doğru eğilip fısıldıyor: "Kim olduğunu biliyorum."

Bir an için onu duymazdan geleceğini düşünüyor. Bir kez daha, daha yüksek sesle sözlerini tekrarlamak üzereyken David ona doğru eğiliyor. Riley gaz lambasının ışığında yüzündeki cesur ifadeyi görebiliyor.

"Ne bildiğini sanıyorsun?" diye yanıtlıyor David alçak sesle. Ama fısıldamıyor.

Riley yanındaki Gwen'in gerildiğini hissediyor. Gwen onu engellemek için battaniyenin altından elini bacağına koyuyor ama Riley umursamıyor. "Dün gece adın tanıdık gelmişti ama sonra, bu sabah hatırladım." Artık Riley de fısıldamıyor. Şimdi diğerlerinin de dikkat kesilip dinlediklerinin farkında. David bakışlarını üzerine dikmiş, söyleyeceğini söylemesini bekliyor. Riley söylüyor. "Karısını öldürmek suçundan tutuklanan avukatsın sen."

Şömine etrafına toplanmış misafirler arasındaki sessizlik, şimdi bunu ilk kez duyan diğerlerinin şaşkınlığını da yükleniyor.

"Tutuklanan ve *aklanan"* diyor David sözcüklerin üstüne basa basa.

"Yani o sensin" diye tıslıyor Riley tatmin olarak. Haklı çıkmak iyi geliyor. Böbürlenme isteğiyle dönüp Gwen'e bakıyor ama Gwen'in bakışlarındaki nefreti andıran ifade yüzünden bir an için afallıyor. "Sana söylemiştim!" diyor Riley ona.

"Suçlamalar düştü" diyor David bu kez daha sertçe. "Onu ben öldürmedim." Şimdi tepkisini ölçmek için Gwen'e bakıyor.

"Suçlamaların düşmüş olması" diyor Riley, "suçlu olmadığın

anlamına gelmiyor. Sadece bunu kanıtlayamayacaklarını düşündükleri anlamına geliyor." Ardından pis pis sırıtarak kibirli bir tonla, "Suçlu hep kocadır" diyor.

"Kes sesini" diyor Gwen.

Riley şaşkın şaşkın ona bakıyor. "Sana iyilik yapıyorum. Bu heriften hayır gelmez demiştim sana."

"Suçlu olmadığını söylüyor" diyor Gwen.

"Ne yani, sen de ona inanıyor musun?" diyor Riley alay edercesine.

Lauren afallamış bir halde David'e bakıp, "Karın öldürüldü mü?" diyor.

"Evet" diyor David. "Ama ben öldürmedim."

Herkes bu bilgiyi sindirirken uzun, şaşkın bir sessizlik çöküyor. Sonra Ian soruyor: "Öldüren kişiyi yakaladılar mı?"

"Hayır."

"Bir dakika" diyor Henry suçlayıcı bir tonla. Ardından, "Sana neden inanalım ki?" diyor sesini yükselterek. "Burada oturmuş, birilerinin daha öldürülmesini beklerken karının öldürüldüğünü öğreniyoruz."

"Biraz sakin olalım" diyor Ian. "İzin verelim de hikâyesini anlatsın, olmaz mı?"

Riley gözlerini David'den ayırmadan, "Hikâyeyi ben anlatabilirim" diyor. "Bütün gazetelerde haberi çıkmıştı. Bazılarınız duymuştur. New York'lu saygın savunma avukatı bir akşam eve geliyor ve pahalı bir banliyödeki lüks evlerinin mutfağında karısını kanlar içinde yatarken buluyor. Kadın darp edilerek öldürülmüş." Saldıracakmış gibi David'e doğru eğiliyor. "Başına ağır darbe almış ve beli kırılmış, diye hatırlıyorum. Buraya kadar doğru mu?" diye soruyor ona. David cevap vermiyor ama donuk gözleri ona bakıyor.

Riley devam ediyor. "Eve geldiğinde onu ölü bulduğunu iddia etmişti. Fakat 911'i neredeyse bir saat sonra aramış. Karısıyla araları iyi değilmiş. Ayrıca kadının milyon dolarlık bir hayat sigortası varmış. David anında tutuklandı ama çok iyi bir avukat tuttu. Çünkü, bilirsiniz, çevresi geniş."

Tatmin olan Riley arkasına yaslanıp herkesin yüzüne tek tek bakıyor. Gwen hariç, onun yüzüne bakmaya cesaret edemiyor. Hepsi ilgiyle onu dinledi ve şimdi hepsi dik dik David'e bakıyor.

Hikâyesini Riley'nin o suçlayıcı, alaycı sesinden dinleyince kulağa ne kadar korkunç geldiğini biliyor David. Hepsinin gözlerini üzerine diktiğinin farkında ve –bir kez daha– kendini savunmak zorunda kaldığı için sinirleniyor. Her zaman kendini savunmak zorunda kalıyor. Şu anda Riley'den nefret ediyor. Onu ifşa ettiği için değil –çünkü ne de olsa insanların onu tanımasına, hakkında fısıldaşmalarına alışkın, sonuçta itibarı herkesin önünde ayaklar altına alınmıştı– ama çirkin amaçları yüzünden. Riley, Gwen'in onunla yakınlaşmasını engellemek istiyor. David bunu ona kendisi anlatacaktı ama şimdi Gwen hikâyesinin olabilecek en kötü versiyonunu dinledi.

David'in başına gelen şey asla yakasını bırakmayacak. Her zaman kendini savunması gerekecek. Her zaman ona inanmayan insanlar olacak. İnsanların ne isterlerse ona inandıklarını öğrendi David. Bu kadar kolay inanmaları da çok korkutucu.

Bir davanın ortasındayken çoğu akşam olduğu gibi o akşam da işten eve geç gelmişti. O davanın detaylarını şimdi hayal meyal hatırlayabiliyor; zaten sonunu getirememiş, şirketten bir başkası devralmıştı. Karısının vahşice öldürülmesi üzerine soruşturma başlatılmış, David tutuklanmıştı. Sonrasında aylarca çalışmadı.

O akşam eve gidişini hatırlıyor David. Evin büyük kısmı karanlıktı; verandadaki lambalardan biri yanıyordu ama evin içinde sadece mutfaktaki fırından gelen ışık vardı. Geceleri genellikle verandadaki lambayı açık bırakıp zemin katın gece lambası olarak kullanıyorlardı.

David o sıralar hep yaptığı gibi usulca kapıdan girdi. Eskisi gibi, karısının onu görmekten hâlâ mutlu olduğu zamanlardaki gibi "Barbara, ben geldim" diye seslenmedi. Paltosunu çıkarıp holdeki dolaba astı. İlk aklına gelen, karısının onu beklemeden gidip yattığıydı. O dönemde aralarının pek iyi olmadığı kesinlikle doğruydu. Evliliğinde sorunlar olduğunu inkâr edemezdi.

Tıpkı karısının hayat sigortası olduğunu da inkâr edemeyeceği gibi. Halihazırda maddi durumunun çok iyi olmasının pek önemi yoktu anlaşılan; insanlar maddi rahatlık içindekilerin bile gözünün doymayacağını düşünüyordu. David'e ağır bir darbe olmuştu bu. Aklı almamıştı. Onun da aynı miktarda sigortası vardı ama bunun da bir önemi olmamıştı. Bir milyon dolarlık bir hayat sigortasını abartılı bulmuşlardı.

Yorgun argın gidip salonda oturmuştu David. Davalar onu bitkin düşürüyordu. Bir süre orada oturup o gün mahkemede duruşmanın nasıl geçtiğini, yarın nasıl bir yol izlenebileceğini, sonra da hayatını ve Barbara'yla ilişkilerinin ne kadar güç bir durumda olduğunu düşündü. Kalkıp mutfakta kendine bir içki koyacak hali bile yoktu, ki sonradan anlaşıldığı üzere bu onun için çok talihsiz bir durumdu. Nihayetinde kalkıp karanlık salondan yemek odasına geçerek mutfağa gitti. Mutfağa girdiği an ensesindeki bütün tüyler diken diken oldu. Hâlâ sebebini bilmiyor. Kan kokusunu aldığını düşünüyor; bilinçli olarak farkında olmasa da. Sonra mutfak kapısına doğru gittiğinde onu gördü.

Karısı üstünde geceliğiyle yere yığılmış yatıyordu. Görünüşe göre kendine bir fincan bitki çayı yaparken saldırıya uğramıştı. Tezgâhın üzerinde bir fincan, yanında da açık bir poşet çay duruyordu. Ama karısı yerde, kanlar içindeydi. Darp edilerek öldürülmüştü. Başı ezilmiş, ölene kadar darbe almıştı. Bir kolu belli ki kırılmış, gövdesinin altında kalmıştı.

İnsanı felç eden böyle bir dehşet sırasında David'in ilk aklına gelen acı çekip çekmediği oldu. İlk darbenin onu gafil avlayıp avlamadığını, ilk darbede ölüp ölmediğini düşündü. Ama Barbara'yı tanıyor, son nefesine kadar mücadele ettiğini tahmin ediyordu. Her yerde kan vardı. Tabii ki mücadele etmişti. Barbara hiç uysal biri değildi. Kolu da gerçekten kırılmıştı. Daha sonra ona söylediklerine göre beli de kırılmıştı. Öldükten sonra acımasızca tekmelenmişti. David'den şüphelenmelerinin bir diğer sebebi de buydu; tutku suçuna benziyordu. Ama belki de sadece tutku suçu süsü verilmişti. David o zaman öyle düşünmüştü. Birinin ona tuzak kurduğunu düşünüyordu.

David nihayet konuşuyor. "Söylediklerinin çoğu doğru. O akşam geç saate kadar çalışıyordum. Eve geldiğimde içerisi karanlıktı. Karım Barbara'nın yattığını düşündüm." Derin bir nefes alıp veriyor. "Aramız iyi değildi, ayrılmayı konuşuyorduk. Sır değildi bu. O bazı arkadaşlarına söylemişti, ben de iş yerinde bir iki arkadaşıma söylemiştim. Ayrıca" diyor, doğruca Riley'ye bakarak, "bir milyon dolarlık hayat sigortası olduğu da doğru. Benim de vardı. Uzun yıllardır, evliliğimizin başlarından beri ikimizin de sigortası vardı."

Gruba bakıyor, gözleri nihayet Gwen'e yöneliyor. Yüzündeki ifadeyi okumaya çalışıyor ama çok karanlık. Gwen karşısındaki kanepede arkasına yaslanmış, karanlıkta oturuyor. "Onu ben öldürmedim. Eve geldiğimde ölmüştü. Onu mutfakta, yerde kanlar içinde yatarken buldum." Tereddüt ediyor. "Tavan lambasını açtım. Hayatımın... en korkunç anıydı." Bir an durup kendini toparlıyor. "O kadar çok kan vardı ki defalarca bıçaklandığını düşündüm. Ama etrafta bıçak yoktu. Çok korkunç darp edilmişti..." Yüzünü ellerine gömüyor.

Yavaşça ellerini indirip konuşmaya devam ediyor. "Hemen 911'i aradım. İşten eve gelip onu bulduğumu söyledim. Yaptığım hata, telefonda onu bulmadan önce neredeyse bir saat kadar salonda oturduğumu söylememek oldu. Bunu söylemek aklıma gelmedi. Mahvolmuş durumdaydım, sağlıklı düşünemiyordum. Sonra yan komşumuz polise benim garaj yoluna girip arabayı park ettiğim zamanı bildiğini söyledi. Farları görmüş ve tam saatini biliyormuş. Sonra, bana eve geldiğim saat ile 911'i aradığım zaman arasındaki tutarsızlığı sorduklarında hemen gerçeği söyledim ama şüpheli yaklaşıyorlardı. Beni tutukladılar. Ne de olsa" –Riley'ye acı bir bakış atıyor– "ben kocasıydım. Evliliğimizde sorun yaşadığımız biliniyordu. Sonra birileri sigorta konusunu gündeme getirip olay yarattı."

Derin bir nefes alıp veriyor. "Cehennem gibiydi. İnanılmaz bir kâbustu. Karım öldürülmüştü ve ben de bunun için tutuklanmıştım –nezarete atılıp kefaletten de mahrum bırakıldım– ve onu ben öldürmemiştim."

Herkes duyduklarını sindirmeye çalışırken uzun bir sessizlik çöküyor.

"Ama suçlamalar geri çekildi" diyor Gwen alçak sesle.

David ona bakıyor; Gwen şimdi biraz öne doğru eğilmiş. "Evet. Aleyhime delilleri yoktu. Cinayet sebebim olduğunu varsaydılar ama suçu bana yüklemek için tek bir fiziksel kanıtları yoktu. Suçu işleyen ben olsaydım üzerimde, kıyafetlerimde kan olurdu. O bir saat içinde onu öldürüp, temizlenip, delilleri nasıl yok ettiğimi çözmeye çalıştılar. Ama ellerinde hiçbir şey yoktu. Cinayet silahı bile yoktu."

"Aleyhime en ezici kanıt, mazaretim olmamasıydı. O bir saatte kendi salonumda oturuyordum. Ölüm saatinin benim eve geliş saatime çok yakın olduğu sonucuna vardılar. Katil her kimse onu birkaç dakikayla kaçırmış olmalıydım. Soruşturmadaki polisler komşuya bir şey görüp görmediğini sordular ama adam briç oynamaya gitmiş ve eve döndükten biraz sonra benim geldiğimi görmüş, o yüzden onun da bir yardımı olmadı. Diğer tarafımızdaki komşu da şehir dışındaymış, sokağın karşısındakiler de erken yatıyor. Kimse bir şey görmemiş." David ilgiyle onu dinleyen küçük gruba dikkatle bakıyor. "Herhangi biri arabasını sokağa park edip ön kapıya yürümüş ya da arka kapıdan gizlice içeri girmiş olabilir. Hiçbir şey çalınmamıştı. Eve zorla girildiğini gösteren hiçbir şey yoktu ama Barbara tanıdığı birine kapıyı açmış olabilir. Kimseden korkusu yoktu onun. Belki gizli bir ilişkisi vardı. Bilemiyorum. Hiçbir zaman bundan şüphelenmedim. Soruşturmada da öyle bir şey bulmadılar."

David başını yavaşça iki yana sallıyor. "Birileri onun ölmesini istiyordu belli ki ya da beni tuzağa düşürmek" diyor. "Kim olduğunu bilmekten daha çok istediğim bir şey yok." Alnında derin çizgiler beliriyor. "Suçlamaları geri çekmek zorunda kaldılar. Ama bu leke hayatımın bir parçası oldu. Alıştığımı söylemek isterdim ama alışmadım. Hiçbir zaman alışacağımı da sanmıyorum."

David tek tek hepsinin yüzüne bakıyor. "Bana inanmanızı sağlayamam. Ben gerçeği söyledim ama artık biliyorum ki insanlar inanmak istedikleri şeye inanıyor. Bu konuda elimden gelen bir şey de yok."

24

Gwen, David'in hikâyesinin iki tarafını da dehşete kapılarak dinledi. Şimdi battaniyenin altında öncekinden daha çok üşüyor.

Duydukları beklediğinden daha kötü. Başta onu sadece öldürülen kadının kocası olduğu için tutukladıklarını ve ardından çabucak hatalarını fark ettiklerini düşünmüştü. Ama olanlar kulağa çok daha muğlak, bir sonuca varmak için yetersiz geliyor. David'i mahkemeye çıkaracak kadar delil yokmuş. *Peki Gwen ona inanıyor mu?* Riley'nin haklı olduğu bir şey var, o da David'in dünyanın en iyi savunma avukatını tutmuş olacağı.

Eve gelişi ile 911'i araması arasındaki bir saatlik boşluğu kabul etmesi çok rahatsız edici. Üstelik o bir savunma avukatı. Ne yapacağını biliyordur; delilleri yok etmeyi ya da ortadan kaldırmayı biliyordur. Gwen neye inanacağını bilemiyor şimdi.

Henry koltuğunda huzursuzca kıpırdanıyor. Hızlı hızlı soluyor. Olaylar giderek daha gerçekdışı bir hal alıyor. Ortaya çıkan bütün bu gerçekler çok tuhaf. Esir alınıp kafasına silah dayandığından, sokaklara saçılmış kopan uzuvlardan bahseden Riley'nin bu kadar tuhaf davranmasına şaşmamalı. Şimdi bir de David'in geçmişi Henry'yi fena halde sarstı. *Tanrım, karısını mı öldürmüş?*

Olaya diğerlerinden biraz farklı bir açıdan yaklaştığını düşünüyor Henry. Biraz ötede oturan karısına dönüp bir süre gözlerini ayırmadan ona bakıyor. David'in karısını öldürdüğüne şüphesi yok. Çünkü onu anlayabiliyor. İnsanın karısını öldürmek için ani bir istek duymasını anlayabiliyor. Her şeyi bitirmek istemesini, dırdırsız bir hayata devam etmek istemesini anlayabiliyor.

Uzanıp hemen ötesinde duran demir maşayı almayı, olacaklardan habersiz karısının kafasına indirmeyi isterdi o da. Nasıl bir his olacağını, maşanın eline nasıl geleceğini çok iyi biliyor çünkü ara sıra ateşi karıştırıyor. Sanki ateşi körükleyecekmiş gibi uzanıp, sonra birdenbire kolunu kaldırıp olanca hızı ve gücüyle maşayı karısının kafasına indirerek beynini dağıttığını hayal ediyor. Karısı vaktinde başını kaldırıp ne yaptığını görür müydü? Yüzünde nasıl bir ifade olurdu? İlk darbede işi bitirmesi gerekirdi. Bir maşa bunun için uygun mu, yeterince ağır mı diye merak ediyor Henry. Kolunun gücü yeter mi? İşini sağlama almak için ona kaç kere vurması gerekir? Belki daha ağır bir şey olmalı...

Henry battaniyenin altında yumruğunu sıktığını fark ediyor. Sanki kapılıp gittiği bu fanteziden kurtulmaya çalışır gibi hızla gözlerini kırpıştırıyor. Tabii ki öyle bir şey yapmaz. Etrafta hiç kimse olmasa bile yapmaz bunu. Düşünce, eylem değildir. İkisi bambaşka şeyler. Ama o dürtüyü anlayabiliyor Henry. Bu yüzden David'in karısını öldürmüş olabileceğine inanmakta hiç güçlük çekmiyor.

Karanlıkta karısının da ona baktığını görünce bir an için acaba aklından geçenleri okuyabiliyor mu diye tedirginliğe kapılıyor.

Derken aklına bir fikir geliyor ve daha üzerine düşünmeden dile getiriveriyor. "Belki de Candice, *David'i* tanıyordu. Belki de *onun* hakkında bir kitap yazıyordu." David'e doğru eğiliyor. "Vakanın bütün gazetelere çıktığını söylemiştin."

"Saçmalık bu" diyor David alay edercesine.

"Acaba? Belki vakayla ilgili bir şey biliyordu ve kitabında bundan bahsedecekti. Sen de onun burada olacağını öğrenip meseleye bir son vermeye geldin."

"Tamamen saçmalık!" diyor Gwen sinirlenerek. "O zaman Dana'nın ölümünü nasıl açıklıyorsun? Ne diye kalkıp onu öldürsün? Çok saçma."

"Hayır, değil. Çünkü benim teorim şöyle: Matthew, Dana'yla kavga etti ve onu merdivenden aşağı itti. David de Candice'i öldürdü çünkü onu ifşa edecek bir kitap yazacaktı. İki olay arasında bir bağlantı yok; tamamen tesadüf."

"Kim olduğunu sanıyorsun sen?" diye çıkışıyor Beverly. "Hercule Poirot mu?"

Lauren yavaşça konuşuyor: "Dün akşam yemeğinde Candice'in David'e dikkatle baktığını gördüm gerçekten de. Matthew ile Dana ve David'le ilgileniyordu, başka kimseye de bakmıyordu. Senin sırtın ona dönüktü, David, ama kesinlikle sana bakıyordu."

Bunun üzerine çöken sessizliği Ian bozuyor. "Birer içki daha içmenin vakti gelmiş olabilir mi dersiniz?"

Bradley yerinden kalkmayınca Ian kalkıp servis arabasını kendine doğru çekiyor. Loş ışıkta görmek zor. Sehpanın üzerinden gaz lambasını alıp servis arabasının tepesine kaldırıyor. "Hâlâ bolca içki var" diyor.

Ian içkileri hazırlayıp servis ettikten sonra tekrar Lauren'ın yanındaki yerine oturup hüzünlü bir tonla söze giriyor. "Benim de bir hikâyem var. Pek büyük bir olay yok. Öyle karanlık sırlarım yok. Kimseyi öldürmekle suçlanmadım. Hiç tutuklanmadım. Hiç savaş bölgesine gidip katliam görmedim. Çocukluğum da oldukça normaldi. Anne babam ve iki erkek kardeşimle Iowa'da yaşıyordum." Bir an için susuyor. "Ama... on üç yaşımdayken, küçük erkek kardeşim öldü. On yaşındaydı. O ağır gelmişti."

"Ne oldu?" diye soruyor Gwen.

"Boğuldu. Bölgedeki gölde."

"Çok üzüldüm."

Ian başını sallayıp elindeki içkiye bakıyor. "Annem acıdan kendini kaybetti. Kardeşim göle tek başına gitmişti. Yanında biri olmadan gitmesine izin verilmiyordu ama hepimiz başka bir yerlerdeydik, o da tek başına gitmişti. Öyle bir çocuktu o. Dik kafalı, söz geçirmesi zordu. Söz dinlemez, sonuçlarını umursamadan canının istediğini yapardı hep. Akşam yemeğinde eve dönmeyince onu aramaya çıktık. Olmayan şey değildi, hep yemeğe geç kalırdık." Bir an için tereddüt ediyor, içkisinden bir yudum alıyor, ardından devam ediyor. "Onu ben buldum."

Lauren uzanıp elini tutuyor, kucağına koyuyor. Ian bunu ona anlatmıştı.

"Annemle babam bunu hiçbir zaman atlatamadı. Dünyaları başlarına yıkıldı. Normal çocukluğumu sekteye uğratan böyle bir şeydi işte."

"Trajik bir olaymış" diyor Riley içten bir sempatiyle.

"Üstünden çok zaman geçti" diyor Ian, içkisine uzanarak.

David dikkatle Ian'ı inceliyor. Bir süredir hepsini gizli gizli inceliyor. Ian'ın kardeşine olanları anlatışında onu rahatsız eden bir şey var.

David, ustalıkla yalan söyleyen sanıkları sorgulamaya alışkın. Genellikle bunu yaptıklarında anlayabiliyor. Gözlerin yukarı ve sola kaymasından; tereddüt anlarından; çabucak kaybolan yüz ifadelerinden. Gaz lambası Ian'ın yüzünü görmeye yetecek kadar ışık vermiyor. Ama Ian'ın gerçeği söyleyip söylemediğine dair fikri sorulacak olsa, hayır derdi.

Birinin yalanını yakalamanın her zaman mümkün olmadığını biliyor David. Daha önce yanıldığı oldu. Ayrıca yorgun ve stresli. İçinde bulundukları durum da hepsi için son derece sıra dışı. Ama şimdi, genel olarak sıcakkanlı, açık sözlü, alelade biri izlenimi uyandıran Ian'da sezinlediği bir şeyler onda uyarı sinyallerini yakıyor.

25

Odalarına gitmeye korkukları için battaniyelere sarınmış, alevi titreşen gaz lambası ve ateşi çıtırdayan şöminenin etrafında hep birlikte oturdurdukları lobiye tuhaf, güçlü bir mahremiyet hissi hâkim şimdi. İnsanı kışkırtan bir yanı var.

Lauren usulca konuşuyor: "Korkarım benim de karanlık sırlarım yok."

Bu pek de doğru değil. Kötü bir aileden kurtulup, kısa süre için de olsa koruyucu aile yanında korkunç bir zaman geçirdi ama hepsinden sağ çıktı. Başarılı biri oldu. İstemiyorsa bunu kimseyle paylaşmak zorunda değil. "Elbette hayatımda güçlükler oldu, bunları sizinle paylaşmayacağım. Ailevi problemler, bilindik şeyler. Kimsenin aile evinden sıyrıksız çıktığını sanmıyorum." Belli belirsiz gülümsüyor. "Ama kesinlikle saklayacak bir şeyim yok."

"Hiç mi yok?" diye üsteliyor Riley.

Lauren, ona inanmıyormuş gibi bakan Riley'yi inceliyor. Riley ondan pek hoşlanmıyor gibi. Gayet anlaşılır bir durum.

Lauren daha biraz önce fazla üzerine gitmiş, yüzüne karşı neredeyse ruh hastası olduğunu söylemişti. En azından artık ne derdi olduğunu ve sebebini biliyorlar. Yine de kendini Riley'ye ezdirmeyecek.

"Buna inanmak neden bu kadar zor ki?" diye soruyor açıkça.

Riley omuz silkip başını çeviriyor.

Lauren uzatmamaya karar veriyor.

Ama Henry araya girip, "O zaman uyku hapları ne oluyor?" diye sorunca Lauren gafil avlanıyor.

"Uyumakta zorlanıyorum. Hep öyleydim. O yüzden uyku ilacı kullanıyorum."

"Doğru" diyor yanından Ian, başını sallayarak.

Sonra şaşırtıcı şekilde Riley, Gwen'e dönüp, "Madem itiraf saati, sen de *kendi* karanlık sırrını anlatsana?" diyor.

Lauren şaşkınlıkla, Riley'ye ters bir bakış atan Gwen'i izliyor. Ama Riley şaraptan çabucak sarhoş oldu ve görünüşe bakılırsa sağduyusuyla birlikte kontrolünü de kaybetmek üzere. Alkollüyken kaba ve sarsak davrandığı Lauren'ın dikkatini çekmişti. Şimdi neler olacağına dair güçlü bir meraka kapılıyor. Riley'nin Gwen hakkında ne bildiğini merak ediyor. O da bilmek isterdi, doğrusu.

"Düş yakamdan Riley" diyor Gwen.

Kalbi telaşla çarpıyor. Sıkıştırılıp sırlarını ifşa etmek istemiyor. Gwen geçmişini kimseyle paylaşmak istemiyor. Olanları bu yabancıların önünde anlatmak istemiyor. David'in önünde anlatmak istemiyor. Özellikle de bu şekilde.

Yine de eteğindekileri dökmenin, olanları Riley'den başkasına anlatmanın nasıl hissettireceğini merak ediyor. Belki onu özgürleştirir; o zaman kendini affedebilir belki. Riley de artık bunu ona karşı kullanamaz. Belki de arkadaşlıkları sona erer.

Karşısındaki David'e bakıyor; yakışıklı yüzünde anlaşılmaz bir ifade var. Ona sırrını söylemek istiyor, nasıl tepki vereceğini görmek istiyor. Öte yandan karşısında nasıl bir adam olduğunu bile bilmiyor. Karısını öldürmüş bir adam olabilir David; delilleri ortadan kaldırabilecek kadar soğukkanlılıkla hem de. Henry onun Candice'i öldürmüş olabileceğini ileri sürmüştü. Gwen ne düşüneceğini şaşırıyor. Keşke bu korkunç, ücra yerdeki otele hiç gelmemiş olsalardı; keşke aklını karıştıran David dahil bu insanların hiçbiriyle tanışmamış olsaydı.

"İyi misin?" diye soruyor David.

Onun için endişelenmesi Gwen'e çok çekici geliyor ama buna karşı gardını almalı. Birden kendini ruhsuz, duygusuz hissediyor. "İyiyim."

Sesinin onu uzaklaştırmak istercesine sert çıktığının farkında. Bu korkunç insanların hepsini uzaklaştırmak istiyor; özellikle de tabancasıyla oynayıp duran Matthew'yu. Ama durup, seni herkesten iyi tanıyan, dünyanı yerinde tutacağına inandığın birini aniden, vahşi bir şekilde kaybetmenin insana kendini kaybettirebileceğini söylüyor kendine.

Pazar, 01.10

Gwen'in terslemesine alınan David bitkinlikle yeniden koltuğuna gömülüyor. Matthew'nun tabancasıyla oynaması herkesin sinirini bozuyor.

"Matthew, bırak şu tabancayı, herkesi huzursuz ediyor" diyor birdenbire.

Matthew'nun elleri duruyor ama tabancayı bırakmıyor. "Siz burada oturup bekleyebilirsiniz. Ben o puştun peşine düşeceğim" deyip aniden ayağa fırlıyor. "El feneri nerede?"

"Gidemezsin" diyor David ona kati bir dille. "Tek başına hiçbir yere gidemezsin, tabancayla bile. Çok tehlikeli."

"Umurumda mı sanki?" Matthew diğerlerine aşağılayan bir bakış atıyor. "El fenerini verecek misin vermeyecek misin?"

"Pili bitmek üzere" diye hatırlatıyor David, Matthew feneri elinden çekip alırken.

"Yapma bunu" diyor David. Tam da bundan, grubun dağılmasından korkuyordu. Bir arada kalmaları gerektiğini düşünüyor David. Matthew'nun tek başına çekip gitmesini istemiyor. Diken üstünde, sinirleri çökmüş bir adamın elinde tabancayla ortalıkta dolaşması kimse için iyi olmayacak. David'in küçük sürüsü dağılmak üzere. Dışarıda bir yerlerde, sürüden ayrılıp karanlığa koşacak yeni kurbanını bekleyen birileri olabilir. *Ya da katil oracıkta, aralarında olabilir.*

Matthew'nun gitmesine izin vermeli mi?

Belki bir yerlerde öldürülür, o zaman katilin onlardan biri olmadığını bilirler. Matthew'yu yem olarak kullanmanın cazibesine kapıldığını fark edince içi bulanıyor.

"Benimle gelmek isteyen var mı?" diye soruyor Matthew.

David kendiyle mücadele içinde; diğerlerini bırakıp o da Matthew'yla gitse mi? Tedirginlik içinde Matthew'yu izleyen diğerlerine bakıyor. Cevap veren de çıkmıyor.

"İyi, tek başıma giderim."

"Ama..." diyor Gwen, "Onu nasıl bulacaksın ki? Oteli köşe bucak aradık. Yanımızda kal. Sabah hep birlikte yola çıkarız." Duraksıyor ve ardından ekliyor: "Lütfen."

Matthew ona son bir kibirli bakış atıp merdivene doğru yöneliyor ve yavaş yavaş karanlığın içinde kayboluyor.

Grubun kalanı korku dolu bir sessizliğe bürünürken Beverly tedirginlik içinde onları izliyor. Şöminenin etrafında oturan dokuz kişi kaldı: Gwen ile David karşı karşıya oturuyor. Lauren ile Ian kanepelerden birinde, Henry ile ikisi de karşılıklı koltuklarda oturuyor. Gwen'in yanından kalkıp ateşe doğru giden Riley ayakta dikiliyor. James ile Bradley de birbirine yakın oturuyor.

Matthew bu hareketiyle kendi ölüm fermanını mı imzaladı diye merak ediyor Beverly.

David aniden ayağa kalkıp bir açıklama geveliyor ve Matthew'nun peşinden zifiri karanlığa dalıyor.

"Tam bir aptal" diyor Riley arkasından.

Beverly içinden David'in geri dönmesi için dua ediyor. Buradan canlı çıkmak istiyor. Bu geceyi çıkarmak istiyor. David'in onları bırakıp gitmiş olmasını kaldıramıyor.

Dana'nın kaybı Matthew'yu derinden sarstı.

Matthew karanlık merdiveni çabucak, elindeki fenerin cılız ışığını çiçek desenli halıya doğru tutarak çıkıp eski otelin üçüncü katına giriyor.

Koridorda duraksıyor. Burası ne kadar soğuk ve karanlık, diye düşünüyor. Morg kadar soğuk. Aşağıdan bir ses işitiyor. Omzunun üzerinden arkasına, giderek karanlıklaşan merdivene bakıyor. Fenerin cılız ışığını kapatıyor ve artık hiçbir şey göremiyor. Sonra David'in ona seslendiğini duyuyor. Ses aşağısından, ikinci kattan geliyor gibi.

Matthew cevap vermiyor. David diğerlerinin yanına dönmesini istemekten başka şey yapmayacak. Ama Matthew kendini bu küçük grubun parçası olarak görmüyor. Ayrıca tabancası var. Kalbi güm güm atarak sağ taraftaki koridora girip sessizce bütün kapıları açık mı diye kontrol ederek usulca ilerliyor. Elleri terli. Bütün kapılar beklendiği gibi kilitli. Koridordan geriye, merdivene doğru ilerleyip oturma odasından içeri bakıyor. Bir an kıpırdamadan duruyor. Pencerelerden incecik bir ışık huzmesi içeri giriyor; burası koridora kıyasla biraz daha az karanlık. Ama mobilyaların belli belirsiz konturlarından başka bir şey göremiyor; koltuklar, kanepeler boş ve uğursuz görünüyor. Sonra birilerinin üçüncü kata çıktığını duyuyor. Çabucak oturma odasına girip duvarın arkasında bir muhafız gibi kıpırtısız duruyor. Tabancayı daha sıkı kavrıyor. Gelen David; alçak sesle ona seslendiğini duyabiliyor. David oturma odasının önünden geçerken içeri bakıp bir şey göremeyince koridorun öbür tarafından ağır ağır ilerlemeye devam ediyor. Kısa bir süre sonra Matthew, David'in hizmetli merdiveninden indiğine kanaat getiriyor.

Böylece çıkıp koridorun öbür ucuna ilerliyor. Malzeme dolabının kapısı kilitli değil, tokmağı çevirince açılıyor. Matthew içeri girip feneri yakıyor, çabucak tekrar söndürüyor. Koridorda ilerlemeye devam edip arka merdivenin önüne geliyor, kapıyı itip açıyor ve karşısında dar sahanlığı buluyor. Kapı arkasından kapanıyor. Matthew kıpırdamadan durup etrafa kulak kabartıyor. David'in artık arka merdivende olmadığına emin olunca tekrar feneri yakıyor. Yavaşça, bütün duyuları açık, ikinci katın sahanlığına iniyor.

Feneri tekrar söndürüp dikkatle ikinci katın kapısını açıyor. Artık David'in ona seslendiğini duymuyor; muhtemelen pes edip lobiye döndü. Dana'yla kaldıkları oda burada, ikinci katta.

Kulak kabartarak ikinci katın koridorunun ilerisine bakıyor. O kadar karanlık ki fener kapalıyken burada başka biri olup olmadığını görmek mümkün değil. Sessizce koridordan ilerleyip malzeme dolabını ve oturma odasını kontrol ediyor, sonra arka merdivenlere dönüp bir kez daha zemin kata iniyor. Hizmetli merdiveni mutfağın önünden geçen karanlık bir koridora açılıyor. Otelin arka tarafındaki koridorda sessizce ilerleyip köşeyi dönünce kendini kütüphanenin önünde buluyor. İçeri giriyor. Fransız kapılardan içeri incecik bir ay ışığı vuruyor şimdi. Bir an için öylece durup etrafa bakınıyor.

Sehpanın üzerinde açık duran büyükçe bir kitap ilişiyor gözüne. Feneri yakınca buza gömülmüş bir on dokuzuncu yüzyıl gemisinin resmini görüyor. Kitabı kimin okuduğunu merak ediyor. Feneri etrafa tutup baktıktan sonra tekrar söndürüyor. Burada da bir şey bulamayınca Matthew kapıya dönüp eşikte duraklıyor. Sağa doğru giderse bir oturma odası daha bulacak ve lobiye dönecek. Bunu istemiyor. Böylece sola doğru, otelin arka tarafından geri dönüyor. Bu kez odunluğun kapısı gözüne ilişiyor. Tereddüt ediyor, ardından kapıyı itip açıyor.

26

Riley, David'in gittiğine memnun. İhtiyatsız davrandığını düşünüyor ama gittiğine memnun. Belki kendini öldürtür.

Boğuk bir ses, otelde bir yerlerde bir kapının kapanma sesi duyulunca sinirleri geriliyor.

"O neydi?" diyor korkuya kapılarak.

Henry tedirginlikle cevap veriyor: "Muhtemelen Matthew ya da David'dir."

Riley küçük gruplarının dışında olup bitenlere kulak kabartıyor ama tek duyabildiği pencereleri döven rüzgârın sesi. Fırtına yarın dinse de dinmese de, ne kadar yavaş ya da güçlükle ilerleseler de anayola çıkıp yardım istemeye çalışmaya mecburlar.

Hayatı üzerindeki kontrolünü geri kazanmasına ya da en azından buna çabalamasına yardım eden terapisti Donna geliyor aklına. Onun yardımıyla olumsuz düşünceleriyle başa çıkmayı öğreniyordu. Riley'nin bu hafta sonunu atlatmak için alkole başvurması Donna'nın hiç hoşuna gitmezdi. Ne var ki Riley ücra yerde bir otelde bir grup yabancıyla birlikte mahsur kaldı ve birileri öldürülüyor. Kendini Donna'nın ofisinde, bütün bunları ona anlatırken hayal ediyor. *Korkunç şeyler yaşamışsınız,* derdi Donna. Evet, yaşadı. *Bu nedenle, zihniniz bazen size oyunlar oynayacaktır,* derdi.

"İyi misin sen?" diyor Gwen birden. Nasıl olduysa Gwen şimdi önünde dikiliyor. Kanepeden kalktığını görmemişti. Ama şimdi önünde çömelmiş, yüzünde endişeli bir ifade, dikkatle gözlerinin içine bakıyor.

"Bilmiyorum" diye fısıldıyor Riley. Gwen telaşlı bir ifadeyle ona bakınca, bu kez hüsranını belli eden bir tonla "Bilmiyorum" diye tekrarlıyor. Tuhaf bir yerde Riley. Cehennem de hayali bir yer değil, gerçek. Gerçek bir yer ve aynı zamanda da bir ruh hali. Aklının tuzaklarına düştüğünü, korkunun, paranoyanın ve tepki verme ihtiyacının onu ele geçirmeye başladığını hissediyor. Bunu hiç istemiyor. Hiç yeri değil. Hiç zamanı değil. Gwen'in elini sımsıkı tutuyor. "Yanımda kal" diyor.

Gwen, "Tabii ki" deyip yanına oturuyor. Aralarındaki gerginlik geride kalmış gibi görünüyor, en azından şimdilik. "Seni bırakmam" diye söz veriyor Gwen.

Matthew, odunluğun içinde, kapı yakınlarından gelen beklenmedik bir tıkırtıyla irkiliyor. Hızla sesin geldiği tarafa dönerken ayağı takılınca el fenerini daha yakamadan yere düşürüyor. Hiçbir şey göremez halde, karanlıkta bir şeyin kıpırdadığını seziyor. Tabancasını soğuktan ve gerginlikten beceriksizce kavrayıp yukarı kaldırıyor. Karanlıkta rasgele ateş ediyor.

David elinden geldiğince Matthew'nun izini sürdü. El yordamıyla merdiveni çıkıp ikinci katın koridorunu dolaştıktan sonra ana merdivenden üçüncü kata çıktı. Usulca Matthew'ya seslene seslene koridorun önce batı tarafından, sonra doğu tarafından ilerleyip nihayet kendini hizmetli merdiveninin kapısında buldu.

Kapıyı açıp dikkatle kulak kesildi. Çıt çıkmıyordu. Arka merdiven de zifiri karanlıktı. Bir fener için neler vermezdi. Matthew'yu bulmak zorundaydı. Matthew'nun aklı başında değildi; herhangi birine ateş edebilirdi.

Usulca, "Matthew?" diye seslendi. Cevap yoktu. Ama Matthew o karanlık merdivende olabilirdi. Belki de fenerini söndürmüştü. "Benim, David." Bekleyip kulak kesildi ama cevap gelmedi. Dikkatle sahanlığa girdi. El yordamıyla tırabzanı aradı. Ayağıyla birinci basamağı yoklayıp buldu. Ağır ağır, her basamağı ayağıyla yoklayarak, etrafa kulak kabartarak inmeye başladı. Neredeydi bu Matthew? Karanlıkta olup biteni anlamanın bu kadar zor olması sinirlerini bozuyordu. Karanlık öyle katıksızdı ki insanın dengesini altüst ediyordu. Uzayda, yerini belirten hiçbir şey olmadan, öylece süzülmek gibiydi. Tutunacak hiçbir şeyi yokmuş gibi hissediyordu; o sabah Dana'nın öldüğünü öğrendiklerinden beri böyle hissediyordu David.

İkinci katın sahanlığına çıktı ve tereddütle duraksadı. Başı zonkluyordu. İkinci katın öbür ucundaki odasında, çantasında duran asprin şişesine fena halde ihtiyaç duyuyordu.

David kapıyı açıp karanlık ikinci kat koridoruna çıktı. Kulak kesilerek öbür taraftaki odasına doğru ilerledi. Kapıya vardığında güçlükle anahtarı sokup kilidi açtı ve rahatladı, odası koridor kadar karanlık değildi. Perdeleri açık pencerelerden incecik bir ay ışığı huzmesi sızıyordu içeriye; sonra ışık kayboluverdi. David kapıyı arkasından kapayıp el yordamıyla çantasını aradı. Çanta yerde, komodinin yanında duruyordu. Asprini alıp lavaboya gitti. Bir bardak bulup su doldurdu ve hapları yuttu. Diğerleriyle birlikte öyle bir gerginlikle o kadar zaman geçirdikten sonra birkaç dakikalığına bile olsa yalnız kalmak rahatlatıcıydı. Bir an önce bütün bunların sona ermesini diliyordu. Çok yorgundu. Yatağa uzanıp örtülerin altına gömülmek, bir daha da kalkmamak istiyordu. Ama onun yerine, havanın soğuğuna rağmen birkaç dakika boyunca yüzüne buz gibi soğuk su çarptı.

Biraz kendine gelince odasından çıkıp zemin kattaki arka koridorda Matthew'yu aramaya devam etmek üzere hizmetli merdivenine döndü. Mutfakta, kilerde ya da zemin kattaki herhangi bir odada olabilirdi.

David şimdi arka merdivenden inerken silah seslerini duyuyor. Bütün vücudunun şokla sarsıldığını hissediyor, korku zihnine hücum ediyor. David olduğu yerde durup silah seslerinin nereden geldiğine odaklanmaya çalışıyor. Zemin katta bir yerlerden geldiğini sanıyor. Odunluktan gelmiş olabilir. Basamakların kalanını sendeleyerek, elinden geldiğince hızla iniyor. Soluğu tıkanıyor. Ya Matthew'ya bir şey olduysa? Ya David geç kaldıysa?

Matthew elindeki tabancanın teptiğini hissediyor ve dönüp hızla kaçıyor. Ne gördüğünden emin değil, neye ateş ettiğini bilmiyor. Orada kalıp öğrenmek de istemiyor. Tabancayı sımsıkı kavrayarak odunluktan fırlayıp karanlık koridordan ilerliyor. Sendeleyerek kütüphaneye dönüyor. Durup soluklanırken kendi nefesinin sesinden başka seslere kulak vermeye çalışıyor.

Silah sesi Riley'nin kontrolünü tamamen kaybetmesine sebep oluyor. Aniden Gwen'den ayrılıp ayağa fırlıyor. Gwen onu sakinleştirmeye çalışıyor ama Riley fazla telaşlı. Birden sanki kaçması gerekiyormuş gibi ön kapıya doğru gidiyor. Gwen, Riley'nin ne yaptığının farkında olmadığını anlıyor; düşünmeden hareket ediyor, yalnızca tepki veriyor.

"Riley!" Gwen arkasından sesleniyor ama boşuna. "Dur!"

Riley kapıyı açıyor, arkasından kapamadan, rüzgârın şiddetle estiği karanlık bahçeye fırlıyor.

Gwen bir an tereddüt ettikten sonra bakışlarıyla diğerlerinden çaresizce yardım istiyor, sonra askıdan montunu kapıp Riley'nin peşinden dışarı çıkıyor. Ayağında spor ayakkabıları var. Feneri ya da gaz lambası yok, yolunu el yordamıyla bulmak zorunda. Ay bulutların arkasına saklanmış, gökyüzü kapkara. Aceleyle Riley'yi takip ediyor. Gwen karanlıkta dışarı çıkmaktan çok korkuyor ama Riley'yi tek başına bırakamaz. Keşke David yanında olsaydı.

Buz gibi soğukta, ilerisinde bir yerlerde Riley'nin buzun üzerinde düşe kalka ilerlediğini, paniğe kapıldığını, hızlı soluklarını duyabiliyor. Riley'nin peşinden, buz tutmuş bahçeden geçerken güçbela ayakta durabiliyor. Orada olduğunu unuttuğu kırık ağaç dalına sertçe çarpıp düşüyor, çıplak elleriyle zeminde doğrulmaya çalışıyor. Riley'nin ürkmüş bir hayvan gibi amaçsızca koştuğunu fark ediyor. Sadece koşuyor Riley. Nerede olduğunun farkında bile olmayabilir. Yetişip onu sakinleştirmesi gerek. Onu içeriye, güvenli yere dönmeye ikna etmesi gerek.

Arka taraftan birtakım sesler duyuyor. Bir an için durup arkasına bakıyor. Kapı eşiğinde loş ışıkta Bradley ile James'in hatlarını seçebiliyor; yardıma geliyorlar. Kapı kapanınca yine karanlık çöküyor. Gwen arkasından hızla ona yetiştiklerini duyabiliyor. Omzunun üzerinden geriye bakınca Bradley ile James neredeyse dibine gelene kadar hiçbir şey göremiyor. Sonra, ona yaklaştıklarını görünce peşinden geldikleri için büyük bir minnet duyuyor. Onların da feneri yok; hepsi karanlıkta süzülüyor.

"Ne tarafa gitti?" diye soruyor Bradley.

"Bilmiyorum. Önümdeydi ama artık sesini duyamıyorum. Nereye gittiğini bilmiyorum" diyor Gwen telaş içinde.

Otelin kapısı yeniden açılıyor ve Gwen açık kapıdan gelen cılız ışıkta Lauren ile Ian'ın da onlara katılmaya geldiğini görüyor. Lobide kalan, araları bozuk çift Beverly ile Henry'yi düşünüyor. Ya başlarına bir şey gelirse? Öte yandan bunu pek o kadar umursamıyor. Onlara karşı bir sorumluluğu yok; birincil görevi Riley'ye yardım etmek. Katil buralarda bir yerde olabilir ve Riley gidip kucağına düşebilir. Gwen otele sırtını dönüp karanlığa bakıyor.

"Riley!" diye bağırıyor. Herkes kıpırdamadan durup kulak kabartıyor.

Ne var ki rüzgârda savrulan ağaçların sesinden başka şey duyulmuyor.

"Dağılsak iyi olur" diyor Bradley. Gwen onun sağına, James de soluna doğru yol alıyor.

Gwen ormanın kenarındaki ağaçların sol tarafından, buzun üzerinde doğruca karşıya, garaj yoluna doğru ilerlerken ayağı kayıyor, düşüyor, eldivensiz elleri buzlu zemine değdikçe buz kesiyor. Riley nereye gitti?

Artık kimseyi göremiyor. Buralardalar ama hepsi yeniden karanlığın içinde kayboldu. Ağaçlar ve çalılıklar karanlıkta uğursuz görünüyor. Onu bulmamız gerek, diye geçiriyor Gwen içinden, dikkatle, ağır ağır kayarak ilerlerken.

27

David'in kalbi öyle hızlı atıyor, öyle sığ, hırıltılı nefesler alıyor ki kendi korkusundan hiçbir şey duyamıyor. Sağ elini zemin kat koridorunun duvarına dayayıp odunluğun kapısına kadar ilerliyor. Varınca derin bir nefes alıp kapıyı iterek açıyor. Feneri olmadığı için yine kendine sövüyor.

"Matthew?" diyor. "Orada mısın?" Çıt çıkmıyor. Ve hiçbir şey görünmüyor.

Riley soğuk, buzlu karanlığın içinde delice koşturuyor. Korku onu ele geçirdi, hareketlerini o kontrol ediyor. İçgüdüsel olarak saklanacak bir yer, çömelip gözlerden kaybolabileceği bir yer arayan Riley buzun üzerinde düşe kalka durmadan koşuyor. Siper alması gerek. Ötesindeki ormana doğru körlemesine ilerliyor. Zihninin gizli koridorlarında bir yerlerden bir ses ona saklanıp çıt çıkarmamasını söylüyor. Ormanın kıyısına varınca emekleyerek çalılıkların arasına giriyor. Çömelip iki büklüm oturuyor. Gözlerini sımsıkı yumup ellerini kulaklarına örterek bütün duyularını dünyaya kapamaya çalışıyor.

Gwen ömründe hiç bu kadar korkmamıştı.

Diğerlerini göremese de yakınlarda olduklarını bilmek biraz olsun korkusunu yatıştırıyor. Sanki karanlık bir girdabın içinde tek başına yuvarlanıyormuş gibi hissediyor. David'i düşünmeye, silah seslerinin ne anlama gelebileceğini aklına getirmeye bile katlanamıyor. Biri daha mı öldü? Yakında geriye kimse kalmayacak mı diye merak ediyor. Yaşamak istiyor ama eğer ölecekse, son ölen olmayacağını umuyor. Buna katlanabileceğini sanmıyor. Gwen tamamen savunmasız. Odalarındaki yazı masasının üzerinde gördüğü mektup açacağı aklına geliyor. Keşke onu yanına almış olsaydı.

Bahçeyi geçip garaj yoluna doğru, buzun üzerinde her adımında ayağı kayacak korkusuyla ilerlemeye devam ediyor. "Riley!" diye bağırıyor. "Neredesin?" Garaj yolunda birkaç adım daha ilerledikten sonra durup kulak veriyor. Hiçbir şey göremiyor, ötesinden de hiçbir ses gelmiyor. Bir el feneri için neler vermezdi! Birdenbire vahşi bir uğultu işitiyor. Çakallardır, diye düşünüyor. Ya da kurtlar. Dehşet içinde olduğu yerde donakalıyor. Nasıl düştüler bu duruma?

Birden artık başka kimsenin sesini duyamadığını fark ediyor. "Bradley?" diye sesleniyor telaşla. Ama Bradley cevap vermiyor. Kimse cevap vermiyor. Belki de şiddetli esen rüzgârın sesinden onu duyamıyorlar. Gwen kalbi delicesine çarparken güçbela nefes alabiliyor. Arkasını dönüp otele doğru bakıyor; diğerlerinin sesi en son oradan gelmişti. "Bradley? Lauren?" diye bağırıyor bir kez daha, bu kez daha yüksek ve korku dolu bir sesle. Kimse cevap vermiyor. Gwen'in aklı duruyor. Orada tamamen bir başına.

Daha fazla ilerlemiyor, yerinden kıpırdamıyor. Kimsenin yerini bilmiyor, oralarda bir katil olup olmadığını bilmiyor. Göğsüne nefesini kesen bir acı saplanıyor.

Ağır bir şeyin yere düştüğünü duyar gibi oluyor ama sesin nereden geldiğini anlayamıyor. Girdap gibi karanlıkta rüzgâr dört bir yanından eserken her şey çok karmaşık geliyor; duyularına güvenmiyor. Öylece, hiçbir şey yapmadan duruyor. Ne kadar uzun süre kımıldamadan durduğunu bilemiyor. Zaman algısını tamamen yitirdi. Belki bir dakika, belki on dakikadır duruyor yerinde. Öyle korkuyor, öyle üşüyor ki, istese de kıpırdayabileceğini sanmıyor. Kaburgalarındaki sızının dinmesini beklemeye mecbur.

Sonra kollarını uzatıp Bradley, James, Lauren ya da Ian'ı arayarak otele doğru ilerlemeye başlıyor. Ona kendini daha az yalnız hissettirecek birilerini arıyor Gwen; korkusunu biraz olsun dindirecek birilerini arıyor. O sırada bile Riley'yi kaderine terk ettiğini düşünüyor. Arkadaşı hassas bir durumda, korkudan mantığını yitirdi ve ona ihtiyacı var.

Ama umurunda değil. Şu an için kendinden başkasını düşünemez. Bir an karanlığın içinde durup şiddetle titreyerek kulak kesiliyor; katilin yakınlarda olduğuna, diğerlerini çıt çıkarmadan öldürdüğüne inanıyor artık. Sıradaki kurban olacağından öyle korkuyor ki buzun üzerinde adımlarını sakınmadan düşe kalka, hıçkıra hıçkıra ağlayarak otele doğru koşuyor. Ateşin aydınlattığı lobiye dönmek için çaresizce, karanlığın içinde yükselen kocaman otele doğru ilerliyor.

Lobide bir başlarına kalan Henry ile karısı korkudan sessizlik içinde, hiç kıpırdamadan oturuyor. Henry sönmeye başlayan ateşe bakan karısını izliyor. Ateşe bir kütük daha atması gerek.

Otelde bir yerlerde David, silahlı ve olasılıkla bir katil olan Matthew'yu arıyor; Gwen ile Riley dışarıda. James ile Bradley'nin iki kadının peşinden gitmeleri gerektiğini düşünmelerini anlayabiliyor ama onlar gidince Lauren ile Ian'ın da peşlerine düşmelerine anlam veremiyor. Gwen ile Riley'yi kendisi ile Beverly'ye tercih ettikleri için onlara kızıyor. Şimdi kendi başlarının çaresine bakmak zorundalar. Ya katil onların peşine düşerse?

Henry karısını dikkatle izliyor. Artık ona karşı en ufak bir sevgi kırıntısı kalmadı içinde. Çocuklarını seviyor, onlara karşı hisleri değişmedi. Ama karısında... tiksintiye kapılmasına sebep olan bir şeyler var. Açık tenli gevşek uyluklarını, bacaklarında harita çizgileri gibi dolaşan damarlarını düşünüyor. Fazla ağır gelen göğüslerini, sanki hayat katlanılacak bir şeyden ibaretmiş gibi yüzünden hiç silinmeyen o bıkkın ifadeyi düşünüyor.

Hepsi bu kadar da değil. Sorun karısının *onu* nasıl gördüğü. Fazla kilolu aile babası. Biraz şapşal. Hayatının büyük bölümünü geride bırakmış, bir daha asla heyecan verici ya da ilginç bir şey yapmayacak biri. Karısının kendisi hakkında böyle düşündüğünü bilirken yakınlarında olması ondan nefret etmesini sağlıyor. Ne demişti ona? *Sadece zor bir dönemden geçiyorsun...* Onu hor görüyordu; hep de görmüştü. Jilly ise hiç öyle davranmıyordu. Ona hayranlık duyuyordu. Onu ilginç ve çekici buluyordu. Hayatının kalanını onunla geçirmek istediğini söylemişti. Ondan bıkmazdı, Beverly'nin söylediği gibi.

Karısı hayatının kalanını onunla geçirmek *istemiyordu* ama geçirirdi. Olaylar böyle gelişmeseydi. Tek düşündüğü görevlerdi onun. Yapmalı etmeli tiranlığı. Şunu yapmam gerek ya da şunu yapman lazım. *Evde daha fazla zaman geçirmelisin. Çocuklara daha fazla vakit ayırman lazım. Terfi etmeye bakman gerek.*

Henry şimdi ateşi karıştırmak üzere ayağa kalkıyor. Sağ eliyle maşayı alıyor. Tuhaf şekilde zaman yavaşlamış gibi geliyor. Maşayı sımsıkı tutuyor. Karısı hemen yanında oturuyor. Çok kolay olurdu. Kimse görmezdi. Diğerlerinin peşinden koşup bir şeyler uydururdu...

Maşayı sımsıkı kavrıyor.

David odunluğun zemininde, Matthew yerde bir yerlerde yatıyor olabilir diye elleriyle etrafı yoklayıp ayaklarını sürüyerek ilerliyor. Ona sesleniyor ama cevap alamıyor. Böylece kendini zorlayıp talaş dolu zeminde emekleyerek Matthew'yu aramaya koyuluyor. Odun kesmek için kullandıkları kütüğün yanına gelince telaşlı elleriyle tırtıklı yüzeyi yokluyor.

El fenerinden başka şey bulamıyor.

Riley ormanda iki büklüm oturmuş, hayatının en korkunç anlarından bazılarını yeniden yaşarken bütün bedeni korkudan ve soğuktan titriyor. Kurbanların anıları, çığlıklar, acı, ölüm, hepsi bir olup üstüne çullanıyor. Ellerini kulaklarına bastırıp seslere kulaklarını kapamaya çalışsa da işe yaramıyor çünkü bütün kargaşa kafasının içinde. Gözlerini sımsıkı kapıyor ama boşuna çünkü görüntüler kendi zihninde.

Matthew birilerinin kütüphaneye yaklaştığını duyuyor. Her kimse ses çıkarmamaya çalışıyor. Birdenbire Fransız kapıların dışında bulutlar dağılıp ayı meydana çıkarıyor ve belli belirsiz bir ışık huzmesi kütüphaneye sızıyor. Matthew yüzü kapıya dönük duruyor. Tabancası elinde, birkaç kurşunu daha olduğunu biliyor.

Ardından... kapı eşiğinde beliren David'i görüyor. "Ah, senmişsin" diyor. Açıklıyor: "Birilerinin yaklaştığını duyar gibi olmuştum ben de, odunlukta..."

"Tabancayı bana versen iyi olur."

Matthew tabancayı uzatıyor.

Pazar, 01.45

Gwen kapıyı açıp sendeleyerek lobiye giriyor. Henry ile Beverly'yi hâlâ orada, bıraktığı gibi bulduğuna neredeyse şaşırıyor. Elinde maşayla şöminenin yanında duran Henry irkilip aniden maşayı elinden bırakıyor, demir maşa takır tukur yere düşüyor.

Gwen onları ölü bulsa şaşırmazdı.

Merdivenin yakınlarında bir yerden, karanlığın içinden birdenbire David çıkageliyor. Matthew da yanında. Gwen'in içi öyle rahatlıyor ki bayılacak gibi oluyor.

Henry bakışlarını ondan ayırıp David ile Matthew'ya bakarak, "Ne oldu?" diye soruyor.

"Bir şey olmadı. İyiyiz, bir şeyimiz yok" diyor David kısaca. "Diğerleri nereye kayboldu şimdi?"

Gwen, "Dışarıdalar" diye fısıldıyor, bütün vücüdu titreyerek.

"Riley silah sesini duyunca koşup dışarı çıktı. Diğerleri de peşinden gitti" diyor Henry.

"Onu bulamıyoruz" diyor Gwen. "Seslendiğimizde cevap vermedi. Etraf çok karanlık. Diğerleri hâlâ dışarıda, onu arıyor." Titremesine engel olamıyor.

"Tanrım" diyor David. "Biz de çıksak iyi olur. Onu bulmamız gerek." Sesinden çaresizlik okunuyor. Gwen'e dönüp, "Sen Beverly ve Henry'yle burada kal" diyor.

"Hayır! Ben de geliyorum." Gwen, David'in yanından ayrılmayacak. Onunla güvende olur. Riley'yi bulmaları gerek.

"Bizi bırakıp gidecek misiniz?" diye kekeliyor Henry.

Kimse cevap vermiyor.

28

Matthew verandadan kaya kaya inip karanlığa dalıyor. David arkasından bakıp, başka yönlere dağılmaları ne kadar akıllıca diye düşünüyor. Ama Riley'yi bulmaları gerek ve kaybedecek zamanları yok. Dağılırlarsa daha fazla alanı tarayabilirler.

"Montunu giydi mi?" diye soruyor David, Gwen'e.

Gwen başını iki yana sallıyor. "Üstünde sadece kazak var" diye mırıldanıyor.

David sessiz bir küfür savuruyor. Ağır ağır ilerlerlerken David rüzgârın uğultusundan başka bir şey duymuyor. "Kimse yok mu?" diye bağırıyor ama rüzgâr sözcükleri ağzından koparıp yutuveriyor.

Ellerini ağzının kenarlarına dayayıp, "Kimse yok mu?" diye tekrarlıyor.

"Ben buradayım." Ian'ın sesi garaj yolu tarafında bir yerlerden geliyor.

"Başka kim var?" diye bağırıyor David.

Sonra yakınlardan daha cılız bir ses, Lauren'ın sesi geliyor. "Ben buradayım, doğu tarafında, ağaçların yakınında. Onu görmedim."

Böyle bir yere varamayacaklarını düşünüyor David ümitsizliğe kapılarak. Fenerinin ışığı olmadan burnunun ucundaki elini bile göremiyor, diğerlerinin hiçbirinde fener de yok. Yürürken dengesini zar zor sağlayabiliyor. Gwen'e dönüyor. "Riley ne yapar sence? Nereye gider?"

Gwen, David'in dibindeki yüzüne alık alık bakıyor. "Bilmiyorum. Düşünerek hareket ettiğini hiç sanmıyorum. Garaj yolundan aşağı doğru yola mı koştu yoksa ağaçların arasına mı saklandı, hiçbir fikrim yok."

"Her yer ağaçlık" diyor David hüsranla.

Ellerini ağzının kenarlarına dayayıp sesleniyor: "Bradley? James?"

"Buradayım" diye yanıtlıyor James. Sesi David'in sağ tarafından, otelin batısından geliyor. "Ben de onu görmedim. Ama hiçbir şey görünmüyor. Cevap da vermiyor. Bradley nereye kayboldu?"

David birden tedirginliğe kapılıyor. Bradley neden cevap vermedi? Belki ormana varmıştır, onları duyamıyordur. Gwen'le sendeleye sendeleye ormana doğru ilerliyorlar.

Ağaçlara yaklaştıklarında David boğuk bir çığlığın ardından birinin yere düştüğünü duyuyor. Sonra acı dolu bir inilti işitiyorlar. Sağ taraflarında, arkalardan bir yerden geliyor ses.

David avazı çıktığı kadar, "James!" diye bağırıyor. Dönüp sese doğru hızlı hızlı ilerlemeye çalışıyor. Gwen'in nefes nefese, sarsak adımlarla peşinden geldiğini duyuyor.

"Bradley!" Bu James'in sesi. Sesindeki çaresizlik tınısını duyan David tepeden tırnağa ürperiyor.

Onlara ulaşmak için delicesine, giderek daha hızlı kayarak ilerlerken Gwen ona yetişmekte zorlanıyor. David nihayet James'i gördüğünde, gözlerini kapayıp karşısındaki manzaradan kurtulmak istiyor. Fenerinin cılız ışığı, buz kaplı karın üstünde yatan Bradley'nin üzerine eğilen James'i aydınlatıyor; Bradley cansız görünüyor.

David onlara doğru ilerliyor. Bradley karın içinde yüzükoyun yatıyor. Dışarı çıkarken beresini takmamış; ensesinde berbat bir yarık var. Etrafındaki kar kana bulanmış.

James başını kaldırıp ona baktığında yüzü acıdan neredeyse tanınmaz halde. "Yardım et!" diye haykırıyor. "Ona yardım etmen gerek!"

David yanına, karın üstüne diz çöküp fenerin cılız ışığını Bradley'nin yüzüne tutuyor. Bradley'nin gözleri kapalı, dudakları morarmış. Ölü görünüyor. David nabzını yokluyor ama bir şey duyamıyor, yine de buz kesmiş, uyuşmuş, titreyen elleri yüzünden duyamadığını umuyor bir an için. Ama ne çare. Nabız alamıyor. Bradley ölü.

James içler acısı bir inilti koyuveriyor. David'in duyduğu en korkunç ses bu; çaresizliğin kulakları sağır eden sesi, oğlunu kaybeden bir babanın acılı sesi. David sese katlanamıyor. Başını kaldırıp Gwen'e bakınca gözlerinden korkusunu okuyabiliyor. David topukları üzerine oturuyor; o da ağlamak istiyor.

Diğerlerinin paldır küldür yaklaştığını duyuyor. Feneri onlara doğru tutuyor. Matthew'yu görüyor; arkasında da Lauren var.

"Ne oldu?" diye haykırıyor Lauren yanlarına geldiğinde, henüz onu görmeden.

"Uzak durun" diye uyarıyor David.

Güçbela ayağa kalkıp ışığı etrafa tutuyor. Karın içinde koyu renkli bir şeye rastlıyor. Ona doğru koşuyor. Yerde koyu renkli, kana bulanmış bir şey var. Daha önce de görmüştü bunu. Biçimi tanıdık geliyor. Biraz daha bakıyor ve sonra ne olduğunu anlıyor; verandadaki demir çamur sıyırıcı bu. Biri onu alıp Bradley'yi öldürmüş olmalı. Ama kim? Ne zaman? Bir yabancı mı? *Yoksa Riley'yi aramaya çıkanlardan biri mi?*

Hızla arkasını dönüp onlara bakıyor.

Lauren ışığın aydınlattığı küçük halkaya yaklaşıyor, sonra aniden duruyor. Karın içinde Bradley'yi ve başında çömelen babasını görüyor.

"Aman Tanrım" diye fısıldıyor, gördüklerini sindirmeye çalışarak. "O...?"

"Ölü" diyor David boğuk bir sesle.

"Ah, Tanrım, ben de bir bak..."

"Uzak dur" diye tekrarlıyor David. "Onun için yapabileceğin bir şey yok. Çok geç."

"Emin misin?" Lauren sakinliğini kaybediyor. "Ölmüş olamaz! Olamaz!" David'i aşıp Bradley'ye ulaşmaya çalışıyor. "Belki hayattadır! Belki yardım edebiliriz ona!"

David başını iki yana sallayıp yolunu kesiyor. Lauren ağlamaya başlıyor ve hıçkıra hıçkıra David'in göğsünü dövüyor. "Yapabileceğin bir şey yok" diyor David.

Birilerinin yaklaştığını duyuyor; gelen kişi yaklaştıkça solukları sıklaşıyor. Yanlarında beliren Ian durup manzaraya bakıyor.

"Olamaz."

Ian, oğlunun bedeninin üstüne kapanmış ağlayan James'i izliyor. Omuzları sarsıla sarsıla hıçkırıklara boğulan James ona annesinin sonu gelmeyen yasını, döktüğü yaşları hatırlatıyor. Ian başını çeviriyor.

"Onu burada bırakamayız" diyor David nihayet, alçak sesle.

Herkesin aklından geçeni söylemesine gerek yok: Onu burada bırakırlarsa hayvanlar dadanacak. Çakallar, kurtlar. *Kim bilir başka ne dadanacak,* diye geçiriyor içinden Ian.

Nihayet James kendini karın üzerinde geriye doğru atıyor; gözlerinde boş bir ifade var şimdi.

"Telefonunun şarjı olan var mı?" diye soruyor David. "Onu kıpırdatmadan önce fotoğrafını çekmek istiyorum."

Hepsi başlarını iki yana sallıyor.

"Kahretsin" diyor David.

"Onu nereye götüreceğiz?" diye soruyor Ian usulca David'e.

"Bence buzhaneye götürsek iyi olur" diyor David. "Otelin etrafından dolaşmaktansa içinden geçelim, daha kolay olur."

Ian hüsran içinde başını sallayıp Lauren'a dönüyor. "Sen James'i içeri götür. Bunu biz hallederiz" diyor, David, Matthew ve kendisini işaret ederek.

Lauren başını sallayıp David yavaşça James'i ayağa kaldırırken bekliyor.

Peşlerinde perişan Gwen'le birlikte otele doğru ilerlemeye başladıklarında üç adam Bradley'yi kaldırıyor. Ne var ki onu taşırken buzun üzerinde durabilmek mümkün değil. Onu sürüklemek zorunda kalıyorlar. Karın üzerinde kandan bir iz bırakarak ilerleyip onu verandaya çıkarıyor, ardından tekrar kaldırıp lobiye taşıyorlar.

Bir süreliğine onu yere bırakıp dinleniyorlar. Ian doğrulup soluklanırken başını kaldırınca, Bradley'nin cesedine bakan Beverly ile Henry'yi görüyor. İkisi de şokta, dilleri tutulmuş. Ian tekrar cesede bakıyor.

David evli çifte dönüp, "Onu buzhaneye götürüyoruz" diyor.

Soğuğa katlanabildikleri sürece Riley'yi aramak üzere tekrar dışarı çıkıyorlar. Bu kez hepsi birbirine yakın duruyor; birbirlerinden korkuyorlar. Ama Riley ümitsiz çağrılarına yanıt vermiyor. İliklerine işleyen soğukta, zifiri karanlıkta ilerlemek çok güç. Onu bulamıyorlar. Asla bulamayacaklar. Riley bulunmak istemiyor.

Pazar, 03.10

Beverly, sessizce otele dönen diğerlerini izliyor, Riley yanlarında değil. Hepsi montları ile botlarını çıkarıp yenilgiyle ateşin etrafında bir yere oturuyor.

Beverly zavallı Bradley gibi Riley'nin de öldüğünü düşünüyor. Onu bulamadıklarına neredeyse seviniyor çünkü bir ceset daha görmeye katlanamayacak. Ölüme hiç bu kadar yakın olmamıştı. Ölüm sanki tepesinde dikilmiş, doğru ânı bekliyormuş gibi hissediyor. Berbat bir his bu.

Bradley'yi içeri getirdiklerinde Ian'ın yüzünde tuhaf bir ifade görür gibi olmuştu. Daha önce rastlamadığı, tüylerini diken diken eden soğuk bir bakış vardı gözlerinde. Beverly gördüğü şeyden emin değil; Ian'ın yüzündeki ifade çabucak gelip geçti. Hayal gördü belki de.

Gwen uyuşuk bir halde kanepeye yığılıp kalıyor. Riley dışarıda bir yerlerde ölü ya da ölmek üzere. Tamamen Gwen'in suçu; buraya gelmeyeceklerdi. Önüne bakıyor, ellerinin titrediğini görüyor. İçlerinden herhangi birinin katil olabileceğini kavramaya başlıyor.

Henry dalgın dalgın ateşe bakıyor. Üç kişi öldü –Riley de ölmüş olabilir– ama karısı hâlâ orada.

İşin sonunu getiremedi, son anda engel oldular. Tereddüdü fazla uzun sürdü. Korkak! Ama tam karısının beynini patlatırken geri dönebilirlerdi ve o zaman köpek sürüsü gibi üstüne çullanırlardı.

"Henry" diye fısıldıyor Beverly; sesi o kadar alçak ki söyleyeceğini duymak için kulağını ağzına dayaması gerekiyor. Nefesinin kokusunu alabiliyor. Acaba aklından geçenleri biliyor olabilir mi diye düşünüyor.

"Sanırım katilin kim olduğunu biliyorum."

Henry başını kaldırıp karısının karanlıkta parıldayan korku dolu gözlerine bakıyor.

29

Ian, Beverly'nin bakışlarından hoşlanmıyor. Kocasının yanına gitti ve şimdi iyice sokularak kulağına bir şeyler söylüyor. Bir süredir kocasından epey uzak durduğu için ilginç bir durum bu. Ian ona ne söylediğini merak ediyor. Onun hakkında bir şeyler söylüyor olabilir.

Ian karanlığın içinde oturup düşüncelere dalıyor.

Henry bu cinayetleri kimin işlediğini bilmek istiyor. Gerçekten de Matthew ile David olduklarını düşünüyordu. Birbiriyle ilişkisi olmayan iki cinayet. Ama Bradley'nin cinayeti durumu değiştirdi.

Karısı kulağına bir şeyler fısıldayıp onu bu cinayetleri bir kaçığın işlediğine neredeyse ikna ediyor. Beverly katilin Ian olduğunu düşünüyor. Onda bir tuhaflık olduğunu düşünüyor. Ama cinayetleri işleyen oysa Lauren bunu biliyor olmalı, diyor Beverly içinden. Hep birlikteler. Bilmesi gerekir.

Henry bunu biraz düşünüyor. Karısının pek çok sinir bozucu özelliği var ama aptal değil. Henry karısının gördüğünü görebilecek mi diye gözlerini kısıp dikkatle Ian'a bakıyor. Onu birilerini öldürürken hayal etmeye çalışıyor.

Ian'ı katil olarak hayal etmenin pek de zor olmadığını fark ediyor çünkü bu hafta sonu Henry'ye bir şeyler öğretti. Kendisinin de bir katil olabileceğini anladı. O yüzden başka herhangi birinin katil olması da pek uzak gelmiyor şimdi ona.

Lauren'ın Ian'ı koruyup korumadığını merak ediyor. Şimdi karşısında oturan Lauren'a farklı bir gözle bakıyor. Aşk için yapmayacağı ne var, kim bilir. Nefrete kıyasla aşkı anlamak ve neye kadir olduğunu kestirmek çok daha zor.

Lauren kanepede huzursuzca kıpırdanıyor. Uğuldayan rüzgâr hâlâ pencereleri şiddetle dövüyor. Lobiye iyice kasvet çöktü. Sehpanın üzerindeki lambanın gazı usul usul tükeniyor, ateşin de tekrar körüklenmesi gerek.

Polis gelene dek daha ne kadar bekleyeceğiz?

Ateşin etrafına toplanmış diğerlerini inceliyor. İlk geldikleri zamana göre ne kadar farklılar, diye düşünüyor, cuma akşamı kokteyl içtikleri zamanı hatırlayarak. Herkes ne kadar neşeli, ne kadar rahattı. Bradley'nin neşeyle içki hazırlayışını düşünüyor. Yakışıklı Matthew –şimdi bambaşka görünüyor– ve ışıltı saçan, göz kamaştıran kız arkadaşını düşünüyor; Dana şimdi buzhanede yatıyor. Fuları boynuna dolanmış Candice'i düşünüyor.

David'in katilin kim olduğunu düşündüğünü bilmek istiyor Lauren.

Şimdi neler olacağını merak ediyor.

James şok ve acıdan yerinde duramıyor. Düşünceler zihninde dönüp duruyor. Birkaç yıl önce Bradley'nin uyuşturucu satmaya başladığını hatırlıyor. Oğlu kolay yoldan biraz para kazanma fırsatı bulduğunu düşünmüştü ama işler beklediği gibi gitmemişti.

James birden silkelenip sandalyesinden fırlıyor ve haykırmaya başlıyor. "Kim yaptı bunu? Oğlumu hanginiz öldürdü?" Acı ve öfkenin onu ele geçirdiğini hissediyor. "Neden? Kim ne diye öldürsün benim oğlumu?" Tek tek her birinin yüzüne bakarken suçlayıcı sesi gürlüyor. Onları korkuttuğunu yüzlerinden okuyabiliyor.

David kalkıp ona yaklaşıyor, onu sakinleştirmeye çalışıyor ama James sakinleştirilmek istemiyor. Cevap istiyor o.

"Bilmiyorum, James" diyor David. "Çok üzgünüm. Ama öğreneceğiz. Oğlunu kimin öldürdüğünü öğreneceksin."

"Sizden biri öldürdü onu!"

"Burada başka biri yoksa eğer" diye hatırlatıyor Lauren sesi titreyerek.

"Burada başka kimse yok!" diye haykırıyor James. Sonra yeniden koltuğuna yığılıp yüzünü ellerine gömerek hıçkırıklara boğuluyor.

Pazar, 03.30

Saat epey geç olsa da Lauren'ın hiç uykusu yok. Herkes huzursuzca birbirine bakıp duruyor. Henry ile Beverly hariç. Onlar yan yana oturmuş, dikkatle onu ve Ian'ı izliyor. Sinirlerini bozuyor bu durum. Ne düşündüklerini merak ediyor.

Nihayet Henry'ye dönüp, "Neden gözlerini dikmiş, öyle bakıyorsun bize?" diye çıkışıyor.

"Bakmıyorum" diyor Henry, çabucak bakışlarını kaçırarak.

"Evet, bakıyordun" diye itham ediyor Lauren. "Söylemek istediğin bir şey mi var?"

Ortam çok gergin. Lauren'ın umurunda değil. Onlara neden öyle baktığını bilmek istiyor ve buna bir son vermesini istiyor.

Ama Beverly söze girerek onu şaşırtıyor.

"Bir şey görür gibi oldum."

David, Beverly'ye dönüyor. "Ne? Ne gördün?"

"Ian'ın yüzünde bir ifade gördüm" diyor Beverly.

"Neden bahsediyorsun?" diye soruyor David sabırsızlıkla.

"Bradley'yi içeri getirdiğinizde Ian'ın ona baktığını gördüm."

"Hepimiz ona bakıyorduk" diyor Lauren tersleyerek. "Ne olmuş?"

"Mesele ona bakarkenki *yüz ifadesi*" diyor Beverly tedirginlik içinde.

"Ne demek istiyorsun sen?" diye soruyor Ian.

Şimdi Beverly daha cesur bir ifade takınıp Ian'a bakarak, "Ona bakarken sanki... sanki öldüğüne sevinmişsin gibi görünüyordun" diyor.

"Ne?" Ian şoka uğramış görünüyor. "Saçmalık bu!" diye itiraz ediyor.

"Bu ne cüret!" diye bağırıyor Lauren bakışlarını Ian'dan Beverly'ye çevirerek. "Yanı başındaydım. Öyle bir şey yoktu."

Beverly ona dönüp kendinden emin bir şekilde, "Ne gördüğümü biliyorum ben" diyor.

"Kafandan uyduruyorsun" diyen Lauren gözucuyla Ian'a bakıyor.

"Karım böyle bir şey uyduruyor olamaz" diyor Henry onu savunarak. Ateşin ışığında yüzü kızarıyor, sesi saldırgan çıkıyor. "Neden uydursun ki?"

Lauren buna bir cevap bulamıyor.

David, Beverly'nin bu çıkışına şaşıp kalıyor. Söylediklerine ne kadar güvenilebileceği şüpheli. Şahitlerin ne kadar güvenilmez olabileceğini çok iyi biliyor. Siyah araba görüp kırmızı diyorlar. Burunlarının ucundakini görmezken hiç orada olmayan şeyler görüyorlar. Beverly'nin gördüğünün ne kadarı kendi korkusunun yansıması? Ama şimdiye dek oldukça aklı başında görünüyordu.

Yine de kendisi de, kardeşinin ölümü hakkında yalan söylediğini sezdiğinden beri Ian'dan şüpheleniyor. Uyku haplarını düşününce Lauren'ın, Dana'nın öldürüldüğü gece Ian'ın nerede olduğunu bildiğine ne kadar güvenebileceklerini sorguluyor. O da Ian hakkında daha fazla bilgi edinmek istiyor. Onu sıkıştırmak istiyor.

Gwen konuşmaları dehşetle takip ediyor. Görünüşe göre Beverly, Ian'ı cinayet işlemekle suçluyor. Gwen buna ihtimal veremiyor; Ian çok çekici, cana yakın biri, üstelik harika bir gülümsemesi var. Birdenbire Shakespeare'den bir dize geliyor hatırına; nerede geçiyordu? *Kişi gülümser, gülümser, yine de haindir kişi.* Şimdi Gwen'in bütün kasları, tepeden tırnağa bütün bedeni kaskatı kesiliyor. Cinayetleri Ian işlemiş olabilir. Lauren uyku ilacı alıp ölü gibi yatarken Ian çıkıp Dana'yı öldürmüş olabilir. Candice öldürüldüğünde Lauren'la birlikte yukarıdaydı. Bradley öldürüldüğündeyse diğerleri gibi o da karanlıkta koşturuyordu. Çok karanlıktı; pekâlâ onu o öldürmüş olabilir. Gwen ellerini sımsıkı yumuyor.

Sehpanın üzerinden David'e bakıyor ama ne düşündüğü yüzünden okunmuyor.

"Aklıma takılan bir şey var" diyor David. Şimdi hepsi dönüp, dikkatle Ian'ı inceleyen David'e dönüyor. "Kardeşin hakkındaki hikâyeyle ilgili."

"Ne alakası var şimdi bunun?" diye soruyor Ian ters ters.

"Sadece, kulağıma pek doğru gelmeyen bir şey var da" diyor David.

"Böyle düşünmenin sebebi nedir?" diye soruyor Ian, tedirginlik içinde dudaklarını yalayarak.

Gwen onları izlerken içi bulanıyor.

"Genellikle insanların yalan söylediğini anlarım" diye söze giriyor David. Öne doğru eğilip aydınlığa çıkıyor. "O hikâyede başka bir şeyler var mıydı? Bize anlatmadığın bir şey?" Bir an durup bekliyor, ardından ekliyor: "Eğer varsa, şimdi paylaşsan iyi olabilir."

Ian tedirginlikle yutkunup durumunu değerlendiriyor. David yalanını yakaladı. Kardeşi hakkında yalan söylemişti gerçekten de. Ian köşeye sıkışmış hissediyor.

"Pekâlâ" diyor, alçak ve gergin bir sesle. Başını kaldırıp avukata bakıyor. "Haklısın. Kardeşimle ilgili her şeyi söylemedim."

"Şimdi bunun ne önemi var, bilemiyorum" diyor Henry. "Kardeşinden kime ne ki?"

David ona susmasını ima eden bir bakış atıyor. "Ben neden yalan söylediğini bilmek istiyorum."

"Daha önce bunu kimseye söylemedim" diyor Ian gerginlikle. Gözucuyla Lauren'a bakıyor. "On üç yaşındaydım. Jason da on yaşındaydı. Baş etmesi zor bir çocuktu. Onunla vakit geçirmekten, ona göz kulak olmaktan hoşlanmıyordum. Jason o gün göle gitmek istedi. Tek başına gitmesine izin verilmiyordu. O yüzden ben de onunla gittim. Ama sonra aptalca bir sebepten kavga ettik. Çok inatçıydı. Sinirlendim ve çekip gittim. Onu orada bırakıp gittim. Suya gireceğini düşünmedim. Girmemesi gerektiğini biliyordu." Duraksayıp derin bir nefes alıp veriyor.

"Daha sonra eve gidip onu bulamayınca göle döndüm. Suyun yüzeyinde sürükleniyordu; ölmüştü. Ve onu bırakıp gittiğim için bunun benim suçum olduğunu biliyordum. Onu bırakıp gitmemeliydim. Hayatım boyunca bu yükü taşımak zorunda kaldım."

"Annemle babama yalan söyledim. Göle birlikte gittiğimizi bilmiyorlardı. Tek başına gittiğine, onu benim bulmamın tesadüf olduğuna inanmalarına izin verdim. Bunca yıldır bu suçlulukla yaşıyorum. Ve annemle babam hâlâ bilmiyor." Başını kaldırıp diğerlerine bakıyor. "Kanunen suçlu muyum, bilmiyorum. Onu orada bırakıp gittim ve o zamandan beri de yalan söylüyorum. Muhtemelen suya gireceğini de biliyordum. Size de herkese anlattığım hikâyeyi anlattım; annemle babama bile böyle anlattım." David'e bakıyor; Lauren'a bakmaya korkuyor. "Gerçeği ilk kez söylüyorum." Hüsran içinde koltuğunda geri yaslanıyor. "Artık hepiniz biliyorsunuz."

30

Lauren şaşkın gözlerle sevgilisi Ian'ı izliyor. Sonra gözucuyla avukata bakıp ne düşündüğünü kestirmeye çalışıyor. David şimdi sanki Ian'a inanıyormuş gibi görünüyor. Ama Lauren neye inanacağını şaşırmış durumda. Belki olay Ian'ın anlattığı gibi olmuştur, belki de Ian kardeşini göle itmiştir. Belki onu suyun altında tutmuştur.

Ian daha önce ona erkek kardeşinin hikâyesini anlatmıştı; orijinal versiyonunu, yalan olanı.

Ian yanında oturuyor, bedenleri birbirine değiyor ama şimdi Lauren geri çekiliyor. Ian şaşkınlık ve dehşet içinde ona bakakalıyor.

"Neden gerçeği söylemedin?" diyor Lauren, bir an için gözlerinin içine bakarak.

"Annemle babama bile söylemedim! Sana söyleyemezdim... Seni kaybetmekten korkuyordum." Yalvarırcasına gözlerinin içine bakıyor şimdi Ian. "Öyle olmasını istemedim. O zamandan beri kendimi suçlamadığım bir günüm oldu mu sanıyorsun? Annemle babamı her düşündüğümde suçlu hissetmediğimi mi sanıyorsun? Onlarla her konuştuğumda?"

Lauren bakışlarını çeviriyor.

"Yapma, Lauren. Bunun aramızı bozmasına izin verme."

Lauren bir süre için cevap vermiyor. Sonra karanlıkta ona dönüyor. "Anne babana gerçeği söylemeliydin." Kulağa biraz fazla kibirli geliyor sözleri.

"Çocuktum" diye kendini savunuyor Ian.

Lauren kanepede Ian'dan biraz daha uzaklaşıyor ve yüzüne bakmadan, gergin bir ses tonuyla konuşuyor. Herkesin gözlerini üzerine diktiğini hissediyor. Derin bir nefes alıp, "Artık çocuk değilsin. Ve gerçeği söylememiz gerek, Ian. Gerçek eninde sonunda ortaya çıkar."

"Ne?" diyor Ian, şaşkınlıkla.

"Bize söylemek istediğin nedir?" diye soruyor David.

Lauren gönülsüzce devam ediyor. "Öğle yemeğinden sonra yukarı çıktığımızda birlikte olduğumuzu söyledim ama aslında biraz yalnız kalıp kitap okumak için üçüncü kattaki oturma odasına gitmiştim. Ian da biraz kestireceğini söyledi. Yanında değildim." Ian'ın yanında huzursuzca kıpırdandığını hissediyor. "Söylediğimiz gibi bütün akşamüzeri birlikte değildik."

"Neden yalan söylediniz?" diyor Beverly.

"Çünkü Ian'ın bu işle bir ilgisi olduğunu düşünmedim" – Lauren'ın sesi titriyor– "*Hâlâ* düşünmüyorum."

Ian söze giriyor: "Akşamüzeri Lauren oturma odasına kitap okumaya gittiğinde odamızda yalnız olduğum doğru. Doğruyu söylesek daha iyi olurdu muhtemelen. Ama katil ben değilim. Saçmalık bu. Katil ben değilim!" Lauren'a dönüyor. "Katil olduğumu düşünmüyorsun, değil mi?" Sesi biraz endişeli çıkıyor.

"Hayır." Lauren başını iki yana sallıyor ama sesinden emin olmadığı anlaşılıyor ve o da bunun farkında. Şüpheyi kendi sesinde duyabiliyor. Belki hepsi duyabiliyor.

"Neden benim katil olduğumu düşünesiniz ki?" diye soruyor Ian. Tedirginlik içinde, şöminenin etrafında oturan diğerlerine bakıyor. "Neden ben? Herkes olabilir."

"Sen de *olabilirsin*" diye fısıldıyor Lauren birden. "Belki körlüğümden göremedim."

"Ne?" diyor Ian kekeleyerek. "Lauren, yapma." Artık gerçekten telaşa kapıldığı ortada. "Delice bu söylediğin."

"Dana öldürüldüğünde... bütün gece yanımda olduğunu varsaydım."

"Bütün gece *yanındaydım*! Odadan hiç çıkmadım. Yemin ederim." Hüsran içinde ellerini saçlarından geçiriyor. "Hem nereden bileceksin ki? Uyuyordun."

"Sorun da bu, Ian." Şimdi Lauren ona şüpheyle bakıyor. "Uyku hapı kullandığımı biliyorsun. Cuma gecesi iki tane almıştım.

Bunu da biliyorsun. Odadan çıkıp saatlerce dönmemiş olsan ruhum duymazdı."

"Ama bu cinayet işlediğim anlamına gelmiyor!" Ian şimdi ellerini uyluklarında bir aşağı bir yukarı gezdiriyor. "Bütün gece odada olduğumu doğrulayamıyorsun, tamam." Huzursuzca diğerlerine bakıyor. "Ne olmuş yani? Hiçbiriniz bütün gece nerede olduğunuzu kanıtlayamazsınız. Neden beni suçluyorsunuz? Bence bir durup sakince düşünelim. Hepimiz biraz paranoyaklaştık."

Lauren diğerlerine bakıyor. Hepsinin gözü Ian'ın üzerinde. Ondan biraz daha uzaklaşıyor. "Ama akşamüzeri de yanında değildim."

"Bu yüzden de onları öldürmüş olabileceğimi mi düşünüyorsun?" Ian sinirle başını iki yana sallıyor. "Hayır. Hayır. Neden kalkıp üç kişiyi öldüreyim ki?" Destek beklercesine diğerlerine bakıyor. "Deli olmam lazım!"

"Belki de delisindir." Konuşan Beverly. Lauren dönüp şaşkınlıkla ona bakıyor. "Bradley'nin cesedini içeri getirdiğinizde ona nasıl baktığını gördüm işte."

"Ne? Neden bahsettiğini bilmiyorum!" diye itiraz ediyor Ian. "Asıl sen delisin" diyor Beverly'ye gözlerini dikerek.

Beverly tiz bir sesle, "Deli olan ben değilim!" diye bağırırken Ian yüzünde korku dolu bir ifadeyle koltuğuna gömülüyor.

Lauren, gözleri kocaman açık, şaşkınlıkla olanları izliyor.

Ian durumunu değerlendiriyor ve önündeki tablo hiç hoşuna gitmiyor. Hepsinin ona öyle bakması hoşuna gitmiyor. "Ben katil değilim" diyor Ian bu kez daha usulca. "Lauren ve ben akşamüzerinin bir kısmında beraber değildik. Üç kişiyi acımasızca öldürdüğüm anlamına gelmiyor bu. Benden şüphelenmek için hiçbir sebebiniz yok."

Lauren solgun yüzünü ona çeviriyor. "Ama bunca yıl annenle babana nasıl yalan söyleyebildin ki? Nasıl yapabildin bunu? Belki de sandığım kişi değilsin sen." Birden ayağa fırlayıp birkaç adım ötedeki öbür kanepeye gidiyor. Gwen'in yanına oturup gözlerinde korkuya benzer bir ifadeyle Ian'a bakıyor.

"Lauren" diye yalvarıyor Ian. Ama Lauren başını çeviriyor. Yüzüne bile bakmıyor.

Gwen olup biteni izlerken kusacak gibi oluyor. Bütün korkusunu, acısını, suçluluğunu kusup içinden atmak istiyor. Neye inanacağını şaşırmış durumda. Ian'ın katil olabileceğine inanmak istemese de bunun mümkün olduğunu kabul etmek zorunda.

Polis gelene kadar hayatta kalmaları, gerisini onlara bırakmaları gerek. Ama ne zaman geleceklerini kimse bilmiyor. Şimdi daha da çok korkuyor Gwen. Birlikte daha güvende olduklarına inanmıyor artık. Dışarıda bir yerlerde, soğukta Riley'nin muhtemelen öldüğünü düşünüyor. Başka biri daha ölecek mi diye merak ediyor.

Karanlıkta Ian'a kötü kötü bakan Matthew birdenbire öne doğru eğilip, "Sana neden inanalım ki?" diyor.

"İstediğinize inanın" diye çıkışıyor Ian. "Polis eninde sonunda gelecek ve onlar bana inanacak. Benim birini öldürdüğüme dair hiçbir kanıt yok. Çünkü *kimseyi öldürmedim*." Lauren'a dönüyor. "O zaman sen de anlayacaksın."

Matthew, Lauren'ın Ian'a sanki ona inanmak istiyormuş gibi baktığını görüyor.

"Kardeşin hakkında yalan söyledin" diyor Matthew.

Ian cevap vermiyor.

Matthew daha alçak, daha tehditkâr bir sesle konuşuyor şimdi. "Belki hadise anlattığın şekilde bile gerçekleşmedi. Belki kardeşini sen öldürdün. Belki onu kasten boğdun. Çünkü belki de sen bir katilsin. Belki doğuştan böylesin!" Matthew suçlayan bakışlarını Ian'ın üzerinden ayırmıyor. Herkes kıpırdamadan durup izliyor.

"Hayır."

"Sana inanmıyorum" diyor Matthew. "Bence Dana'yı öldürdün. Ve sebebine dair hiçbir fikrim yok." Hıçkırığını bastırıyor. "Ben de seni ellerimle boğazlamak isterdim."

David sanki araya girmeye hazırlanır gibi kıpırdanıyor.

Matthew birden kendini ayakta buluyor. David kalkıp önüne

geçerek bir elini göğsüne koyuyor. Matthew daha uzun boylu, daha iri yapılı ama David'in eli göğsüne sağlam bastırıyor.

"Onu ben öldürmedim!" diye karşı çıkıyor Ian. "Kimseyi öldürmedim ben!"

"Otur, Matthew" diyor David kati bir dille.

Matthew bir an tereddüt ediyor, ardından gönülsüzce oturuyor.

David kalbi çarparak tekrar koltuğuna çöküyor. Bir an için Matthew, Ian'a saldıracak gibi gelmişti. Herkes öyle yoğun duygular içinde ki durum tehlikeli bir hal aldı. Korkmuş insanların ne yapacağını kestirmek mümkün olmuyor; tehlikeli oluyorlar. Bir an için bile gardını indirmemesi gerektiğini biliyor David.

Beverly diğerlerini dikkatle izlerken battaniyesinin altında titriyor. Bradley lobinin zemininde yatarken ona bakan Ian'ın yüzünde tuhaf bir ifade gördüğüne emin. Ve şimdi de Lauren kendi ağzıyla Candice'in öldüğü akşamüzeri beraber olmadıklarını söylüyor. Bir de kardeşi hakkındaki o hikâye... Kanını dondurdu. Nasıl bir insan anne babasına böyle bir konuda yıllarca yalan söyler ki? Acımasız biri o. Matthew'nun da Ian'ın katil olduğuna inandığı ortada.

Beverly bu cinayetlerden Ian'ın –ya da herhangi birinin– eline ne geçeceğini soruyor kendine. Eğer aralarında bir bağlantı varsa da hiçbiri göremiyor. Bunu yapan her kimse deli olmalı. Onu en çok korkutan da bu. Çünkü birileri bir sebebi olmadan, zevk için insan öldürüyorsa; canı istediği için, kendine hâkim olamadığı için insan öldürüyorsa, o zaman her şey mümkün. Böyle birinin ne yapacağını, nerede duracağını bilemezsin. Ne kadar risk alacağını bilemezsin. Belki de Ian hepsini öldürmeyi planlıyor. Belki bir noktada, şafak sökmeden önce kahkahalar atmaya başlayıp diğerlerini de katledecek.

Belki de, diye düşünüyor Beverly, olacaklar o şapşal Lauren'ın kafasına nihayet dank etti; korkudan aklını kaçıracakmış gibi görünüyor.

Gwen gözlerini kapayıp uyumak istiyor. Evinin güvenliğinde, yatağında olmak istiyor. Polisin gelmesini istiyor. Korku, acı ve suçluluktan tükendi. Dondurucu soğukta bir başına Riley'yi düşünmeden edemiyor; üstelik onu bu korkunç yere getiren de oydu. Gözleri ağlamaktan şişmiş, yarı kapalı, gizlice diğerlerini izliyor. Biraz önce oğlunu kaybeden James için yüreği eziliyor; bunu asla atlatamayacak gibi görünüyor. Eh, o da atlatamayacak. Matthew'ya sempati duymaya çalışsa da ona güvenmiyor. Ian korkmuş görünüyor; hiç de katile benzemiyor. Ama belki de tamamen rol yapıyor.

Uykuya dalmamalı. Başını hafifçe sallayıp uyanık kalmaya çalışıyor.

Gwen karşısındaki David'le göz göze geliyor ama ne düşündüğünü yüzünden okuyamıyor. Ian'ın katil olduğuna inanıyor mu? Lauren akşamüzeri oturma odasındaysa, o zaman Candice öldürüldüğünde Ian'ın nerede olduğundan emin olamazlar. Öte yandan hiçbirinin cinayetler sırasında nerede olduğundan emin olamazlar. Sorun da bu, her şey çok karmaşık, çok belirsiz. Ve Gwen o kadar yorgun ki hiçbir şeyi aklı almıyor.

Bir an için uykuya dalıyor ve ardından irkilerek uyanıyor. Pozisyon değiştirip uyanık kalmaya çabalıyor. Neredeyse hiç uyumadığı ikinci gece bu. Yine keşke kendini koruyabileceği bir şeyi olsaydı diye geçiriyor içinden. Ama gerçek şu ki bir bıçağı olsa bile kullanabileceğini sanmıyor. Katil onu ya da bir başkasını öldürmeye gelecek olursa bir bıçağı boynuna saplayabilir mi? Gözü ateşe dalmış, kara kara düşünen Ian'a bakıyor. *Ian'ın* boynuna bir bıçak saplayabilir mi? Ian'ın boynunu, hafif çıkıntı yapan âdemelmasını inceliyor. Ateşin ışığında, Gwen'in onu izlediğinden, aklından geçenlerden bihaber Ian'ı gözetliyor.

Öyle bir şeye cesaret edebileceğini sanmıyor Gwen. Lauren'la örtündükleri kalın yün battaniyenin altında titriyor. Battaniyenin altından Lauren'ın elini tutuyor. Lauren da elini sıkarak karşılık veriyor.

Pazar, 04.05

"Onu öldürmemiz gerek" diyor Henry birdenbire, karanlığa doğru, "o bizi öldürmeden önce."

David ensesindeki tüylerin diken diken olduğunu hissediyor. Sanki herkes nefesini tutmuş gibi. David derin bir nefes alıp öfkesini örten bir sakinlikle konuşuyor. "Saçmalama, Henry. Ian'ın birini öldürüp öldürmediğini bilmiyoruz."

"Ya o ya biz!" diyor Henry hiç düşünmeden.

David onun mantığa kulak verecek halde olmadığını anlıyor. Herkes sinir krizinin eşiğinde, Henry yalnızca başı çekiyor belki de.

David gözucuyla Ian'a bakıyor; çok korkmuş görünüyor.

O zaman bu tavrın düşüncesizliğine sinirleniyor. "Onu öylece öldüremeyiz."

"Nedenmiş?" diyor Henry. "Nefsi müdafaa olurdu!"

David başını iki yana sallayarak Henry'ye bakıyor. "Seni ahmak" diyor, sesini yükselterek. "Acımasız bir cinayet olurdu. Birini öldürdüğüne dair bilgimiz yok. Baksana ona, korkudan koltuğuna sinmiş. Biz yedi kişiyiz ve o tek başına. Gerçekten onu öldürüp bunun yanına kalacağını mı sanıyorsun? Hem hâkim hem jüri hem de cellat mı olmak istiyorsun?" David kendini tutamıyor; öfkesi onu ele geçirdi ve bunu da açıkça belli ediyor.

Zoraki koltuğuna geri oturan Henry'nin yüzü karanlıkta kalıyor.

Pazar, 04.59

Henry'nin gözkapakları titreşiyor. Rüya görüyor; felç olduğu, kıpırdayamadığı berbat bir rüya. Daha önce de görmüştü bunu. Elbette sembolik bir rüya ama daha önce hiç bu kadar gerçekçi gelmemişti. Bu kâbusun içine hapsoluyor. Kollarını ya da bacaklarını, hatta el ya da ayak parmaklarını kıpırdatamıyor. Ağzına büyük gelen dilini kıpırdatamıyor. Canlı olan tek şey beyni, zihni.

Şimdi ciddi bir terslik olduğunu fark ediyor. Uyuyordu ama bu bir rüya değil. Konuşmaya çalışıyor ama ağzını açamıyor, hiçbir sözcüğü dile getiremiyor. Yutkunmak zor. Gözlerinin açık olduğunu sanıyor ama gözkapaklarını kıpırdatamıyor ve her yer karanlık. Hiçbir şey göremiyor; insan bayılmadan önce gözlerine inen o kara perde ağır ağır kapanıyor. Henry öleceğini biliyor ama kimseye söyleyemiyor. Dikkatlerini çekmek için kıvranıp debelenmek istese de yapamıyor. Nerede olduğunu biliyor, artık hiçbir şey göremese de koku duyusu hâlâ çalışıyor; ona küçüklüğündeki Noel'leri anımsatan odunların kokusunu tanıyor. Hâlâ Mitchell's Inn'in lobisinde ve katil onu da yakaladı.

31

Pazar, 06.30

Otelin dışında, ormanda koşuşturan vahşi yaratıklar uluyor. Rüzgâr dindi, şimdi hafif hafif inildiyor. Gökyüzü doğuda yeni yeni aydınlanmaya başlıyor ama içerisi hâlâ karanlık ve mezar gibi sessiz. Birdenbire tepedeki avizenin ampulleri yanıp sönüyor ve yeniden yanıp bütün lobiyi ışığa boğuyor. Geriye kalan misafirler kıpırdanıp şaşkınlıkla yukarı bakıyor. Otelin çeşitli yerleri yeniden canlanırken dört bir yandan sesler geliyor. Elektrik geldi.

Bütün gece gözünü kırpmayan David önce Gwen'e bakıyor; sanki uyuyor gibi, gözleri kapalı, açık tenine değen siyah kirpikleri yüzüne renk katıyor. Lauren da yanında kıvrılmış, yatıyor. David bakışlarını Beverly'ye çeviriyor. Beverly birden aydınlanan odada gözlerini kırpıştırarak David'e bakıyor.

"Elektrik geldi" diyor Beverly sevinçle. "Çok şükür."

Onun sesiyle Gwen kıpırdanıp gözlerini açıyor.

Lauren kanepede aniden doğruluyor. "Şükürler olsun."

Matthew ile Ian battaniyelerinin altında kıpırdanıyor; David o ikisinin uykuya dalıp dalmadığını bilmiyor ama şimdi tamamen uyanıklar. James koltuğuna gömülmüş, gözleri açık, oturuyor; onun da gözüne uyku girip girmediği anlaşılmıyor.

Beverly aniden haykırınca hepsi ona dönüyor. Korkudan taş kesilmiş, öylece Henry'ye bakıyor Beverly.

"Henry!" diye bağırıyor. Dehşet içinde Henry'yi kolundan sarsıyor.

Ama Henry'nin öldüğüne şüphe yok. Koltuğunda kıpırdamadan duruyor; başı geride, gözleri kapalı, ağzı açık. Bembeyaz kesilmiş yüzü avizenin ışığında berbat görünüyor.

Beverly paniğe kapılıp onu daha sert sarsarak, "Henry!" diye haykırıyor bir kez daha.

David ayağa fırlayıp Henry'nin yanına koşuyor ama yapılacak bir şey yok. Beverly artık isteriye kapılıp hıçkırıklara boğuluyor. David başını kaldırınca Gwen'le göz göze geliyor; gözlerindeki katıksız korkuyu görüyor.

James yavaşça ayağa kalkıp güçbela resepsiyona gidiyor. David, elleri titreyerek telefonu alıp numarayı tuşlayan James'i izlerken nefesini tuttuğunu fark ediyor. Telefonun çalıştığını görünce çok rahatlıyor. Nihayet.

James çatlak sesiyle ahizeye konuşuyor. "Yardıma ihtiyacımız var."

Pazar, 06.45

Kırklarında, tıknaz, sarı saçları ağarmaya başlamış, her zaman erken kalkan Komiser Muavini Margaret Sorensen pazar günü evinde, üstünde en sevdiği, en gösterişsiz pazen pijaması, sabah kahvesinin tadını çıkarırken polis merkezindeki memurların biri ona telefon ediyor.

"Efendim, Mitchell's Inn'de bir hadise olmuş." Memur Lachlan'ın sesi gergin çıkıyor, ki pek olağan şey değil. Genellikle rahat, özellikle insan ilişkilerinde becerikli biridir.

"Ne tür bir hadise?" diye soruyor Komiser Muavini Sorensen, fincanını bırakarak.

"Biraz önce otelin sahibinden telefon geldi. James Harwood. En az üç, belki daha fazla kişinin öldürüldüğünü söyledi."

"Şaka mı bu?" diye soruyor Sorensen hayretler içinde.

"Sanmıyorum, efendim."

Memurun sesinden, telefonda kendisine söylenenlerin gerçek olduğuna inandığı belli oluyor. Şoka uğrayan Sorensen, *Yüce Tanrım,* diyor içinden.

"Otele gitmemiz gerek, efendim." Memur hattın öbür ucunda hızlı ve sığ nefesler alıyor.

"Merkezde kim var?"

"Perez ve Wilcox. Biz motorlu kızakları hazırlarız. Şu an için oraya başka türlü ulaşamayız."

"Ben de başkomisere haber versem iyi olur. On dakikaya orada olurum." Neyse ki Sorensen polis merkezine çok yakın, hemen bir sokak ötesinde oturuyor.

Pazar, 07.35

Komiser Muavini Sorensen, Mitchell's Inn'e çıkan uzun, virajlı, buz kaplı yolda motorlu kızağı güçbela sürüyor. Şehirden buraya kadar elinden geldiğince hızlı geldi.

Bir üçlü cinayet söz konusu. Bu tür şeyler buralarda çok nadiren olur. Polis merkezinde bir dedektifleri bile yok. New York Şehri Polis Teşkilatı birilerini gönderene kadar onunla idare etmeleri gerekecek. Merkeze vardığında Memur Lachlan ona daha detaylı bilgi verdiyse de olaylar çok şaibeli görünüyor. Üç misafir ile otel sahibinin oğlu ölü, bir misafir de kayıp. Sorensen şokta. Neyle karşılaşacaklarını bilmiyor. Oteli de aileyi de tanıyor. Genç Bradley ölmüş. Duyduklarına inanamıyor Sorensen. Uzun yolculuktaki son virajı dönerlerken adrenalin damarlarında gürül gürül akıyor.

Otelin önünde, üzerindeki ince bir buz tabakasıyla ışıldayan bahçede motoru kapatıyor. Tabancasına uzanıp, motorlu kızakları park etmekte olan diğer memurlara da silahlarını almalarını işaret ediyor. Dikkatle, ağır botları buzun üzerinde kaya kaya otelin ön kapısına doğru ilerliyorlar. Hava o kadar soğuk ki Sorensen kendi nefesini görebiliyor.

Veranda yakınlarında, buzun üzerinde bir kan lekesi dikkatini çekiyor. Verandaya çıkan basamakların yan tarafından ilerleyip pencereden içeri bakıyor. Ardından, bir elinde tabancası, ön kapıyı çekip açıyor. Kapı kolayca açılıyor. Lobiye girer girmez gözleri şömine etrafındaki bir grup insana yöneliyor. Battaniyelerin altından ona bakan solgun yüzlere bakıp içinden, *Bu anı hep hatırlayacağım,* diye geçiriyor.

Üç memurun arkasından geldiğini duyan Sorensen çabucak bütün manzarayı tarıyor. Şöminenin etrafında oturanlar sanki hiç uyumamışlar, perişan ve bitkin görünüyorlar. Sanki bir kuşatmada sabahı zor etmişler. Sorensen aralarından James'i tanıyor; oğlunun beklenmedik kaybıyla kendinden geçmiş zavallı. Sorensen'in içi burkuluyor. Ateşin etrafında hayatta kalan sekiz kişi olduğunu görüyor. Hayır, yedi. Daha dikkatli bakınca, koltuklardan birinde bir cesedin oturduğunu fark ediyor.

Tabancasını kılıfına koyup küçük gruba yaklaşıyor. "Ben Komiser Muavini Sorensen, bunlar da" –her birini başıyla gösteriyor– "polis memurları Lachlan, Perez ve Wilcox. Artık yanınızdayız ve size yardım edeceğiz." Hem otoriter hem de yatıştırıcı bir ses tonu kullanmaya çalışıyor. Sorensen ölen adama daha yakından bakmak için yanına gidiyor. Adam öldürülmüş mü yoksa doğal sebeplerden mi ölmüş, anlayamıyor.

Ona bakan soluk yüzlerin halini görünce keşke adli tabip ve olay yeri inceleme ekibi de yanında olsaydı diye düşünüyor. Yolların ne zaman açılacağına dair hiçbir fikri yok. Bu vakada tek başına.

"Korkarım şimdilik herkesin burada kalması gerek" diyor onlara. "Hepinizin güvenli bir şekilde şehre gitmenize imkân yok. Biz bir etrafı inceleyeceğiz, ardından size sorularım olacak. Yollar açıldığında resmi ifadelerinizi vermek üzere polis merkezine götürüleceksiniz. Bu sırada hepinizin elinizden geldiğince bana yardımcı olmanızı istiyorum."

Birkaç kişi bitkinlikle başını sallayarak karşılık veriyor. "İncelemeye geçmeden önce, birinizin bana durumu aktarması lazım. Sadece kaba bir özet yeterli." Bakışları otuzlarının sonlarında, zeki görünümlü bir adama yöneliyor. "Adınız ne?" diye soruyor Sorensen cana yakın bir ses tonuyla.

"David Paley."

Sorensen bir sandalye çekip adamın yanına oturuyor. "Belki siz bana herkesi tanıtıp sonra da ne olduğunu aktarabilirsiniz?"

Adam olup bitenleri anlatırken ciddiyetle dinleyen Sorensen ardından onlara dönüp, "Riley'yi aramaya çıkacağız, elimizden geldiğince kısa süre içinde" diyor.

Komiser Muavini Sorensen, hayatta kalanların güvenliğini sağlamak üzere Perez ile Wilcox'a lobide kalmalarını söylüyor. Not alması ve ikinci bir göz olarak etrafı incelemesi için Lachlan'ı yanına alıyor. Birlikte oteli ve etrafını çabucak dolaşıyorlar.

Lobiden başlıyorlar. Komiser Muavini Sorensen cebinden çıkardığı bir çift lastik eldiveni giyip merdivene yaklaşırken misafirlerin onu izlediğini hissedebiliyor. Çömelip basamağın kenarındaki kan izini inceliyor. Başını kaldırıp merdivenin tepesine, sonra tekrar aşağıya bakıyor.

Lachlan'a onu takip etmesini işaret ediyor. Merdiveni çıkarken, ne kadar sessiz, diye düşünüyor. Botlarının gıcırtısından başka ses duymuyor. Peşinde Lachlan'la üçüncü kata doğru devam ediyor. Koridorun öbür ucunda, merdivenin solunda kalan 306 No'lu odanın önüne geliyorlar. James'in verdiği anahtarları alıp eldivenli elleriyle kapıyı dikkatle açıyor. Tavan lambasını yakıyor. İkinci kurbanın yerde yatan cesedini görüyor; fuları hâlâ boynunda sımsıkı duruyor. Lachlan'la birlikte, dokunmamaya özen göstererek cesedi daha yakından inceliyorlar.

Ardından, temizlenmemiş görünen 302 No'lu odaya giriyorlar. Sorensen dikkatle dağınık yatağı, su lekeli labavoyu inceliyor. Bir şey söylemeden Lachlan'a bakıyor; Lachlan dudaklarını büzüyor. Olay yeri inceleme ekibi geldiğinde bu odayı didik didik edecektir.

İkisi tekrar merdivenden inip odunluğa çıkıyor, ardından buz gibi soğuk patikadan buzhaneye gidiyorlar. İçeri girdiklerinde Sorensen ilk önce arka duvarın yakınlarındaki Bradley'nin bedenini görüyor; bu ışıl ışıl, yarı saydam odadaki tek renk o. Sorensen durup derin bir nefes alıyor. Neyle karşılaşacağını biliyordu ama yine de Bradley'nin buzdan zeminde kaskatı yatan bedenini görmek zor. Daha yakından bakıyor. Ne de güzel bir çocuk. Başına ne korkunç bir darbe almış.

Yanında, duvarın önüne bir başka ceset daha konmuş. Ceset beyaz bir çarşafa sımsıkı dolanmış. "Çarşafını açalım bari" diyor Sorensen. Lachlan da eldiven giyip özenle çarşafı kısmen kaldırıyor. Cesedin donmuş, ölümün bozduğu yüzüne bakarlarken, Sorensen kadının güzel olduğunu görebiliyor. Üzerinde bir gecelik ile koyu mavi saten bir sabahlık var. Onu buzhanenin zemininde, üzerinde incecik kıyafetiyle ölü yatarken görünce Sorensen istemsiz titriyor.

"Tanrım. Tam bir korku filmi" diyor hislerini vurgulayan bir tonla.

Eğilip başındaki yarayı inceliyor.

Nihayet doğruluyor. "Bradley'nin öldürüldüğü yeri görmek istiyorum."

İçeri girip ön kapıdan tekrar dışarı çıkıyorlar. Kan izlerini takip ederek ilerliyorlar. Bradley otelden yaklaşık otuz metre uzakta öldürülmüş. Buz kaplı karın üzerinde, Bradley'nin düştüğü yerde izler var; etrafı da yer yer koyu kırmızı kana bulanmış. Sorensen birkaç metre ötede, karın içinde çamur sıyırıcıyı görüyor. Çıplak gözle ne kadar inceleyebilirse o kadar dikkatle inceliyor ve yüreği ezilerek başını çeviriyor. Dönüp otele bakıyor ve Lachlan'a, "Ne olmuş burada böyle?" diyor.

Lachlan başını iki yana sallıyor.

Tekrar lobiye döndüklerinde Sorensen, Perez ile Wilcox'u kenara çekip durumu aktarıyor. "İkinizin bu otelin altını üstüne getirmeniz gerek. Bütün dolapları, mahzeni, varsa tavan arasını, köşe bucak her yeri arayın. Hali varsa James'i de yanınıza alın. Ona nazik davranın; daha yeni oğlunu kaybetti. Dışarıyı da kontrol edin; bir de kapıları, pencereleri ve bütün ek binaları. Burada başka kimse olmadığından yüzde yüz emin olmalıyız, aynı şekilde daha önce başka kimsenin olmadığından da."

"Tamamdır" diyor Perez.

"Bu sırada Lachlan ve ben otelin ön tarafındaki alanda Riley'yi arayacağız." Yüzünde karamsar bir ifadeyle ekliyor: "Fazla uzaklaşmış olamaz."

Dışarıda Lachlan'la birlikte geniş bahçenin bodur çalılarla çevrili iki ucunda karşı karşıya geçip birbirlerine doğru gelerek alanı tarıyor, yeniden ters yöne giderek devam ediyorlar. Ormanın kıyısına vardıklarında iyice dikkat kesilip birilerinin bu tarafa doğru gittiğine dair bir işaret arıyorlar. Sorensen daha önce yine böyle bir ormanda avcıları ya da bazen küçük çocukları aradığını anımsıyor. Ara sıra aramaların mutlu sonlandığı olsa da bu seferki için hayallere kapılmıyor Sorensen. Üzerinde havaya uygun kıyafeti olmayan tek başına bir kadının hipotermiye girmesi fazla uzun sürmez. Şayet ormanda tek başına nasıl hayatta kalacağını bilmiyorsa, ki Sorensen bundan şüpheli. İşin kötüsü, Riley paniğe kapılmış, sağlıklı düşünemiyormuş. Ve hayatta kalmanın ilk kuralı paniğe kapılmamak.

Botları yerdeki dalları kıra kıra ilerlerken buz gibi hava ciğerlerini sıkıştırıyor. Sorensen, bir gözünü sol tarafından ilerleyen Lachlan'dan ayırmadan ormanı tarıyor. Genellikle orman yürüyüşlerini sever ama bugünkünün sevilecek yanı yok. Arama çalışmaları sırasında kapıldığı telaşın –ve eşzamanlı korkunun ve umudun– yanı sıra şimdi bir de buralarda bir yerlerde bir katil olabileceği bilgisi var.

Bir süre ormanda ilerledikten sonra soğuk Sorensen'in iliklerine işlemeye başladığında karın yükseldiği küçük bir açıklığa çıkıyorlar. Sorensen açıklığın karşısında insan izleri arıyor, hiçbir şeye rastlamıyor, derken Lachlan sesleniyor: "Buraya."

Sesinin tonu Sorensen'in anlamasına yetiyor.

Yine de elinden geldiğince hızla, karın içine bata çıka ona doğru ilerliyor. Lachlan beyazlığın içinde daha koyu renkte, bir kaya parçasının dibine kıvrılmış bir figürün tepesinde dikiliyor. Sorensen yaklaşınca karşısında bir kadın görüyor; yaklaşık otuz yaşlarında, yüzü ürkütücü beyazlıkta, dudakları morarmış, gözleri açık ama buzlanmış. Üzerinde kot pantolon ve gri bir kazak, ayağında koşu ayakkabıları var. Montu yok, beresi yok. Sanki saklanıyormuş ya da kaçınılmaz sonu bekliyormuş gibi dizlerini göğsüne çekip kollarını bacaklarına dolamış, kayaya yaslanmış, kaskatı duruyor. Kazağının kollarını ellerinin üstüne çekmiş. Sorensen'in yüreği eziliyor ama belli etmemeye dikkat ediyor. Eğilip onu daha yakından inceliyor. Görünürde şiddete maruz kaldığına dair bir iz yok. Sorensen geri çekiliyor.

"Kahretsin" diye mırıldanıyor Lachlan.

Kargalar toplanıp tepelerinde uçuyor. Sorensen bir an için durup gri gökyüzündeki bu kara figürleri seyrediyor.

"Travma izi yok" diyor Sorensen nihayet, gözucuyla Lachlan'a bakarak.

"Ama kimden kaçıyordu ki" diyor Lachlan, başını iki yana sallayarak, "üstünde montu olmadan buraya geldi?"

"Farkında olduğunu bile sanmıyorum."

32

Pazar, 10.05

Sorensen ile Lachlan otele dönüp kötü haberi veriyor. Sorensen kimsenin Riley'nin hayatta olmasını beklediğini sanmıyor ama yine de haberi vermek zor. Tahmin edildiği üzere haber en çok arkadaşı Gwen'i sarsıyor. Gwen yüksek sesle hıçkıra hıçkıra ağlayıp sallanmaya, kontrolsüzce inlemeye başlıyor. Sorensen yanına oturup elini omzuna koyuyor ve sakinleşene kadar bekliyor.

Nihayet Lachlan'la birlikte grubun yanından ayrılıp yemek salonuna geçiyorlar. Kısa süre sonra Perez ile Wilcox otelde bildikleri kişilerden başka kimse olmadığına emin olduklarını bildiriyor. Birinin gelip gittiğine işaret eden hiçbir şey yok. Ona kırık pencere ile daldan bahsediyorlar ama pencereyi olasılıkla dalın kırdığını düşünüyorlar. Bunun da yüksek ihtimalle buradakilerden birinin katil olduğu anlamına geldiğini fark ediyor Sorensen. Şimdilik her biri şüpheli. "Hepsini uyarsam iyi olacak" diyor Lachlan'a. "Ne olur ne olmaz."

Sorensen ilk olarak otelin sahibi James Harwood'la görüşme yapıyor. Görüşmeler için yemek salonunda bir masa hazırlayıp James'i oraya çağırıyor. Mutfaktaki ızgaralardan içeriye ılık hava geliyor. Kaloriferlerin oteli ısıtması zaman alıyor. İçeriye ışık girsin diye panjurlar açılıyor. Doğal ışıkta James iyice berbat görünüyor. Bradley olmadan nasıl yoluna devam edecek diye düşünüyor Sorensen. James karşısına oturuyor. Lachlan önünde not defteri, yanında oturuyor. Sorensen, James'e haklarını okuyor ve James başıyla görüşmeyi sürdürmeyi kabul ettiğini işaret ediyor.

"James, Bradley için çok üzgünüm" diye nazikçe başlıyor söze Sorensen.

Dudaklarını kederle sımsıkı birbirine bastırmış, gözyaşlarını tutmaya çalışan James başını sallıyor. Sorensen onun az badire atlatmadığını biliyor. Birkaç yıl önce karısını kanserden kaybetti ve son birkaç yıl Bradley'ye tek başına baktı. Oğluyla da güçlükler yaşadı.

Sorensen hafifçe öne eğilip, "Bunu konuşmak zor olabilir, James, ama biliyorsun ki seni ve Bradley'yi yıllardır tanıyorum" diyor. James başını kaldırıp kıpkırmızı gözlerini ona çeviriyor. "Bradley'yi severdim, biliyorsun."

James başını sallıyor. "Bize karşı hep çok naziktin" diyor şimdi fısıldayarak.

"O yüzden söyleyeceklerimi yanlış anlama."

Sanki konunun nereye geleceğini biliyormuş gibi James'in omuzları çöküyor. Elbette biliyor konunun nereye geleceğini. Sorensen bu soruların onun aklından da geçtiğine emin; özellikle de Bradley öldürülünce.

"Bradley'nin herhangi bir ilgisi olabilir mi bu... bu durumla?" Ona ilgiyle, şefkatle bakıyor.

James bakışlarına yaşlı gözlerle karşılık veriyor. Cevap vermek için acele etmiyor. "Bradley'nin pek çok kusuru vardı ama asla böyle bir şeye karışmış olamaz" diyor James, dudakları titreyerek. "Bazı sorunları vardı. Bunu biliyorsun. Nasıl bir çocuk olduğunu biliyorsun. Fevri bir çocuktu, heyecanı severdi; yenilmez olduğunu sanıyordu. Arabayı fazla hızlı kullanırdı, yanlış insanlarla muhatap olduğu da oldu. Şu uyuşturucu meselesi." Derin bir iç çekiyor. "Parayı severdi, paranın sağlayabileceklerini severdi ama bunun için sıkı çalışmak istemiyordu. Çizgiyi aştığını fark etmediği olurdu. Ama iyi bir çocuktu o." Gözleri yaşla doluyor. "Öyle gerçekten kötülük etmezdi" diyor James.

"James, Bradley'nin bu cinayetlerde bir parmağı olduğunu kastetmiyorum" diyor Sorensen. "Ama belki de burnunu soktu, belki bildiği bir şey vardı; ölümüne sebep olan bir şey."

"Bunu ben de düşündüm" diyor James sonunda, uzun bir nefes vererek. "Yüzünde bana tanıdık gelen bir ifade vardı; uyuşturucu satarken yakalandığı zaman takındığı o ifade, hatırlıyor musun? Hep çok kibirliydi ama boyundan büyük işe kalkıştığı zaman bunu bilirdi. Candice'in cesedini bulduğumuz zaman da yüzünde o ifade vardı." Başını iki yana sallıyor. "Ben de yorgun göründüğünü düşündüm. O gece hiç uyumamış gibiydi, Dana'nın merdivenden düştüğü gece." Başını kaldırıp ona bakıyor. "Ya bir şey gördüyse? Ya katili gördüyse?"

"Bunu ona sordun mu?" diye soruyor Sorensen. James artık yaşlar yüzünden serbestçe akarken başını sallıyor. Yaşları siliyor. "Ne söyledi?"

"Sadece cinayetlerin onu çok korkuttuğunu söyledi, diğer herkes gibi." Başını eğiyor. "Ben de üstüne gitmedim."

Sorensen elini omzuna koyuyor. "James, olanlara engel olmak için yapabileceğin bir şey olduğunu sanmıyorum."

James yüksek sesle burnunu çekiyor. "Belki onunla konuşmak için daha fazla çabalasaydım... Çabalamalıydım. Ve şimdi o ölü!"

Sorensen elini omzundan çekmeden ağlaması için zaman veriyor. Nihayet James gözlerini silip sümkürüyor. Ona bakıyor ve "302 No'lu oda, yatağı yapılmamış olan" diyor.

"Evet?"

"O odanın temizlik sırasında atlanmış olması mümkün değil" diyor James. "Son misafiri çıkış yaptıktan sonra gerektiği gibi hazırlanmamış olması mümkün değil. Böyle bir şey daha önce hiç olmadı. Oda hizmetlisi Susan'la konuşunca o da aynı şeyi söyleyecektir diye düşünüyorum."

"Öyleyse sen ne düşünüyorsun?"

"Otelde tanımadığımız birinin olduğunu sanmıyorum. Buna hiç ihtimal vermedim. Bu oteli avucumun içi gibi biliyorum. Burada bir başkası olsa bir şekilde sezinlerdim diye düşünüyorum. Ya da Bradley mutlaka sezerdi bunu. O da burada başka kimse olmadığına emindi. Belki de katilin kim olduğunu biliyordu." Hıçkırığını bastırıyor. "Bence katil misafirlerden biri ve otelde bir başkası olduğunu düşünmemiz için o odaya girip ortalığı dağıttı. Bradley de öyle düşünüyordu. Bana söyledi." Şimdi öfkeyle bakıyor ona. "Onlardan biri öldürdü oğlumu."

Sorensen de halihazırda bu çıkarıma varmıştı.

"Teşekkürler, James." Sempatiyle gözlerinin içine bakarak ayağa kalkıyor. "Bunu kimin yaptığını bulacağız."

James'i gönderip David Paley'yi çağırıyor.

David Paley, Memur Lachlan'ın karşısına otururken, "Komiser Muavini Sorensen" diyerek saygıyla selam veriyor.

"Su veya başka bir şey ister misiniz?"

David başını iki yana sallıyor. "İhtiyacım yok."

Sorensen karşısındaki adamın birkaç yıl önce karısını öldürmekten tutuklanıp salıverilen David Paley olduğuna emin. Vakayı hatırlıyor; çözülmemiş olarak kalmıştı. Bunu ona sormayacak, henüz.

Olan biteni kabaca onun ağzından dinlemişti. Şimdi, haklarını okuduktan sonra, avukata her şeyi yeni baştan, her korkunç detayı, acı dolu her bir gelişmeyi tekrar anlattırıyor.

"Dana Hart ya da Candice White'la bu hafta sonundan önce tanışmış mıydınız?"

"Kesinlikle hayır."

"Adlarını duymuş muydunuz hiç?"

David başını iki yana sallıyor. "Hayır."

"Bu hafta sonu burada bulunanlardan herhangi biriyle tanışıklığınız var mıydı?"

"Hayır."

Nihayet Sorensen başını ona doğru eğip soruyor: "Ne iş yapıyorsunuz?"

"Avukatım."

Demek ki gerçekten o. "Bu oteldeki cinayetleri kimin işlediğini düşünüyorsunuz?"

David tereddüt ediyor, ardından, "Bilmiyorum" diyor.

Sorensen sessiz kalıp devam etmesini bekliyor.

"Diğerleri –Bradley, Henry, Matthew, özellikle de Henry– dün akşam katilin Ian olduğuna emin gibiydiler. Sanki hepimizi öldürecekmiş gibi bakıyorlardı ona." Bitkinlikle gözlerini ovuşturup devam ediyor. "Belki de nihayet suçlayacak biri olması rahatlatıcı gelmişti. Katilin kim olduğunu bilmeye çok ihtiyaçları vardı ve bildiklerini düşündüler." Başını kaldırıp ona bakıyor. "Deneyimlerime göre insan zihni belirsizlikten hoşlanmıyor."

Sonra ona daha önce anlatmadığı kısmı, hepsinin Ian'a nasıl yüklendiğini anlatıyor.

"Tanrım" diyor Sorensen, olanları gözünde canlandırarak.

"Sakinleştiler. Ian'ın nasıl rahatlamış göründüğünü asla unutmayacağım."

"Hayatını kurtarmış olabilirsiniz."

"İşin ciddi ciddi oraya geleceğini sanmıyorum." Omuz silkip alaycı bir ifadeyle ona bakıyor. "Ama bu benim görüşüm, suç ne kadar korkunç olursa olsun zanlıların koruyucusu ve savunucusu olarak."

Komiser Muavini Sorensen ardından Beverly Sullivan'ı yemek salonuna çağırıyor. Bu tür durumlarda insanlara nasıl yaklaşılacağını iyi bilen Memur Lachlan sempatiyle, acılı kadına bir bardak su uzatıyor. Kadın bardağı alıp bir yudum su içiyor.

"Bayan Sullivan" diye giriyor söze Sorensen, haklarını okuduktan sonra. "Size Beverly diyebilir miyim?" Beverly başını sallıyor. "Kocanız için çok üzgünüm."

"Teşekkürler" diyor Beverly usulca, gözleri dolarak. Lachlan nezaketle bir kutu mendili ona doğru itiyor. Daha önce mendili mutfakta bulmuştu.

"Ölüm sebebini henüz bilmiyoruz. Kocanız doğal sebeplerden ölmüş gibi görünüyor ama bir otopsi yapılacak." Beverly bir mendille gözlerini sertçe silerek başını sallıyor. "Biliyorum, bu sizin için çok zor olmalı" diyor Sorensen, "ama tam olarak ne olduğunu ve sebebini tespit edebilmek için bu hafta sonu burada olan herkesle konuşmam gerektiğini anlıyorsunuzdur, eminim."

Beverly yine başını sallayıp sümkürüyor. "Elbette."

Sorensen hafta sonu süresince olanları onun ağzından dinlemek istediğini söylüyor. Beverly, Bradley'nin cesedinin lobiye getirildiği kısma gelince hafifçe öne doğru eğilip, "O sırada tuhaf bir şey oldu" diyor.

"Ne demek istiyorsunuz?" diye soruyor Sorensen. Ne söyleyeceğini biliyor; David bundan bahsetmişti.

Beverly bir an için ona bakıyor, sonra açıklıyor. "Ian'la ilgili. Bradley'ye bakıyordu..." Sanki nasıl anlatacağını bilemiyormuş gibi tereddüt ediyor.

"Ona nasıl bakıyordu?"

"Yüzünde bir ifade vardı ama kısacık bir an için. Bir anda belirip kayboluverdi. Ama tüylerimi diken diken etti. Ondan sonra ona güvenmedim. Kocamın kulağına katilin Ian olduğunu düşündüğümü fısıldadım. Yüzünde o ifadeyi gördükten hemen sonra." Sandalyesinde yeniden arkasına yaslanıyor. "Henry görmemişti. Sonra, Lauren gerçeği söyleyince... Onu koruduğunu, bütün akşamüzeri yanında olmadığını söyleyince..."

Beverly susunca, "Devam edin" diyor Sorensen.

"Lauren onu koruduğunu söyleyince her şey aydınlanmaya başladı. Ian inkâr etti, elbette. Ona inanmamız için tutuşuyordu. Durum... anlatması çok zor."

"Peki, siz ne düşündünüz?"

"Ben ne gördüğümü biliyorum. Bence katil Ian ama inkârı oldukça ikna ediciydi. Yine de muhtemelen iyi rol yapıyordur." Şimdi öne doğru eğilip yoğunlaşarak, "Anne babasına kardeşiyle ilgili onca yıl yalan söylemiş. Kim yapar ki bunu? Psikopat olması lazım" diyor. Durup derin bir nefes alıyor. "Daha önce hiç bir psikopatla karşılaşmadım. O zaman ondan çok korktum. Hepimiz korktuk."

Ardından Sorensen, Gwen'le konuşuyor. Olanların onu derinden sarstığı, arkadaşının kaybıyla altüst olduğu her halinden belli.

Gwen olanları kendi gözünden anlattıktan sonra, "Öyleyse Riley öldürülmedi? Donarak öldü?" diye soruyor.

"Olay yeri inceleme ekibi buraya gelene kadar kesin olarak bilemiyoruz ama öyle görünüyor" diyor Sorensen.

"Ölümden kaçabilirdi öyleyse" diye fısıldıyor Gwen.

Sorensen onu elinden geldiğince teselli ediyor.

Nihayet Gwen'i lobiye geri gönderdiğinde bir an için kendini içinde bulduğu bu durum ona ağır geliyor ama duygularını bir kenara bırakıp işine odaklanıyor.

Sorensen, Matthew Hutchinson'ı sorguya çağırdığında adamın koltuğundan mağrur bir edayla kalkıp yemek salonuna doğru gelişini seyrediyor.

Olağan koşullar altında şahitleri ayrı odalarda bekletirlerdi ama hepsini şöminenin etrafında tutmak daha kolay. Sorensen şahitlerin aralarında konuşmamalarını sağlamak konusunda memurları Perez ile Wilcox'un uyanıklığına güveniyor.

Haklarını okuduktan sonra Sorensen, Matthew'yla hafta sonu olanların üzerinden geçerken işi ağırdan alıyor. Adamın ne kadar üzgün olduğunu görebiliyor. Nişanlısı öldü. Yine de bütün sorularına isteyerek cevap veriyor. Diğerlerinin söyledikleriyle çelişen hiçbir şey söylemiyor.

"Nişanlınızı öldürmek için hiçbir sebebiniz yoktu, öyle mi?" diye soruyor Sorensen.

"Ne?" Şimdi temkinli bir tavır alıyor. Korkmuş görünüyor.

"Beverly o gece daha önce tartıştığınızı duyduğunu söylüyor. Bana biraz bundan bahsedin."

Matthew başını öne eğiyor ama inkâr etmiyor. Sorensen inkâr edebileceğini düşünmüştü. Ne de olsa Beverly'den başka şahit yok.

"Evet, o gece tartıştık ama ciddi bir şey değildi. Sadece biraz gergindik, düğün telaşından, anlarsınız ya? Ona biraz stresli geliyordu."

"Tam olarak ne stresli geliyordu nişanlınıza?"

"Düğün hazırlıkları. Ailemle münasebette olmak. Ailem biraz... zor olabiliyor. Göz korkutucu olabiliyor."

"Aileniz düğününüz için sevinçli değil miydi?"

"Pek öyle olduğunu söyleyemem." Matthew bakışlarını çeviriyor. "Annem ilişkimizi pek onaylamıyordu ama ben Dana'yı seviyordum ve onunla evleneceğimi de biliyordu."

"Pekâlâ."

"Onu ben öldürmedim, başka kimseyi de öldürmedim" diyor Matthew saldırgan bir tonla.

"Ama bu mümkün."

"Ne?"

"Bütün bu cinayetleri siz işlemiş olabilirsiniz. Kurbanlar öldürüldüğü sırada yanınızda olduğunu söyleyebilecek kimse yok."

"Neden yapayım ki bunu?"

"Bilmiyorum. Siz söyleyin."

Matthew ona şaşkınlık ve dehşet dolu bir ifadeyle bakıyor.

"Nişanlınız gecenin bir yarısı neden odanızdan çıksın?"

"Ben... Bilmiyorum."

"Tartıştığınızı kabul ediyorsunuz. Onun peşinden gidip, bir anlık öfkeye yenilip onu merdivenden itmediniz, öyle mi? Sonra ölmediğini görünce de, başladığım işi bitireyim diyerek kolları sıvayıp başını en alt basamağa çarpmadınız?" Sorensen fazla sert çıktığının farkında. Tepkisini görmek istiyor.

"Tanrım... Hayır!" Dehşeti yüzünden okunuyor. "Onu ben öldürmedim!"

"Ve belki buradan birileri bunu biliyordu. Birileri öğrendi. Belki Candice ne yaptığınızı biliyordu ya da en azından bundan şüpheleniyordu. Ya da Bradley bir şey gördü. İkisinden biri size şantaj mı yaptı? İkisi birden size şantaj mı yaptı?"

"Hayır! Akıl almaz bir şey bu söylediğiniz!" diyor Matthew kekeleyerek.

"Öyle mi?"

"Tabii ki öyle! Nişanlımı öldürmedim! Onu seviyordum!"

Sorensen ona uzun, düşünceli bir bakış atıyor.

Matthew da tedirginlikle ona bakıyor.

"Candice bir kitap yazıyordu. Kitap sizin hakkınızda mıydı? Ya da Dana hakkında olabilir miydi? Size zarar verecek şeyler mi yazıyordu?"

"Hayır. Adını hiç duymadım. Kitap hakkında hiçbir şey bilmiyorduk. Ayrıca Dana'yla bizim saklayacak bir şeyimiz de yok. Neden biri kalkıp bizim hakkımızda kitap yazsın ki?"

Sorensen bir süre bekleyip onu kıvrandırıyor. "Pekâlâ. Şimdilik bu kadar." Ayağa kalkıp yemek salonunun cam kapılarını açıyor. "Lobiye dönebilirsiniz."

33

Pazar, 12.45

Komiser Muavini Sorensen, Matthew'yu lobiye gönderip Lauren'ı çağırıyor.

Kalkıp yanından geçerek yemek salonuna giren Lauren'ı izliyor. Lauren masada yerini alıyor. Sorensen karşısına oturup ona haklarını okuduktan sonra görüşme başlıyor.

Sorensen hafif bir tebessüm edip, "İyi misiniz?" diye soruyor.

Lauren başını sallıyor. "İyi sayılırım, bu koşullar altında." Memur Lachlan'ın uzattığı suyu alıp bir yudum içiyor. Ardından ekliyor: "Muhtemelen acısı sonradan çıkacak."

Sorensen başını sallıyor. "Şoktan."

Lauren da başını sallıyor. Gergin görünüyor. Hepsi gergin.

"Dana'yı siz buldunuz?"

"Evet. Sabah kahve bulur muyum diye bakmak için erken saatte aşağı indim. Başka uyanan olup olmadığını bile bilmiyordum."

"Devam edin."

"Sahanlığa vardığımda Dana'nın merdivenin dibinde yattığını gördüm." Gözucuyla, sanki utanmış gibi Lachlan'a bakıyor. "Korkarım çığlık attım. Ölü olduğu belliydi. Çok... hareketsizdi. Koşarak yanına indim ve... sonra diğerleri geldi."

"Ona dokundunuz mu hiç?"

"Evet, dokundum. Nabzını yokladım." Bir an duraksayıp devam ediyor. "Sonra diğerleri geldi. Hepimiz kahrolduk. İnsan böyle bir şey olacağını beklemiyor. Merdivenlerden düştüğünü düşündük. Sonradan David bunun bir kaza olmadığını düşündüğünü söyledi."

"Ne zaman söyledi bunu?"

"Öğle yemeğinden sonraydı. Polis gelene kadar Dana'nın olduğu yerde kalması gerektiğini söyledi. Oranın bir suç mahalli olabileceğini söyledi." Lauren başını kaldırıp ona bakıyor. "Başta ona kimsenin inandığını sanmıyorum; kaza olduğunu, David'in abarttığını düşünüyorduk. Ta ki Candice öldürülene kadar."

Sorensen ona günün kalanını, Candice'in cesedini bulmalarını, o gece olanları anlattırıyor. Lauren sözlerini bitirdikten sonra, "Bazıları cinayetleri işleyenin erkek arkadaşınız Ian olduğunu düşünüyor" diyor Sorensen.

"Bilemiyorum" diyor Lauren gerginlikle, masaya bakarak.

"Sizce bu mümkün mü?"

Lauren biraz tereddüt ediyor, sonra cevaplıyor. "Mümkün." Başını kaldırıp ona baktığında rahatsızlığı yüzünden okunuyor. "Akşamüzeri üçüncü kattaki oturma odasında biraz kitap okudum. Yanında değildim. Herhalde... o yapmış olabilir, herhalde." Tekrar masaya bakıyor.

"Peki ya siz?" diye soruyor Sorensen.

"Anlayamadım?"

"Candice'i siz de öldürmüş olabilirsiniz. Sizin de bir şahidiniz yok. Oturma odasında yalnızdınız. Aynı şekilde Dana'yı ve sonrasında Bradley'yi de siz öldürmüş olabilirsiniz."

"Ah. Pekâlâ. Sizi temin ederim, öldürmedim. Nasıl bir sebebim olabilir ki bunun için?"

"Bilmiyorum. Dana Hart ya da Candice White'la önceden tanışıklığınız var mıydı?"

Lauren kati bir dille yanıtlıyor. "Hayır, tabii ki yok." Sorensen bir şey söylemeyince Lauren öne doğru eğilip ciddiyetle devam ediyor. "Nasıl olduğunu hiç bilmiyorsunuz, bütün bunlar olurken burada mahsur kalmanın. Dün gece herkes karanlığın içinde bir yerlere kaybolduğunda... David, Matthew'nun peşinden, diğerlerimiz de dışarıda Riley'nin peşinden giderken..." Sanki bunların gerçek olduğuna bile inanamıyormuş gibi başını iki yana sallıyor. "Çok karanlıktı, kimin nerede olduğunu anlamak mümkün değildi. Ama sonra Gwen'in sesini duydum; yakınlarda olmalıydı, soluğunu ve buzun üzerinde ayaklarını sürdüğünü duyabiliyordum. Paniğe kapılmış gibiydi, sanki birinin peşinde olduğunu düşünüyordu." Lauren her şeyin kontrolden çıktığı o korkunç anları yeniden yaşıyormuş gibi duraksıyor. Sonra fısıldıyor: "Bana seslendiğini duydum. Ama cevap vermedim. Belki, katil oradaysa, benim yerime onun peşine düşer diye düşündüm. O yüzden çıtımı çıkarmadım." Boğazından bir hıçkırık yükseliyor. Sonra içli içli ağlamaya başlıyor.

Sorensen toparlanması için ona zaman tanıyor. Sabırla bekliyor. Mendil kutusunu uzatıyor. Memur Lachlan kalemi not defterinin üzerinde, bekliyor.

Nihayet Lauren, "Bununla gurur duymuyorum" diyor. Başını kaldırıp ona bakıyor. "Ama kesinlikle kimseyi öldürmedim ben." Suya uzanıyor.

Bardağını dudaklarına götürürken elinin titrediğini fark eden Sorensen, "Acele etmeyin" diyor.

Lauren devam ediyor. "Kaçırmış olabileceğim işaretleri bulmaya çalışıyorum, Ian'ın deli olabileceğine dair işaretler arıyorum ama açıkçası... hiç işaret yoktu." Şaşkın ve kederli gözlerini karşısındaki Sorensen'e çeviriyor. "Bana tamamen normal biri gibi geliyordu. Herkesi kendine hayran bırakırdı. Çok... cana yakın biriydi. Tıpkı benim gibi herkesin ilk görüşte kanı ısınırdı ona. Bu kadar... sevilen biri hakkında böylesine yanılmış olunabileceği düşüncesi insanı altüst ediyor. Tek bir acımasızlığını görmedim. Onunla... onunla ciddi bir birlikteliğim olabileceğini düşünüyordum."

"Gerçek psikopatlar çok ikna edici olabiliyorlar" diyor Sorensen.

Lauren yüzünde karanlık bir ifadeyle ona bakıyor. "Yakınlarda bir katil olduğunu bilerek bütün gece orada oturup olacakları beklemenin ne kadar korkutucu olduğuna dair en ufak bir fikriniz olduğunu sanmıyorum."

"Hayal edemiyorum" diyor Sorensen.

Lauren çıkmak üzereyken Memur Perez yemek salonunun kapısını tıklatınca Sorensen dönüp, "Ne oldu?" diye soruyor.

Perez içeri girip alçak sesle konuşuyor. "Biraz önce bir şey hatırladım. Önemli olabilir." Sorensen başını sallıyor. "Wilcox'la bize yazar Candice White'ı tanıyıp tanımadığımızı sormuştunuz. İsmi tanıdık gelmişti ama çıkaramamıştım. Karımın okuduğu kitapların yazarlarından biridir diye düşünmüştüm. Karım çok kitap okur."

Sorensen sabırsızlanarak tekrar başını sallıyor. "Evet?"

"Ama aslında onun kitaplarından birini okudum ben. Birkaç yıl önce bir gerçek suç hikâyesi yazmıştı, oldukça hoşuma gitmişti. Başka da pek bir şey okumam zaten."

"Demek öyle?" diyor Sorensen. "Kitabın adı neydi?"

"Adını hatırlamıyorum ama öğrencilerinden birini öldüren bir okul müdürüyle ilgiliydi."

Perez yemek salonundan ayrılınca Sorensen bu yeni bilgi üzerine dudaklarını büzen Lachlan'a bakıyor.

Sorensen ellerini ovuşturarak yemek salonunun pencerelerine doğru gidip ormana bakıyor. O karanlık ormanda neler saklanıyor olabileceğini düşünüyor; ayılar, kurtlar, başka canlıları öldüren hayvanlar. Sonra bu oteldeki insan katili düşünüyor.

Birinin yemek salonuna girdiğini duyuyor. Pencereye sırtını dönünce karşısında James'i görüyor; elindeki tepside kahve ve sandviç var. Onu normalde Bradley'nin yapacağı şeyi yaparken görünce yüreği eziliyor. Öğle yemeği vakti gelmiş olmalı. Sorensen ona teşekkür etmek istese de sesine güvenemiyor. James tepsiyi açık büfe masasının üzerine bırakıp başını sallıyor ve odadan çıkıyor.

Sorensen masaya gidip dumanı tüten kahveden bir fincan dolduruyor. Sonra bir sandviç ile fincanını alıp tekrar pencerenin önüne gidiyor ve ormana bakıp düşüncelere dalıyor.

Komiser Muavini Sorensen tarafından tekrar çağrılan David yemek salonuna dönüyor. Bıkkınlıkla acaba Sorensen ondan ne istiyor diye merak ediyor. Bildiği her şeyi ona anlattı. Şu anda tek istediği uyumak.

"Bay Paley" diyor Sorensen uzun bir sessizliğin ardından.

Sorensen'in ses tonu değişti. Önceki kadar cana yakın değil. David sanki bir darbe bekler gibi refleks olarak geriliyor.

"Kim olduğunuzu biliyorum."

İşte darbe indi; tam da beklediği yere. "Size kim olduğumu söyledim" diye yanıtlıyor David soğuk bir edayla.

Sorensen başını sallıyor. "Bana isminizi söylediniz, evet. Ama bana her şeyi anlatmadınız, değil mi?"

"Konuyla ilgisi yoksa neden anlatayım?"

"Belki de vardır" diyor Sorensen.

"Sebebini göremiyorum."

"Candice White bir kitap yazıyordu."

"Evet" diyor David bildiğini kabul ederek. "Öyle söylemişti."

"Ne hakkında yazdığını biliyor musunuz?"

"Hiçbir fikrim yok" diyor David, huzursuzlanarak. "Söylemedi." Ardından ekliyor: "Hiçbirimiz adını duymamıştık." İçi sıkılıyor; işte geliyor, diye düşünüyor.

"Karınızın cinayetinde hâlâ zan altındasınız, değil mi?"

"Hayır."

"Bu tam olarak doğru sayılmaz, değil mi?" diye üsteliyor Sorensen.

David ona sinirli bir bakış atıyor. "Ne söylememi beklediğinizi bilmiyorum. Tutuklandım ve eminim sizin de bildiğiniz üzere suçlamalar geri çekildi. Dava açılması için yeterince kanıt yoktu. Hâlâ soruşturma altında olduğumu düşünmüyorum."

"Ah, elbette soruşturma altındasınız. Bu soruşturmalar öylece sona ermiyor, değil mi? Şimdi sizi yakalayacak delilleri olmasa bile ileride olmayacağı anlamına gelmiyor bu." Duraksıyor. "İyi bir polis asla işin peşini bırakmaz. Bunu biliyor olmalısınız. İşi daha gizli yürütürler sadece."

"Ne demeye getiriyorsunuz?" diye soruyor sinirlenerek.

"Acaba birilerinin hakkınızda kitap yazmasından ölesiye korkmuş olabilir misiniz diye merak ediyorum, sadece; bir de Candice'in karınızın cinayetiyle ilgili neler söyleyebileceğinden."

"Saçmalık bu. Size söyledim, adını hiç duymadım. Benim hakkımda bir kitap yazmıyordu." Başı dönüyor, kalbi fazla hızlı atıyor. Candice'i öldürmediğini biliyor. Ya da başka herhangi birini. Sorensen yanlış yolda.

Sorensen, "Umarım yazmıyordu" diyor ve ardından ekliyor: "Fakat bana Candice White'ın gerçek suç romanları yazdığı söylendi."

David renginin attığını hissediyor.

"Her durumda, dizüstü bilgisayarına erişmemiz an meselesi, o zaman göreceğiz" diyor Sorensen. "Şimdilik bu kadar. Gidebilirsiniz."

34

Pazar, 13.45

Komiser Muavini Sorensen sıkkınlıkla sandalyesine sırtını yaslıyor. Olay yeri inceleme ekibinin buraya varması daha ne kadar zaman alacak, bilmiyor. Sabırsızlıkla saatine bakıyor. Soğuk odalarda kahve üstüne kahve içerek geçirdiği saatlerden sonra, hafta sonu boyunca elektrik olmadan bu ıssız otelde hapsolmanın nasıl bir şey olduğunu anlamaya başladı. Olaylarıysa hayal bile edemiyor.

Ne var ki kanıtlar ortada. Üç kişi öldürüldü. Bir diğeri korkuyla otelden kaçıp olasılıkla donarak öldü. Ölen beşinci kişinin de ölüm sebebi meçhul. Hayatta kalanların travma geçirdiği açık.

Sorensen, Ian Beeton'ı çağırıyor; misafirlerden bazıları onun katil olabileceğini düşünüyor, ondan korkuyorlar. Yemek salonuna girerken Ian'ın yüzü solgun ve endişeli görünüyor, Sorensen'e ihtiyatla yaklaşıyor. Sorensen, acaba hangisini daha kötü buluyordur diye merak ediyor: Gecenin bir körü korku ve paranoyanın doruklarındayken diğerleri tarafından suçlanmak mı yoksa gündüz gözüyle polis tarafından sorgulanmak mı?

Sorensen içinden, müthiş bir baskı altında olmalı, diye geçirerek, "Lütfen oturun" diyor.

Ian oturuyor; sanki tutuklanmayı bekliyormuş gibi bir hali var. Sorensen ise hakları okunduktan sonra konuşmayı reddeden ilk kişi o mu olacak diye merak ediyor.

Ama Ian başıyla onay veriyor ve kapalı cam kapıların ardından diğerlerinin bir arada oturduğu lobiye doğru tedirgin bir bakış atıyor. Sorensen'in sorularını cevaplayarak hafta sonu olanları kendi gözünden aktarıyor. Dana Hart ya da Candice White'la tanışıklığı olduğunu reddediyor. Cinayetlerin herkes kadar onu da şoka uğrattığını söylüyor.

"Diğerleri cinayetleri sizin işlediğinizi düşünüyor" diyor Sorensen.

"Akıllarını kaçırmışlar. Ben kimseyi öldürmedim" diyor Ian savunmaya geçerek. "Onlardan herhangi biri de katil olabilir."

"Sizce kim olabilir?"

Ian bir süre sessiz kaldıktan sonra, "Bilmiyorum" diyor.

Sorensen imalı imalı kaşlarını kaldırıyor. "Hiçbir fikriniz yok mu?"

"Ben dedektif değilim" diyor Ian geri adım atmayarak. "Ama her kimse deli olmalı. Olaylar baştan sona delice." Gerginlikle dudaklarını yalıyor. "Açıkçası, dün gece ecel teri döktüm. David olmasa... o olmasa beni öldürmüş olabilirlerdi. O Henry pisliğinin önerisiydi. David onu yatıştırmayı başardı."

Sorensen duygusuz bir ifadeyle ona bakıyor. "Ve şimdi Henry de ölü."

Ian başını kaldırıp bakıyor. "Bununla da bir ilgim yok, yemin ederim!"

Sorensen, "Henüz nasıl öldüğünü bilmiyoruz" diyor. "Elbette bir otopsi yapılacak. Şimdilik bu kadar. Lobiye dönebilirsiniz."

Pazar, 15.30

Komiser Muavini Sorensen ile Memur Lachlan, James'in onlar için şöminesini yaktığı zemin kattaki oturma odasına geçiyorlar. Burası yemek salonundan daha rahat. Diğerleri Perez ile Wilcox'un gözetiminde lobide kalıyor. Perez yemeklerini yediklerini ama huzursuzlanmaya başladıklarını bildiriyor. Bu konuda Sorensen'in elinden gelen pek bir şey yok. O da sabırsızlanıyor. Komiser, adli tabip, olay yeri inceleme ekibi ve dedektifler yollar ne zaman açılırsa o zaman buraya gelecek.

Sorensen fiziksel kanıtları kendi elinden geldiği kadar inceledi; bu noktada olay yeri inceleme ekibi gelene kadar yapabileceği pek bir şey yok. Onları ürkütüp avukat talep edecekleri kadar zorlamadan herkesi sorguya aldı. Delilleri çabucak ve ustalıkla toplayacak teknoloji olmadan bu ıssız otelde tıkılıp kalmaktan hoşnut değil. Yolları bir an önce temizlemelerini umuyor.

Himayesindekileri gözetleyip güvenliklerini ve kimsenin delilleri bozmamasını sağlamaktan başka yapacak bir şeyi yok. Olay yeri inceleme ekibi olmadan buraya tıkılıp bu işi yürütmek için kendi aklından başka bir şeyi de yok elinde.

"İlk bakışta" diyor, şöminenin yanında, karşısında oturan Lachlan'a, "bu cinayetlerin hiçbiri arasında bir bağlantı görünmüyor. Kurbanlar otele gelene kadar birbirlerini tanımıyordu. En azından bildiğimiz kadarıyla. Belki daha derin bir incelemeyle bir şeyler aydınlanacaktır. Şu an elimizde olmayan şey" diye ekliyor, "herhangi bir cinayet sebebi."

Lachlan hüsranını açıkça dile getiriyor. "Burada elimiz kolumuz bağlı oturmak hiç hoşuma gitmiyor."

Sorensen iç çekip, "Benim canımı sıkan Bradley" diyor. Şimdi daha alçak sesle konuşarak yüksek sesle düşünmeye devam ediyor. "Bradley'yi tanırdım. Hep bir şeyler peşindeydi; çok girişkendi, hep bir dolap çevirirdi. Bu olaylarla bir ilgisi var, bundan eminim. Bir şey gördü ya da bir şey biliyordu ve bu yüzden öldürüldü. Ama ne biliyordu?"

"Şantaj yapabilecek biri miydi acaba?" diyor Lachlan.

Sorensen başını sallıyor. "Ben de bunu düşünüyorum. Öyleyse hiç şaşırmam. Ama kime şantaj yapıyordu? Katilimiz hangisi? Ya da birden fazla katilimiz mi var?" Bir an için ateşe bakıyor, ardından devam ediyor. "İçlerinden herhangi biri Dana'yı öldürmüş olabilir. İçlerinden herhangi biri Candice'i öldürmüş olabilir. Henry ile Beverly hariç herhangi biri Bradley'yi öldürmüş olabilir. Bradley öldürüldüğünde dışarıya çıkmayan bir tek onlar var."

"Evet" diye katılıyor Lachlan.

"Ayrıca içlerinden herhangi biri Henry Sullivan'ın içkisine bir şey atmış olabilir, mesela, şayet doğal sebeplerden ölmeyip o da cinayete kurban gittiyse. Hepsi ara sıra ısınmak için ateşin yanına gittiklerini kabul ediyor ve Henry ateşin dibinde oturuyordu." Biraz duraksayıp ekliyor: "Görünüşe göre Henry'nin işe burnunu sokup teoriler uydurarak sıkıntı verdiğini de unutmayalım, katilimiz gerilmeye başlamış olmalı."

Bütün gece gerginlik içinde koltukta oturmaktan David'in bütün kasları sızlıyor. Evine gitmeye can atıyor. Ama kimse daha bir süre oradan ayrılamayacak.

Gwen'i izleyerek zaman geçiriyor; bütün bunlar sona erdiğinde onunla görüşmek ister mi diye merak ediyor. Bir yandan da katilin kim olduğunu düşünüyor. Diğerleri failin Ian olduğuna emin görünüyor ya da en azından dün gece emin görünüyorlardı. Ama David öyle düşünmüyor.

Burada gerçeği bilen tek bir kişi var, diye düşünüyor, o da katil. Ve onun kim olduğuna dair güçlü bir tahmini var. Sadece hiç kanıtı yok. Teorisini Sorensen'le paylaşmak da istemiyor. En azından şimdilik.

Gwen katilin kim olduğunu bilmek için yanıp tutuşuyor.

Kaygıyla, sabahın erken saatlerinde, Henry, Ian'ı öldürmelerini önerdiği zaman olanları düşünüyor. İnsanlar korktuklarında ne kadar tehlikeli oluyor, diye geçiriyor içinden. Engel olduğu için David'e minnet duyuyor. Diğerleri akıllarını kaçırırken aklını başında tutabilen bir adam... Böyle bir adam karısını ya da herhangi birini öldürmüş olamaz herhalde?

Katilin kim olduğunu bilmesi gerek çünkü David olmadığından emin olması gerek.

Ian diğerlerini elinden geldiğince görmezden gelerek lobideki pencerelerin önünde bir ileri bir geri yürürken hepsinin onu izlediğini hissedebiliyor. Odada herkesi gözetleyen, onu koruyan bir polis memuru olduğuna seviniyor. Yine de korkuyor. Hepsine ısrarla kimseyi öldürmediğini söyledi. Görünüşe bakılırsa ona inanmıyorlar. Önemli olan polisin neye inandığı. Gerçekten de çok iyi bir avukata ihtiyacı olabilir. Diğerleriyle birlikte oturan David Paley'yi düşünüyor; muhtemelen hayatını kurtardı. İş oraya gelirse belki avukatı olur. Tutuklanırsa.

35

Pazar, 16.10

Şömine sönmek üzereyken James ateşi körüklemek için oturma odasına geliyor. Komiser Muavini Sorensen ile Memur Lachlan uzaktan bir ses duyduklarında hâlâ şöminenin önünde oturuyorlar. Garaj yolundan bir makine sesi geliyor.

"Yol temizlik ekipleri olmalı" diyor Lachlan coşkuyla ayağa kalkarak.

Rahatlayan Sorensen da "Şükürler olsun" deyip koltuğundan kalkıyor. "Bütün ekiplerin gelmesi yakındır öyleyse."

Oturma odasından çıkıp lobiye gittiklerinde herkes pencerelere bakıyor. Ses lobiye daha yüksek geliyor. Pencereden dışarı bakınca Sorensen büyük sarı bir kar makinesinin yavaşça, ite kaka garaj yolundan yukarı çıktığını görüyor.

Pencereye sırtını dönüp lobidekilere bakıyor. Kar makinesinin sesini duyunca James de mutfaktan çıkıp geliyor; diğerleriyse taş kesilmiş halde oldukları yerde duruyor. Sorensen tek tek her birinin yüzüne bakıyor: Beverly, Matthew, Gwen, David, Ian ve Lauren.

Dönüp tekrar pencereden dışarı bakınca kar makinesinin arkasında bir kamyon görüyor; olay yeri inceleme ekibinin aracı bu. İçi rahatlayan Sorensen, yüzüne hafif bir tebessüm yayıldığını hissediyor.

Gwen, otelde dört bir yana dağılıp işe koyulan olay yeri inceleme ekibini izliyor. Polis memurları Wilcox ve Perez lobide kalıyor, sanki birinin kaçmaya çalışabileceğinden korkuyorlar.

Gwen, cinayet ekibinin ne bulacağını merak ediyor.

Bu berbat hafta sonu boyunca bu insanlarla çok vakit geçirdi. Sırlarını öğrendi; en azından bazılarını. Hepsinin kirli çamaşırı gözler önüne serildi. Yine de onları neredeyse hiç tanımıyormuş gibi. Bu hafta sonunu sağ salim atlatmakla eline geçen tek şey, insanın bir başkasını *gerçekten* tanımadığını anlamak oldu. Korkunç bir şey bu. Çünkü insan asla bilemiyor, değil mi? Gwen buradan çıkıp dünyaya döndüğünde karşılaştığı herkesin içinde, derinlerde bir yerlerde saklı bir kötülük taşıdığını düşünecek artık.

Komiser Muavini Sorensen'e telefonla dedektifin geç kalacağı bildiriliyor. Şimdilik yetki hâlâ onda. Teknisyenlerin hızlı ve etkin çalışmalarını izleyen Sorensen, ne kadar dikkatli olunursa olunsun, bugünlerde suç işleyip de arkada kanıt bırakmamanın, yaptığının yanına kalmasının mümkün olmadığını biliyor.

Teknisyenler oteli dolaşarak bulgulara dikkatle işaretler koyup detaylı fotoğraflar çekerken Sorensen de peşlerinden gidiyor. Onlar tek tek cesetleri inceleyip aralarında mırıldanırlarken başlarında dikiliyor. Her ne kadar ellerinden geldiğince hızlı çalışsalar da cesetlerin kaldırılmasına biraz daha zaman var.

Şimdi dışarıda, Bradley'nin karın içinde öldüğü yeri incelemelerini izliyor. Akşamüzerinin bu geç saatlerinde bahçeye aşırı parlak ışıldaklar kurulmuş; insanın gözünü alıyor.

"Görünüşe göre başının arkasına tek bir darbe almış" diyor teknisyenlerden biri. "Darbe onu öldürmeye yetecek kadar güçlü ve ağırmış."

Şimdi diğer teknisyenlerden biri eliyle Sorensen'i yanına çağırıyor. "Şuna bakın" diyor.

Sorensen, teknisyenin eğilip karın içinde işaret ettiği şeye dikkatle bakıyor ama bir şey göremiyor. Üç odaklı gözlüğünden maksimum verim almak için gözlüğü biraz yukarı itip, "Ben bir şey görmüyorum" diyor.

Teknisyen tekrar eğilip bir cımbızla karın içinden minicik bir şey çıkarıp Sorensen'e gösteriyor. Küçük bir elmas küpe bu. Görememesine şaşmamalı.

"Bunun cesedin altından çıktığını mı söylüyorsun?" diyor Sorensen.

Teknisyen başını sallıyor. "Karın içinde donmuş, o yüzden fazla uzun süredir burada olamaz. Ancak cuma gecesi kar yağışı başladığından beri burada olabilir. Ayrıca kulak deliğine geçirilen küpelerden. Bundan yeterli DNA örneği çıkacaktır."

"Öyleyse bir kadın" diyor Sorensen, şaşkınlığını gizleyemeyerek.

"Öyle görünüyor."

"Aferin."

Tekrar içeri giren Sorensen, Ian Beeton'dan onunla gelip birkaç soruya daha cevap vermesini istiyor. Onu çağırırken yüzüne bakmıyor. Diğerlerinin beklentiyle kıpırdandığını fark ediyor.

Benzi solmuş, sarsılmış Ian sendeleyerek yemek salonuna gidiyor.

Sorensen oturmasını söyleyip haklarının hâlâ geçerli olduğunu bildiriyor. Ian sanki dizlerinin bağı çözülmüş gibi sandalyeye çöküveriyor.

"Size birkaç sorum daha olacak" diyor Sorensen.

Ian korkudan kocaman açılmış gözlerini ona çeviriyor.

Sorensen küçük şeffaf bir delil poşetini havaya kaldırıp yemek masasının beyaz örtüsünün üstüne bırakıyor. "Daha önce bu küpeyi gördünüz mü?"

Ian şaşkınlıktan dilini yutmuş gibi küpeye bakakalıyor. Beklediği her neyse bu olmadığı ortada.

"Bu size tanıdık geliyor mu?" diye soruyor Sorensen.

Ian ağır ağır başını sallıyor. "Lauren'a ait. Yani onun taktığı küpelerden birine benziyor..."

"Bunu en son ne zaman taktığını gördünüz?"

Şimdi ona ne sorulduğunun ayırdına varan Ian sandalyesinde geri yaslanıyor. "Nerede buldunuz bunu?"

Sorensen cevap vermeden bekliyor.

"Bu küpeleri dün takmıştı, sanırım."

"Sanıyorsunuz?"

"Dün takmıştı."

"Peki." Sorensen lobiye girdiğinde Lauren'ın kulağında küpe olmadığını hatırlıyor. Ama Beverly ile Gwen'in kulaklarında küpe var. Küpesini kaybeden biri odasına geri dönüp yeni bir çift küpe alma fırsatı bulmuş olamaz. "Küpeleri ne zaman çıkardığını fark etmiş miydiniz?"

Ian başını iki yana sallayıp, "Hayır" diye fısıldıyor.

Herkes dikkat kesilmiş, lobiye dönen Komiser Muavini Sorensen'i izliyor. Yüzü bembeyaz, besbelli sarsılmış Ian dönüp sessizlik içinde yerine oturduğundan beri hepsi diken üstünde.

Lachlan elinde kelepçeyle Sorensen'in yanında duruyor.

David herkesin ne kadar kıpırtısız, ne kadar tetikte olduğunu fark ediyor. Polisler Lauren'ın önünde dikildiğinde David kalbinin giderek daha hızlı attığını hissediyor.

"Lütfen ayağa kalkın" diyor Sorensen, Lauren'a.

Gözle görülür şekilde titreyen Lauren ayağa kalkıyor.

Sorensen sert bir tonla, "Lauren Day, Bradley Harwood'u öldürmekten tutuklusunuz..."

Lauren'a Miranda hakları okunurken David diğer her şeyi bırakıp ona odaklanıyor. Lauren itiraz etmek üzere ağzını açıyor ama nefes almakta bile zorlanıyora benziyor. Gözucuyla Ian'a telaşlı bir bakış atıyor ama Ian tepki vermiyor; tamamen şokta.

Lauren telaşlı bakışlarını David'e çeviriyor. Birinin onu desteklemesine ihtiyacı var; bir avukata ihtiyacı var. Ne var ki David bir an için gözlerine bakıyor, ardından başını çeviriyor, diğerlerine bakıyor; olan bitenler karşısında hepsi afallamış görünüyor.

Kelepçelerin Lauren'ın bileklerinde tık diye kapandığını duyunca Ian'ın midesi ağzına geliyor.

Doğru olamaz, diye düşünüyor, kalbi göğsünden fırlayacak denli çarparak. Olanlara inanamıyor. Gerçek olamazmış gibi geliyor. Telaş içinde ellerini saçlarından geçiriyor.

Lauren çok normal biri.

Bütün cinayetleri Matthew'nun işlediğini düşünüyordu. Varlıklı bir ailenin oğlu olarak dünyaya gelmiş, belki bir kavganın ardından nişanlısını öldürmüş, sonra da doğuştan zenginlerin o doğuştan gelen kibriyle suçunu örtbas etmeye çalışmıştı. Belki de Candice ile Bradley bir şeyler biliyordu ve onları susturması gerekiyordu. Meğer katil Matthew değilmiş. O da bir kurbanmış; sevdiği kadını kaybetmiş. Ian şimdi ona bakınca yüreği eziliyor; bir daha asla eskisi gibi olamayacak.

Ian da asla eskisi gibi olamayacak. Hiçbiri eskisi gibi olamayacak bir daha.

Birden başı dönüyor, bir kez daha mide bulantısını atlatmaya çalışıyor. Belki polis bir hata yapmıştır. Lauren bütün bu insanları öldürmedi, şüphesiz. *Nasıl bir sebebi olabilir ki?*

Tekrar ona bakıyor. Lauren gözlerini kapamış, dudaklarını sımsıkı birbirine bastırmış. Birdenbire doğru olduğunu anlıyor Ian. O gözkapaklarının ardında neler döndüğünü merak ediyor, gözlerini ondan alamıyor. Onu hiç tanımadığını fark ediyor.

Kıl payı kurtulduğunu söylüyor kendine. Titriyor. Birlikte aylar geçirdiler. Ona âşık olmaya başladığını düşünüyordu.

Matthew, Lauren'ı tutuklayan polisi izliyor. Ellerinde ne kanıt olduğunu bilmiyor ama polise güveniyor. Onu tutuklamak için iyi bir sebepleri olmalı. İçi tarifsiz bir acı ve öfkeyle doluyor ama aynı zamanda rahatlıyor. Artık nişanlısını öldürdüğünden şüphe edilmediği için rahatlıyor. İçgüdüsel olarak Lauren'a doğru bir adım atıyor, sonra duruyor. Dana'yı öldüren oydu! Katil oydu! Buna inanmakta çok güçlük çekiyor. Dana'yı merdivenlerden aşağı itip, ardından işini sağlama almak için başını en alt basamağa çarpan oydu. Sonra da herkesin nişanlısını olasılıkla onun öldürdüğüne inanmalarına izin verdi. Çaresizlik ve korkuyla neredeyse kendini öldürecekti Matthew.

Acıyla haykırarak, "Neden öldürdün onu?" diye hesap soruyor Matthew.

"Lütfen geri çekilin, beyefendi" diyor Sorensen.

Lauren gözlerini aniden açıp çaresiz bakışlarını Matthew'ya çeviriyor. "Onu ben öldürmedim!" diye haykırıyor. "Kimseyi öldürmedim ben! Hata ediyorlar. Tamamen bir hata bu. Ben yapmadım!" Çılgına dönmüş bir halde Ian'a bakıyor. Ian ona yardım eder, elbette. "Ian, söyle onlara! Katilin ben olmadığımı söyle!"

Ama Ian ona sanki ondan korkuyormuş gibi bir tuhaf bakıyor. Daha birkaç dakika önce yemek salonunda polise ne söyledi? Ne biliyor? Bir şey biliyor olamaz!

David öne çıkıp Lauren'ı uyarıyor. "Bir şey söyleme. Tek kelime etme."

36

Pazar, 17.45

Lauren, David'in gözlerinin içine bakıyor; ona inanan, onu koruyacak birinin gözleri değil bunlar. Elleri kelepçeli, yere çöküyor, tekrar gözlerini kapatıyor. Yerde oturmasına izin veriyorlar. Kanepeye yaslanmış oturan Lauren, alçak sesli konuşmalarını işitiyor.

Onlara hiçbir şey söylemeyecek. Sessiz kalma hakkına sahip ve bu hakkını kullanacak.

Ian onu bir hafta sonu gezisi için buraya davet ettiğinde olacaklardan habersizdi. Hiçbiri planlanmamıştı.

İlk geceyi hatırına getiriyor Lauren. Dana'dan ilk bakışta hoşlanmamıştı. Ona birini hatırlattığı için diye düşünmüş ama kim olduğunu çıkaramamıştı. Ancak kokteyllerini içtikten sonra, akşam yemeği sırasında Dana'nın ona kimi anımsattığını hatırlamıştı. Ancak Dana, *Sanki birileri çatıdan düşüyormuş gibi,* deyip kahkaha attığı zaman onun kim olduğunu hatırlamıştı. O zaman Lauren'ın kalbi güm güm atmaya başlamış, bir yandan yüzünün kızardığını hissederken bir yandan üşümeye, terlemeye başlamıştı.

Dana –Lauren onunla tanıştığında adı Dani'ydi– onu tanıdığına dair hiçbir belirti göstermemişti. Ta ki o yorumuna kadar. Lauren o zaman Dani'nin onu tanıdığına ama tanımazdan geldiğine emin olmuştu. Dani hep iyi rol yapardı. Öte yandan Lauren'ın kim olduğunu bildiğini bilmesini istediği de açıktı.

İkisi de değişmişti. En azından görünümleri değişmişti.

Uzun zaman önceydi. On beş yıl önce. Hayatının yarısı kadar önce. Lauren o zamanlar sıradan, suratsız, fazla kilolu bir genç kızdı ve Dani durmaksızın, acımasızca ona sataşıyordu. Ama onu tanımıştı.

Dani de şimdi tepeden tırnağa değişmişti. On beş yaşındayken saçları çok kısaydı. Sert ve kaba görünüyordu. Sert ve kaba bir kızdı da. Şimdi, on beş yıl sonra bambaşka birine dönüşmüştü. Bu yeni kimliği –Dana– çok kadınsı, bakımlı, görünümüne epey para dökmüş biriydi. Lauren'ın onu tanımamasına şaşmamalı. Öte yandan Lauren o kavgacı Dani'nin hâlâ içinde olduğuna emindi; Dana sahteydi. *Dana* sefil bir ıslahevinde tek bir gece dahi geçirmiş gibi görünmüyordu; bütün hüsranını, öfkesini ve korkusunu ondan daha savunmasız olanlardan çıkaran o kıza hiç benzemiyordu.

Lauren da onu ardında bırakmıştı. Şimdi bunun ortaya çıkmasını istemiyordu. Artık hayatında Ian vardı. Dana'nın her şeyi berbat etmesine izin veremezdi. Dana'nın kimseye bir şey söylemeyeceğinden emin olmalıydı.

Akşamın kalanı boyunca düşünceler zihninde dört döndü. Ian'la arka merdivende sevişirken bile aklı başka yerdeydi. *Dana söyler mi?*

Kendine Dana'nın da kaybedecek şeyleri olduğunu söyledi; belli ki varlıklı bir aileye gelin gitmek üzereydi. Lauren, Matthew'nun Dana'nın geçmişini bilmediğine emindi. Dana ondan bunu saklardı, şüphesiz. Matthew gibi bir adamın, geçmişini bilmesini istemezdi. Ne var ki Dana da onun hakkında, Lauren'ın kimsenin bilmesini istemediği bir şey biliyordu.

Müthiş bir talihsizlikti bu.

O gece ne de kolay hatırına gelmişti her şey. Hayatının o korkunç dönemi. Çok öfkeli bir genç kızdı Lauren. Ailesinin evinden alınıp şehrin öbür tarafındaki o rezil ıslahevine yerleştirilmişti. Anne babası onunla baş edemez olmuş, ona bir ders vermek istemişlerdi. Lauren bu yüzden ikisinden de nefret ediyordu. Babası ondan usanmıştı ama annesi Lauren'ın mutsuz olduğunu düşünüyordu yalnızca. Ezelden beri çile çeken zavallı annesi. Lauren'ın gerçekte kim olduğunu hiç anlamamıştı.

Islahevi korkunç bir yerdi. Kendine ait bir yatak odası bile yoktu. Bir odayı paylaştığı iki kızdan biri uzun boylu, sıska ve acımasız Dani'ydi. Dani'nin hikâyesini hiç öğrenmedi Lauren; evlerinden hiç bahsetmezlerdi, o bok çukuruna nasıl düştüklerinden de. Hiç temizlenmeyen bir banyoyu altı kişi paylaşıyordu. Yemekler neredeyse yenecek gibi değildi. Ama Lauren yine de hepsini yer, her fırsatta biraz teselli bulurum umuduyla tıkındığı için de kendinden nefret ederdi.

Çatıya çıkarlardı. Şimdi düşününce, o ıslahevinde, arka bahçedeki TV anten kulesinden çatıya tırmanmaları inanılır gibi değildi. Ev sokağın en sonundaydı ve çatının arka tarafında kaldıkları sürece onları kimse göremezdi. Oraya çıkıp, Dani'nin güya onları himayesine alan Bayan Purcell'den çaldığı sigaraları içerlerdi. Bir akşamüzeri, ıslahevindeki çocuklardan biri, Lucas –on üç yaşındaydı ama daha küçük gösteriyordu– peşlerinden çatıya çıkıp Dani'den sigara istedi.

Dani ona siktirip gitmesini söyledi.

Çocuk gitmeyip onu sıkıştırmaya devam etti, ta ki Dani ona anne babasının uyuşturucu bağımlısı olduğunu ve asla onu almaya gelmeyeceklerini çünkü sosyal hizmetler görevlisinin Bayan Purcell'e anne babasının aşırı dozdan öldüğünü söylediğini duyduğunu ve artık öksüz olduğunu söyleyene kadar. Bazen ne taş kalpli kaltağın teki oluyordu Dani.

"Yalan söylüyorsun!" diye bağırdı çocuk, yüzünden öfke dolu gözyaşları akarak. "Seni şikâyet edeceğim!"

"Buyur et" dedi Dani, sigarasının külünü silkerek. "Tanrım, tam bir bebeksin."

Dani'den istediğini alamayan, incinmiş Lucas bir başkasını incitme ihtiyacıyla Lauren'a dönüp yaşını aşan bir kibirle, "Şişman ve çirkinsin sen!" dedi.

Bunun üzerine Lauren birdenbire ayağa kalkıp onu çatıdan aşağı itiverdi.

Şoka uğrayan Dani ona döndü. "Tanrım! Ne yaptığının farkında mısın?"

İkisi aşağıdaki avlunun taş zemininde yatan çocuğa baktı; kıpırdamıyordu, kafası yarılmış, kanı akıyordu. Dani ile Lauren kaçıp alışveriş merkezine gitti ve akşam yemeğine kadar da dönmediler.

Çocuğun düştüğü ya da atladığı varsayıldı. Sorunlu bir çocuktu, iki uyuşturucu bağımlısının oğluydu ve muhtemelen fetal alkol sendromundan ve dürtü kontrol bozukluğundan mustaripti. Kimse ailesinin nerede olduğunu bile sormadı. Ama Dani, Lauren'ın ne yaptığını biliyordu ve birkaç gün boyunca canı ne zaman isterse bunu birilerine anlatacağını söyleyip olayı ona karşı koz olarak kullandı.

Lauren çocuğu çatıdan ittirdikten bir hafta kadar sonra Dani oradan ayrıldı. Eşyalarını bir çöp torbasına tıkıştırıp, "Görüşürüz, ezik" demiş, sonra da kapıyı ardından çarparak çekip gitmişti. Lauren ise ailesinin yanına mı döneceğini yoksa bir başka koruyucu aileye mi gideceğini bilmiyordu.

Eve gitmek istiyordu. Orada fazla uzun süre kalacağını düşünmemişti. Ne var ki haftalar birbiri ardına geçip gitti ve Lauren, ailesi bir daha onu eve geri çağıracak mı diye düşünmeye başladı. Kimse ona bir şey söylemiyordu. Lauren'ın öfkesi çığ gibi büyüdü.

Nihayet ıslah edilmiş sayıldığında annesi tek başına onu almaya geldi. Babası çekip gitmişti. Lauren onu bir daha görmedi. Annesi onu eve götürdü ve hayat normale döndü; Lauren yine canının istediğini yapıyordu. Birkaç yıl sonra annesi yeniden evlendi. Üvey babası onu evlat edindi ve Lauren onun soyadını aldı.

Ve sonra Dani, Mitchell's Inn'de karşısına çıktı.

O gece Lauren uyku haplarını içmedi. Ian uykuya dalana kadar bekleyip etrafta rüzgârın uğultulu gürültüsünden başka ses çıkmaz olduğunda gizlice odasından çıktı ve usulca ikinci kata inip Dana'nın kapısını hafifçe tıklattı. Koridorda tek başınaydı; fırtına pencerelerini döverken herkes uyuyordu. Lauren'ın kapıyı bir daha çalması gerekmedi.

Dana kapıyı açıp temkinli bir ifadeyle ona baktı. Lauren konuşmaları gerektiğini söyledi. Dana dönüp uyuyan nişanlısına baktı ve tek kelime etmeden koridora çıktı. Lauren'ın peşinden merdivenden sahanlığa indi, sonra duraklayıp, "Dur" dedi alçak sesle. "Burada konuşabiliriz." Bir adım daha atmayacağını söylercesine olduğu yerde durdu. Böylece, merdivenin tepesinde Lauren, Dana'nın gözlerinin içine bakıp, "Bazı şeyleri netleştirmemiz gerekiyor" dedi.

Dana kocaman gözlerini üzerine dikip, tıpkı yemek salonunda birilerinin çatıdan düşmesiyle ilgili espri yaptığı zamanki gibi baktı Lauren'a. O korkunç hadise ikisinin de geçmişine kazınmıştı. Şimdi sorulacak tek soru şuydu: *Bu sefer ne oldu?*

Dana'nın yüzü soğuk, boş bir ifadeye büründü. "Tam olarak neyi açıklığa kavuşturmak istiyordun?" diye sordu. Ardından pis pis sırıtarak ekledi: "Ah, bir dakika! Buldum. Bir *katil* olduğunu kimseye söylemeyeceğimden emin olmak istiyorsun."

"Kes sesini, Dani" diye çıkıştı Lauren alçak sesle. "Hâlâ beni itip kakabileceğini sanma. Çok şey değişti."

Dana alay edercesine kahkaha attı. "Ah, ben pek bir şeyin değiştiğini sanmıyorum. Bence dizginler hâlâ benim elimde, hakkında ne bildiğimi düşünürsek."

"Yine de sen de Matthew'nun geçmişini öğrenmesini istemezsin diye düşünüyorum, haksız mıyım?"

"Ah, bilemiyorum. Geçmişim hazin olabilir ama *suç* barındırmıyor."

Lauren uzanıp Dana'nın sabahlığını çekiştirdi. Dana'nın sol göğsünde küçük bir dövme gerçeğin izini taşıyordu: bir engerek yılanı. "Bunu sildirmedin mi?" Lauren az kalsın kahkaha atıyordu. "Dövmeler silinebiliyor, biliyorsun."

Dana ona bakıp o tanıdık, alçak sesiyle tısladı: *"Sende hafif bir sosyopatlık vardı hep. Ne yapacaksın, beni de mi ittireceksin?"*

Ve Lauren tek hareketle, şiddetle Dana'yı merdivenden aşağı itti. Dana en alt basamağa kadar yuvarlanırken kalın halı bütün sesleri yuttu. Düşerken attığı hafif çığlık Lauren'ı paniğe sürükledi. Olduğu yerde donup kaldı. Yine de artık başladığı işi bitirmeye kararlıydı.

Dana merdivenin dibinde kıpırtısız yatıyordu. Diğerleri koşup gelene kadar Lauren'ın yalnızca birkaç dakikası vardı. Sessizce koşarak basamakları indi. Dana'nın boğazının yumuşak kıvrımına dokunup nabzını yokladı; hâlâ atıyordu. Dana'nın ışıl ışıl saçlarını avuçlayıp başını kaldırdı ve olanca öfkesiyle, var gücüyle basamağın kenarına vurdu. Kalbi deli gibi çarpan Lauren, her an birinin çıkıp geleceğini bekleyerek merdivenin tepesine baktı; birileri çığlığı duymuş olmalıydı. İçinden, onlara söyleyeceklerini hazırlıyordu. Ama hâlâ gelen yoktu. Lauren tekrar nabzına baktı;

Dana ölmüştü. Etrafa göz atıp kimsenin onu görmediğinden emin olduktan sonra sessizce arka koridora, arka merdivenden de üçüncü kata çıkıp odasına döndü. Çığlığı duymuş olabilecek kimseyle karşılaşmak istemiyordu. Ian mışıl mışıl uyuyordu.

Onu öldürmüştü. Dani'yi, yıllar önce yaptığı şeyi bilen tek kişiyi öldürmüştü ve tek hissettiği rahatlamaydı. Onu zengin bir adamla evlenip hayatta istediği her şeye kavuşmadan önce öldürmüş olmak da ayrıca tatmin ediciydi.

Dana'nın merdivenden düştüğünü düşüneceklerdi.

Lauren tekrar yatağına kıvrılıp bütün gece hiç uyumadan, yaptığı şeyi düşündü. İçinde hiç pişmanlık yoktu.

Ne var ki uzun gece ağır ağır ilerlerken endişeye kapılmaya başladı. Her şey çok hızlı olup bitmişti. Dana'nın çoktan Matthew'ya ondan bahsetmiş olabileceğinden, olayın bir kaza olmadığını anlayabileceklerinden, Dana'nın ölmediğinden endişeleniyordu.

O sabah nihayet, gözüne hiç uyku girmeden çok erken saatte kalkıp, kimseyi uyandırmamak için çıtını çıkarmamaya dikkat ederek herkesten önce aşağı indi. Kalbi sanki göğsünden fırlayacakmış gibi atıyordu. Merdivenin tepesindeki sahanlıkta durup acımasız bir rahatlıkla aşağıdaki Dana'ya baktı; öldüğüne şüphe yoktu. Sessizce aşağı inip Dana'nın yanına çömeldi ve tamamen cansız olduğunu doğruladı. Öyle rahatladı ki az kalsın kahkaha atacaktı.

Sonra da o korku dolu, acılı çığlığı attı. O zaman insanlar koşup gelmeye başladı. Lauren ola ki polis parmak izini bulursa diye herkesin önünde Dana'nın nabzını yoklamayı ihmal etmedi. Kaza gibi görüneceğini umuyordu. Eğer kaza olmadığını düşünen çıkarsa da, bariz şüpheli Matthew olacaktı. Şüphe altında olmadığını düşünüyordu Lauren.

Ne var ki sonra avukat David olayın bir kaza olmadığını, cinayet olduğunu ortaya attı. Yine de Lauren bunun sorun olmayacağını düşündü. Matthew'dan şüpheleneceklerdi. Ayrıca öyle olmasa bile cinayetle arasında bağlantı kuracak hiçbir şey yoktu ellerinde. Dana'yla aralarındaki ilişkiyi bulamayacaklarına emindi.

Ama sonra, öğle yemeğinden sonra kitabının içinde bir not buldu. Kahvaltıdan sonra kitabı lobide bırakmıştı. Öğle yemeğinin ardından kitabı alıp yukarı çıktı ve kitabı açtığında ayracının yanında katlanmamış bir kâğıt buldu. Üzerinde, belli ki el yazısının tanınmaması için büyük harflerle şöyle yazıyordu: *Dana'ya ne yaptığını gördüm.*

Lauren'ın kalbi sanki biri elektrik vermiş gibi göğsünde hopladı. Biri onu görmüştü! Notta imza yoktu. Ama Candice'i lobide kitabı aceleyle yerine geri bırakırken görmüştü. Notu yazan o olmalıydı. Ona şantaj mı yapacaktı? Lauren tedirginlikle oteli gözünün önüne getirdi; birileri bir koltuğun ardına, bir girintiye saklanıp onu görmüş olabilirdi pekâlâ. Ne kadar ihtiyatsız, şöyle bir etrafa bakıp kimse olmadığını düşünmekle ne kadar kibirli davranmıştı. Demek Candice onu gözetliyordu. Şimdi de ona şantaj yapmaya kalkacaktı. Sürtük. Ama şantaja boyun eğecek biri değildi Lauren.

Ne yapması gerektiğini biliyordu. Onu öldürmekten çekinmiyordu. Gerekliyse hayır. Lauren her zaman gerekeni yapabilen biri olmuştu. Başkalarından farklıydı o. Küçüklüğünden beri biliyordu bunu.

Aynı zamanda böyle bir gerçeği saklamanın önemini de biliyordu. Sırrını açık etmeyecek kadar akıllıca davranmıştı da. Bu, başkalarında göremediği bir özgürlük tanıyordu Lauren'a. Başkalarının yapamadığı şeyleri yapabiliyordu. Ama başkalarının yaptıklarını izleyip onlar gibi davranmayı öğrenerek bunu nasıl saklayabileceğini de öğrenmişti.

Notu bulduktan sonra Ian'a biraz yalnız kalmak istediğini söyleyerek kitabını alıp üçüncü kattaki oturma odasına gitti. Candice'le kütüphanede yüzleşemeyeceğini biliyordu; fazla riskliydi. O sabah Candice'in boynundaki ipek fular dikkatini çekmişti.

Bir süre sonra koridordan bir ses duydu. Okumaya yetecek kadar aydınlık pencere önündeki koltuğundan kalkıp usulca kapıya gitti ve dışarı baktı. Candice koridorun öbür tarafındaki odasının kapısını açıyordu. Lauren koridordan sessizce açık kapıya doğru ilerledi. Çabucak koridora bir göz attı; kimse yoktu. Candice masanın önünde, sırtı ona dönük duruyordu. Lauren pazarlık edecek biri değildi. Bir şantajcıyla baş etmenin tek bir yolu vardı. Ayakları halının üzerinde sessizce ilerlerken Candice'in arkasından gizlice yanaşmak kolay oldu. Çabucak fularının iki ucundan tutup bütün gücüyle sıktı. Emin olana kadar, Candice yere yığılana kadar bırakmadı. Öldüğünden emin olunca da çıkıp giysisinin koluyla kapıyı kapadı. Sonra da geldiği yoldan oturma odasına dönüp tekrar kitabını eline aldı.

Sorun çözülmüştü.

Sonra aklına bir başka fikir geldi. Gelen giden var mı diye baktıktan sonra koridorun öbür ucuna gidip Gwen ile Riley'nin odasının karşısındaki boş odanın kilidini anahtar kullanmadan açtı –sorunlu ergenliğinde edindiği bir beceriydi bu– ve usulca içeri girdi. İkisi onu duymasın diye çok sessiz olmalıydı. Yatağı kullanılmış gibi görünecek şekilde bozdu. Banyoya girip bir havlu alıp musluğu açtı ve lavaboya biraz su sıçrattı. Sonra da sessizce odadan çıkıp oturma odasına döndü. Çok akıllı davrandığını düşünüyordu. Bu kez kimsenin onu görmediğine emindi.

İşin burada biteceğini düşündü.

Candice'in cesedi bulunduğundaysa renk vermemek, hissetmediği bir korkuya, dehşete kapılmış gibi yapmak onun için çocuk oyuncağıydı. Bir bukalemun gibi diğerlerinin duygularını taklit edip onlar gibi davrandı. Hayatı boyunca yapmıştı bunu. Kolaydı.

Herkes Candice'in odasına toplanıp suç mahallini bozdu. Lauren ne olur ne olmaz diye Candice'in cesedinin üstüne eğilip fuları gevşetmeye çalışarak herkesin gözünün önünde ona dokundu. Böylece ardında kanıt bıraktığı için endişelenmesine gerek kalmayacaktı.

Ne var ki sonra korkunç bir hata yaptığını anladı.

Buzhaneden döndüklerinde, daha Candice'in cesedi bulunmadan önceydi. Bradley onu bulmak üzere kütüphaneye gitmişti. Lauren resepsiyon masasının üzerinden uzanıp karanlıkta iPhone'unu kullanarak çapraz bulmacası için kalem aramıştı. Gaz lambasının ışığında bulmaca çözmek istiyordu. O sırada, kitabında bulduğu sinir bozucu notla aynı boyutta beyaz kâğıtlı bir notluk gözüne ilişti. Işığı daha yakına tutunca o büyük haflerin silik izini görebiliyordu. Tersten bakınca bile *gördüm* ve *Dana* kelimeleri oldukça belirgin duruyordu.

Bradley'nin masasıydı bu. Babasını ya da başka herhangi birini resepsiyonun arkasında görmemişti Lauren. Notu yazıp kitabının arasına koyan Bradley olabilirdi. Belki de Candice'in bununla hiçbir ilgisi yoktu. Dana'yı öldürdüğünü gören pekâlâ Bradley olabilirdi. Çabucak bir kalem alıp kalbi çarparak masadan uzaklaştı.

Oturup bulmaca çözüyormuş gibi yaparken Candice'in de kitabın içindeki notu –*Dana'ya ne yaptığını gördüm* yazısını– görmüş olabileceğini düşündü. Kitap Candice'in elindeydi ve Lauren kitabın ona ait olduğunu söylemişti. Muhtemelen Candice'in ölmesi de iyi olmuştu. Meraklı sürtük. Ama Bradley... onu gören o olmalıydı.

Daha sonra, Candice'in cesedi bulununca fark etti ki Bradley, onu da Lauren'ın öldürdüğünden korkuyordu. Belki cesaretini kaybetmiştir, artık gelip ondan para istemeye korkar diye düşündü Lauren. Bradley ne yaptığını biliyordu. Lauren da onu öldürmesi gerektiğini biliyordu.

Riley koşup karanlıkta dışarıya fırladığında Bradley de peşinden gidince bunu fırsat olarak gördü. Paltosunu kaptı, deri eldivenleri de cebindeydi. Ian yanındaydı ama Lauren botlarının bağcıklarını bağlamakla meşgulmüş gibi yapıp ona çabucak Riley'nin peşinden gitmesini söyledi. Karanlıkta verandadaki çamur sıyırıcıyı alıp sessizce Bradley'nin gittiği yöne doğru ilerledi. Nihayet ona yaklaştığında olanca öfkesinin gücüyle başına vurdu.

Sonra gecenin karanlığında durup Bradley'nin düşüşünü duyan oldu mu diye endişeyle etrafa kulak kabarttı. Öte yandan rüzgârdan pek bir şey duyulmuyordu. Kimse gelmedi. Kulağına telaş içinde Riley'ye seslenen Gwen'in cılız sesi geliyordu yalnızca. Lauren eğilip Bradley ile yanında duran çamur sıyırıcıdan uzaklaştı. Cesetten uzağa, otelin öbür tarafına doğru ilerledi. Kısa süre sonra ön kapıda ışığın belirdiğini ve David ile Matthew'nun da peşlerinden dışarı çıktığını gördü.

Bağırışmaları duyunca tekrar Bradley'nin cesedini bıraktığı yere doğru ilerlemeye başladı. Ne var ki sonrasında işler beklediği gibi gitmedi. David elinde feneriyle oradaydı, Gwen de yanındaydı. Bradley'nin üstüne kapanmış James'i görünce Lauren yardım etmek, gerçekten ölmüş mü diye nabzını yoklamak için yanına gitmeye çalıştıysa da David ona yaklaşmasına engel oldu. Lauren göğsüne vura vura hıçkırdığında bile Bradley'nin yanına gitmesine izin vermedi. Lauren oldukça ikna edici davrandığını düşünüyordu. Yine de cesede yaklaşamamıştı. Bradley'yi içeri taşımalarına yardım etmesine bile izin vermedi David.

O zaman David'in ondan şüphelendiğini düşünmeye başladı.

Ian'la ikisi hakkındaki gerçeği, o akşamüzeri beraber olmadıklarını söylemek zorunda kalması talihsiz olmuştu. Kendini ele vermeden katilin Ian olduğunu ima ederek onun güvenilirliğini sarsmıştı. Ian'ın kardeşiyle ilgili yalanı da şans eseri ortaya çıkmıştı. Lauren birini ne kadar sevebilirse Ian'ı o kadar sevmişti ama nihayetinde gözden çıkarılabilirdi. Çıkarılması da gerekiyordu. Başkasını bulurdu.

Elbette, ellerinde bir cinayet sebebi yoktu. Lauren, Dana'yla aralarındaki ilişkiyi bulabileceklerinden endişe etmiyordu. Aynı ıslahevinde yalnızca bir iki hafta geçirmişlerdi birlikte. Bu dünyadaki bütün eşyalarını zavallı bir çöp poşetine doldurmuş bir sürü insan gelip gidiyordu oraya. Sabıka kayıtları yoktu, yalnızca koruyucu ailelerin yanlarında kaldıkları belgelenmişti. Ayrıca başka bir eyaletteydiler. Lauren o zamandan sonra hayatında yeni bir sayfa açmıştı. İşlediği hiçbir suç yakalanmamıştı.

Çok dikkatliydi. Herkesin önünde Dana'ya dokunmuştu; bu yüzden muhtemelen cesedinde onun DNA'sına rastlanacaktı. Aynı şekilde Candice'inkinde de. Bu kanıtlardan ellerine hiçbir şey geçmeyecekti. Bradley'ye gelince... Lauren eldiven takmıştı, etrafında bir sürü insan vardı, ayrıca onu yerinden kaldırmışlardı. Kanıtlar tamamen bozulmuş olmalıydı.

Ama şimdi onu ele verecek bir şey bulmuş olmaları gerektiğini düşünüyor Lauren tedirginlik içinde; ellerinde kesin bir kanıt olmalı. Belki de küpesini buldular. Ian'ı tekrar çağırmalarının sebebi bu olmalıydı, küpeyi tespit etmesi için çağırmışlardı onu. Lauren boncuk boncuk terlemeye başladığını hissediyor.

Sabahın erken saatlerinde, karanlıkta küpesinin tekini kaybettiğini fark etmişti. Küpeyi herhangi bir yerde, Bradley'nin peşinden dışarıya çıkmadan çok daha önce de düşürmüş olabilirdi. Aralarında bir mücadele geçmemişti. Çamur sıyırıcıyı kaldırıp doğruca başına indirmiş, Bradley çıt çıkarmadan yere yığılmıştı. Yine de Lauren endişeliydi: Ya küpeyi Bradley'yi öldürdüğü sırada düşürdüyse?

Ne olur ne olmaz, kimse görmeden küpenin diğer tekini çıkarıp yanındaki küçük sehpanın üzerine bırakmıştı.

Şimdi o zamandan ilerisini düşündüğüne memnun. Küpe gerçekten ellerindeyse, Bradley'nin yakınlarında bulunduysa, ikisini birden Riley dışarı çıkmadan önce çıkarıp küçük sehpanın üstüne bıraktığında diretecekti. Katil bunu görmüş olmalıydı; küpenin bir tekini alıp kasten Bradley'nin cesedinin yanına koymuş olmalıydı.

Oldukça makul bir açıklamaydı. Özellikle de ona karşı başka hiçbir delil bulamayacakları için. Makul şüphe için yeterli olurdu bu.

Ağzından da bir şey alamayacaklardı.

37

Pazar, 18.00

Yol ekipleri dışarıda harıl harıl çalışıyor, biriken karı küreyip kum ve tuz döküyordu. Kısa süre sonra hayatta kalanları ifadelerini almak için polis merkezine götürebileceklerdi. Komiser Muavini Sorensen'e birazdan bir dedektifin yanlarında olacağı telefonla bildiriliyor. Sorensen, şimdiye kadar başlarında bir dedektif olmadan işi gayet iyi götürdüklerini düşünüyor.

Teknisyenlerden biri elindeki dizüstü bilgisayarı havaya kaldırarak yanına geliyor. "Candice White'ın şifresini çözmeyi başardım. Üzerinde çalıştığı dosyayı açtım."

Sorensen kaşlarını kaldırıyor. "Ee?"

"Bir aşk romanına benziyor. İki kadın birbirine âşık oluyor ve bir bebeği evlat ediniyorlar."

"Gerçekten mi?" diyor Sorensen şaşkınlıkla.

Teknisyen başını sallıyor. "Aynen. Bir bakın."

Pazar, 18.30

Ian son yarım saattir dışarıda, arabaları çalıştırıp motorları ısıtmakla ve pencerelerdeki buzu kazımakla meşgul. Hava karardı bile ama otelin bütün ışıkları yanıyor.

Gwen verandada durup etrafa bakıyor. Arabası çukurdan daha yeni çıkarılıp Mitchell's Inn'e getirildi.

Riley olmadan arabaya binmek yanlış bir şeymiş gibi geliyor. Onsuz gitmek, onu burada bırakıp gitmek çok korkunç. O hâlâ ormanda, birileri ışıldaklar altında fotoğraflarını çekiyor, onu inceliyor.

David'in gelip yanında dikildiğini fark ediyor Gwen. Ona ne diyeceğini bilemiyor. İkisinin bir geleceği olabilir mi? Derken hemen Riley'ye, onun anısına ihanet ettiğini hissediyor.

"Gwen" diyor David. Verandada baş başalar. "İyi misin?" David'in içten endişesi az kalsın kontrolünü yitirmesine sebep oluyor. Yüzünü göğsüne gömmek istiyor ama bunu yapmıyor. Onun yerine gözlerini kırpıştırıp yaşları tutmaya çalışarak çabucak başını sallıyor.

Sonra birden ona dönüyor. "Lauren'dan şüphelenmiş miydin?"

"Evet" diye itiraf ediyor David. "Herkesin önünde Dana'ya da Candice'e de dokundu. Kanıt bırakmış olabileceğinden endişeleniyorsan akıllıca bir hareket. Adli incelemede ortaya çıkacak bir kanıt *bırakmamak* oldukça zordur. Ayrıca Bradley'ye de yaklaşmaya çalıştı ama ona engel oldum. Önüne geçip onu durdurdum. Ondan o zaman şüphelendim. Ama *emin* değildim."

"Lauren olduğu hiç aklıma gelmemişti" diyor Gwen. Lauren tutuklandığında çok şaşırmıştı. Daha sonra Ian gizlice ona ve David'e dışarıda Lauren'ın küpesini bulduklarını, onu derhal tutukladıklarına göre de küpenin cinayet mahalli yakınlarında bulunduğunu düşündüğünü söylemişti.

"Bradley'yi bulduğumuzda ona yaklaşamadığına göre eğer küpesini cesedin yakınlarında buldularsa..." diyor David.

"Onu sevmiştim. Ona güvenmiştim" diyor Gwen. Şaşkınlıkla ona bakıyor. "Neden yapsın ki bunu?"

"Sebeplerine dair hiçbir fikrim yok. Soruşturmada aydınlanacaktır. Bradley'nin olanları bildiğini ve bu yüzden öldürüldüğünü tahmin ediyorum." Ciddi bir ifadeyle Gwen'e bakıyor. "Bana kalırsa Lauren olasılıkla bir psikopat ve öyle değilmiş gibi yapmakta da epey başarılı." Tereddüt ediyor. "Onlar farklılar, anlarsın ya... Sen ben gibi değiller."

Gwen ona daha dikkatli bakıyor. David ilk gecekinden farklı görünüyor. Daha bitkin, kendinden daha az emin duruyor. Hepsi farklı şimdi. Onun David'in gözüne nasıl göründüğünü, ne değişikliğe uğradığını merak ediyor. Arabasına bindiğinde Riley'nin yolcu koltuğundan ona, *Karısını öldürdü. Ondan uzak dur*, diyeceğini biliyor.

Beverly kederle, ağır ağır otelin ön kapısından çıkıp David ile Gwen'in yanından geçerek ön basamakları inerken Henry hâlâ içeride, sanki oteli asla terk etmeyecekmiş gibi şöminenin yanındaki koltuğunda oturuyor. Ama elbette adli tabip otopsi için götürülmesini isteyecek. Otopsi yapılması gerekecek. Bazı şeylerin halledilmesi, bir cenaze düzenlenmesi gerekecek. Çocuklara babalarının öldüğünü nasıl söyleyeceğini düşünüyor Beverly. Şok geçirecekler. İnsan anne babasının hafta sonu için birlikte bir yerlere gidip yalnızca birinin dönmesini beklemiyor.

Ne var ki Beverly'nin önce polis merkezine uğrayıp ifadesini vermesi gerekiyor. Sonrasında Lauren hariç herkesin evlerine gitmelerine izin verileceği söylendi.

Matthew arabasına biniyor; acıdan iki büklüm duruyor. David ile Gwen hâlâ verandada, konuşuyorlar. Beverly arabasına binip geri geri giderek park yerinden çıkıyor ve yavaşça garaj yolundan şehre, polis merkezine doğru ilerliyor.

Bir hafta sonunda hayat nasıl da değişebiliyor. Buraya kocasıyla yakınlaşma umuduyla gelmişti. Şimdiyse evine bir dul olarak dönüyor.

Dikiz aynasından peşinden gelen var mı diye bakıyor şimdi Beverly. Peşinde kimse yok, ayrıca karanlıkta kimse onu göremez. Yine de garaj yolundaki ilk virajı dönene kadar gülümsemiyor.

Öyle hafiflemiş hissediyor ki adeta havada süzülüyor.

Durup otelde arama yaptıkları zamanı hatırlıyor. O da diğerlerinin valizlerini arayarak yardım ederken Lauren'ın uyku ilaçlarını bulmuştu. Dolu dolu bir şişe uyku ilacı vardı. Şişeyi kaldırıp herkese gösterdikten sonra valizin içinde şişenin bir kısmını avucuna boşaltıp sonra da cebine attığını kimse görmemişti. Karanlıktı ve kimse ona dikkat etmiyordu.

O sırada hapları ne yapacağından tam olarak emin değildi, ta ki Bradley de öldürülene kadar. Yeteceğinden de emin değildi ama karanlıkta hapları kocasının viskisine katıp gerisini şansa bı-